Die Stadt hat viele Städte in sich, aber bei Nacht ist sie eine andere, man geht in ihren Bauch. Einmal sah ich da einen, der inmitten der rotbeleuchteten Menge saß und seinen ganzen Unterarm zwischen den Beinen einer Frau versenkte. Mit der freien Hand notierte er Stichpunkte in ein zerlesenes Buch, denn er war Schriftsteller. Sein Blick wechselte eilig zwischen seinem Unterarm und dem Buch, das auf dem erschütterten Bauch der Frau lag, die sich über seine Faust aber sehr zu freuen schien. »Was schreibst du da auf?«, fragte ich. Der Mann schwitzte und hatte verwirrtes Haar. Er schrie gegen die Musik, dass er mich später per Textnachricht informieren werde, ich könne aber auch in einem Computer nachgucken, wenn es wirklich so dringend sei. Schnell wollte ich mich durch die Menschen wegschieben, um weiterzutrinken, da nahm der Schriftsteller mein Ohr und sagte tropfend: »Keine Geschichten, nichts Ganzes, nur Bedeutungsloses. Aber ich kann nichts dafür. Wäre ich arm, wäre ich ein Ali, würde irgendjemand eine Bombe auf mich werfen, mich wenigstens diskriminieren oder meine Menschenrechte verletzen, glaub mir, es wäre ganz anders.«

1

Meine Eltern hätten sich nie kennenlernen dürfen. Meine Eltern heißen Carmen und Götz, und diese zwei Menschen hätten sich nicht begegnen dürfen. Tatsächlich, denke ich und schmeiße meine Zigarette auf das Garagendach, müsste ich sie richtigerweise als Elternteile, sozusagen als Einzelteile bezeichnen, denn ich kann sie nicht mit gutem Gewissen in ein und dasselbe Wort, in das Eltern-Wort, stecken, das ist für sie eine Zumutung und für mich eine Lüge, es ist ganz einfach unpassend, und je länger ich darüber nachdenke, desto unpassender finde ich es, denke ich, setze mich wieder an den Schreibtisch und versuche zu lernen. Es ist zu laut. Geschiedener als meine Elterneinzelteile kann man nicht sein, jahrelang haben sie sich gegenseitig mit haarsträubenden Scheußlichkeiten vor Gericht gefoltert, bis kein Anlass mehr übrig war, wegen dem sie sich hätten verklagen können, dann erst wurde es still um ihre auseinandergenommene Unglücksehe, und was geblieben ist, ist ein Familienrest, ein asozialer, wie ich in diesem Augenblick wieder einmal denken muss, ein asozialer Familienrest mit Geld, der mich mit seinem Geschrei bis unter das Dach terrorisiert. Familien sind übergriffig, ansteckend sind sie, denke ich. Unten schreit Astrid auf Götz ein, der gerade von irgendwoher zurückgekommen ist und sowieso nicht zuhört, wer ernsthaft denkt, er höre zu, muss im Kopf vollkommen verdreht sein, denke ich, vor dem Hitler-Stalin-Pakt sitzend. Sie streiten lauter, ich sollte runtergehen und um Ruhe bitten, aber ich versuche weiterzulesen, denn ich will. Raus, nur noch eine Klausur, dann bin ich raus. Unten knallt eine Tür, ich springe auf und stehe vor meiner Zimmertür, drehe mich aber doch wieder um und gehe zum Fenster, setze mich auf die Fensterbank, rauche, atme und denke, das Rauchen auf der Fensterbank hat dir schon tausend Mal das Leben gerettet, ja, denke ich, ohne das Indenhimmelgucken und das Rauchen auf der Fensterbank wärst du nämlich längst von der Fensterbank runtergesprungen, denke ich und blase Rauch zum Himmel, der hinter den Bergen weitergeht. Das Gekreische von Astrid bohrt sich hinter mein Ohr. Ganz kalt wird einem davon, wie einem hier überhaupt kalt wird, über kurz oder lang wird es einem eben immer kalt, denke ich. Vermutlich streiten sie über die neue Kollegin, die mit dem gerade geschäftsverreisten Götz auf Geschäftsreise war und die Astrid eifersüchtig macht. Die letzten beiden Tage ist sie deswegen durch das Haus gelaufen wie ein verwundetes Reh, und sie hat mir leidgetan. Astrid tut mir leid, Götz tut mir leid, Carmen tut mir leid. Ich will alleine sein. Das war gestern Mittag. Astrid hat getrauert und früh das Weintrinken angefangen, man weiß ja nie bei ihr, und ich habe mich also vor sie gesetzt. Ich habe ihr die Hand gestreichelt und verständnisvoll genickt, obwohl wir sonst im Umgang eher reserviert sind. Sie hat mir die Hand zurückgestreichelt, sie hat an ihren Perlenohrringen gedreht, die ihr Götz als Liebesbeweis kaufen musste, und dann kam ein Ausbruch. Sie weinte, sie versteckte ihr tränendes Gesicht hinter immer neuen Taschentüchern, die sie zerpflückte, und aus den Taschentuchresten bildete sie gleich große Häufchen, auf denen sie ihren zitternden Blick abstellte, während sie mir erzählte vom rück-sichts-losen Götz, den man verständlicherweise rücksichtslos findet, wie Carmen sagen würde, weil dein Vater hat eben noch nie was anbrennen lassen, hat sie oft gesagt, als sie noch hier war, und auch später, von der Toskana aus am Telefon, hat Carmen es immer weiter gesagt, und wahrscheinlich, denke ich am Fenster, hat sie es auch schon immer gewusst. Sie hat es schon immer gewusst, und es geht mir nicht in den Kopf, wie man sein Leben so machen kann, wie man es sich bei vollem Bewusstsein mit offenen Augen zur Katastrophe verunstalten und in sie hineinrasen kann. Zur Ehefrauen-Katastrophe, denke ich über Carmen und Astrid, zur Arbeits- und Mitmenschen-Katastrophe, denke ich über Götz, und sie alle drei betreffend, denke ich: zur Lebens-Katastrophe, zur Menschen-Karambolage, zum totalen Personen-Schaden. Selbst nach jahrelangem Nachdenken von allen Seiten ist das niemals in meinen Kopf reingegangen. Als Astrid leer geweint war, lag um sie herum ein Halbkreis aus Taschentuch-Häufchen. Ich streichelte ihr noch mal die Hand. Sie stand auf, räusperte sich etwas verschämt und machte dann in der üblichen Astrid-Stimmlage eine übliche Astrid-Aussage über eine übliche Astrid-Tätigkeit, die sie umgehend ausübte: Sie putzte das Haus, die Badezimmerspiegel, die Vorhänge, den Garten, und ich ging in mein Zimmer, das ich, so schnell es geht, verlassen werde, denke ich jetzt. So schnell es geht, werde ich dieses Haus verlassen, das für mich tote Haus, das Astrid getötet hat, durch ihren Einrichtungskatalog-Wahnsinn hat sie es abgetötet. Polster, Stehlampen, Buchdeckel-Arrangements auf Beistelltischen, alles farblich aufeinander abgestimmt, und überall Bilderrahmen, in denen Astrid Bilder von angeblich glücklichen Menschen, nämlich von sich, Götz und mir, eingesperrt hat. Die Bilder in den Bilderrahmen wurden von ihr aber nur aus einem Grund im ganzen Haus verteilt, nämlich, um Besuchern und sich selbst vorzugaukeln, hier wohnten glückliche Menschen, was natürlich gelogen ist, denn in diesem Haus ist kein Mensch zu keinem Zeitpunkt jemals glücklich gewesen, denke ich, noch immer am Fenster stehend. Systematisch hat Astrid das Haus mit der Buchdeckel-Beistelltisch-Bilderrahmen-Einrichtungsglasur überzogen, dem dickflüssigen Einrichtungssirup, der schuld daran ist, dass man hier nur in Zeitlupe gehen kann, denn man ist ja an dem Einrichtungssirup festgeklebt und hat also die größte Mühe, sich zu bewegen. In unserem Bewegung verunmöglichenden Haus klebt aber nicht nur die ganze Einrichtung, es klebt auch die Luft, die Hausluft, in der wir uns täglich aufzuhalten haben, ist ein grauer Kleister, durch den jedes Wort schwer und ewig fällt, ein Kleister, in dem jedes Wort auszusprechen wehtut, weil man es jahrelang fallen und andere erschlagen hört, ein Kleister, durch den man sich aggressiv durchkämpfen muss, anders kommt man nicht vom Fleck. Es wird hier deswegen allgemein gekämpft. Man geht und schlägt sich gegenseitig, weil einem nichts anderes übrigbleibt, man kann ruhig sagen, man geht ununterbrochen schlagend durch den Unterhaltungs-Kleister über den von Astrid überall verteilten und dazwischengeschmierten Einrichtungssirup, an dem das Haus am Ende erstickt ist, so ist das Leben in diesem Haus, so sind die Tatsachen. Das Haus lag aber ehrlich gesagt schon im Sterben, als nur Götz und ich drin gewohnt haben, denke ich, eigentlich auch, als Carmen noch drin war, da war der Zersetzungsprozess längst fortgeschritten. Die Zersetzung hat genau genommen ja schon mit der Familiengründung eingesetzt, muss man fairerweise sagen, aber als Astrid gekommen ist, ist das Haus dann endgültig seinen Erstickungstod gestorben, und mit ihm ersticken Astrid, ich und mein Vater, der aber sowieso schon tot ist, denke ich an meinem Fenster. Er ist tot, für mich ist er das, wie Carmen auch, meine Eltern sind tot für mich, als Eltern sind sie das, als Götz und Carmen gibt es sie natürlich weiterhin, aber als Eltern sind sie tot, sie sind als solche nie geboren worden oder sie haben sich selbst umgebracht, was weiß ich. Es ist zu laut, jetzt gehe ich runter, ich muss, denke ich und stelle mich vor der Zimmertür auf, von der ich mich aber gleich wieder abwende. Ich will das nicht sehen, denke ich, ich will mich nicht in ihre schlechte Beziehungssituation reinstellen. Ich atme und stehe und gehe zurück zum Schreibtisch und dem Hitler-Stalin-Pakt, vor den ich mich setze, um weiterzumachen. Ich lese, ich notiere, ich kriege Kopfschmerzen und darf nicht denken. Nur noch heute Abend und morgen, dann wird für immer Schluss sein mit dem blödsinnigen Auswendiglernen von Pakten, denke ich. Und es wird vor allem für immer Schluss sein mit allem anderen, was viel schlimmer ist, denke ich und starre auf den Hitler-Stalin-Pakt. Es wird Schluss sein mit der Angst-Anstalt, der Terror-Anstalt, der Schule, auf deren Terror-Fluren immer Angst vor der Zukunft verbreitet wurde, die ich dann auch bekam, je länger ich über die fensterlosen Terror-Flure habe gehen müssen, desto mehr Angst bekam ich, aber am größten war die Angst, die verbreitet wurde in den Klassenzimmern, den Angstzentralen, in die die Terror-Flure geradewegs geführt haben. In den Klassenzimmern haben sie uns jahrelang terrorisiert mit ihren Einschüchterungs-Parolen über die Zukunft und über Berufe mit beziehungsweise ohne Zukunft und wenig Zeit, das haben sie immer wieder gesagt, dass wir keine Zeit haben und uns beeilen müssen mit den Versetzungen, die zu einem schnellen Abitur, zu einem Abitur in zwölf Jahren, führen, für das wir gute Noten und einen guten Schnitt erwirtschaften müssen und danach sofort den Bachelor und dann den Master anfangen beziehungsweise bereits beendet haben müssen, ohne Zeit zu verlieren, wie sie im Berufsunterricht uns immer wieder vermittelt haben, und Zukunftsbroschüren haben sie ab der dritten Klasse fast täglich verteilt, und den Zukunftsunterricht haben sie erteilt in Arbeitsmarkt, Ausdauer, Ausland, Disziplin, Flexibilität, Praktika, Wirtschaftskrise, und diese Zukunfts-Besessenheit, denke ich jetzt vor dem Hitler-Stalin-Pakt sitzend, muss sich die gesamte Lehrerschaft aus dem Fernsehen abgeguckt haben, oder sie hat sie von irgendwelchen Ministerien ins Ohr gesetzt bekommen, ja, denke ich, die gesamte Lehrkörperschaft muss einen kranken Zukunfts-Floh im Ohr sitzen haben, jedenfalls, habe ich zu meiner Freundin Lisa oft gesagt, bekommt man von diesem Dorf nicht von alleine so eine nervöse Zukunfts-Krankheit, wie die Lehrkörper sie haben, wo doch hier gar nichts Zukunft ist, sondern immer alles gleich und langsam, habe ich weiter zu Lisa gesagt, die mit den Achseln gezuckt hat, die schon immer nur mit den Achseln gezuckt hat, erinnere ich mich jetzt vor dem Hitler-Stalin-Pakt. Herr Wolf war derjenige, dessen Lehrkörper am schlimmsten von der Zukunfts-Krankheit befallen war und der den größten Aufwand betrieben hat, sie auf uns zu übertragen. Er hat immer da gestanden und gesagt, dass wir uns beeilen müssen, dass wir uns breit aufstellen müssen, und in der nächsten Stunde hat er, von seiner Krankheit vollkommen schwachsinnig geworden, das komplette Gegenteil behauptet: Wir sollen unser Spezialgebiet finden, hat er im Klassenzimmer durchgesagt, und einmal hat mein Freund Julian in seinem *Törless* oder sonst wo gelesen, aus Protest gegen den kranken Lehrkörper hat er das getan, im Gegensatz zu den anderen, die sich ganz ohne Widerstand haben anstecken lassen, aber beim Anblick des lesenden Julian ist dem Wolfs-Lehrkörper der nervöse Geduldsfaden gerissen, der lesende Julian wurde vom Wolfs-Lehrkörper sofort in der Stunde aufgegriffen, also drangenommen, und da fragte der Lehrkörper also Julian, wie sein Zukunftsplan aussehe, und Julian sagte lange lange nichts und dann, er wolle Theaterwissenschaften oder Soziologie studieren, und da gluckste der Wolfs-Lehrkörper doch tatsächlich und lachte: Und was willst du damit anfangen? Taxi fahren. Haha, so hat das menschenverachtende Zukunfts-Regime in Form von Herrn Wolf gelacht, der sich nicht geschämt hat, dem Klischee des dummen Einschüchterungs-Lehrkörpers derart perfekt zu entsprechen, erinnere ich mich jetzt von meinem Schreibtisch aus. Nein, das Zukunfts-Regime, das von ihm Besitz ergriffen hat, lachte ganz unverhohlen aus ihm heraus, denke ich, und er lachte auch über mich, denn ich wollte Julian nicht alleine lassen und habe gesagt: Herr Wolf, ich will das auch, oder ich gehe auf die Schauspielschule, habe ich gesagt, und er lachte nur und sagte nichts, fuhr einfach weiter mit seinem miserablen Zukunftsunterricht fort, denn zu mir sagt er schon lange gar nichts mehr, nein, er glaubt, ich brauche keinen Zukunftsunterricht, denn seiner Meinung nach habe ich keine Zukunft, weil ich, wie er in der gesamten Lehrkörperschaft immer verbreitet oder besser: gestreut hat, nicht für das Gymnasium geeignet bin. Jetzt schreit Astrid, immer spitzer, gleich wird sie anfangen, Götz zu beschimpfen, ich höre, sie weint wohl. Ich habe Wut im Mund. So fest reingebissen, dass ich das Rot schmecke, und ich sollte auf meinem Stuhl sitzen bleiben.

Ans Fenster, Kopf in die Luft, noch eine Zigarette. Oben hängt der von den Bergen angefressene Himmel, unten liegt die Straße still im Laternenlicht. Ein Straßenärmchen, diese Straße, und daran klebt der Dorfbushaltestellenkasten, der mich jetzt und täglich mit seinem traurigen und zugleich lächerlichen Aussehen quält und an dem ich nicht mehr warten will, weil ich warte ja genau genommen nur, und am allerhäufigsten habe ich immer an dem traurigen und zugleich lächerlichen Dorfbushaltestellenkasten warten müssen. Hier ist es nur Warten. Warten auf den Bus, warten, dass die Stunde zu Ende ist, warten, dass das Schuljahr rumgeht, warten, dass der Film anfängt, warten, bis man besoffen ist, warten, dass irgendwas passiert, aber nie passiert was. Nie habe ich verstanden, was wir hier machen, immer habe ich uns als fremd in die Ausgestorbenheit reinverpflanzt empfunden. Tatsächlich wurden wir ja ständig aus Berufsgründen umgepflanzt, und zuletzt wurden wir eben in diese abwegige Ausgestorbenheit reingepflanzt, die, wie gesagt, traurig und zugleich lächerlich ist. Was mich aber vor der in diesem Dorf herrschenden Traurigkeit und Lächerlichkeit immer bewahrt hat, denke ich, war das Fernsehen, es waren immer das Fernsehen und die Filme, die mich vor dem Dorf geschützt haben. Unten fliegt wieder eine Tür, die aller Wahrscheinlichkeit nach Astrid in der für sie typischen Rücksichtslosigkeit zugeschmissen hat, ich hänge meinen Kopf noch weiter aus dem Fenster. Um 22.45 Uhr läuft der Nachbardackel mit dem Nachbarn unten die Straße entlang, ich sehe sie gleich um die Ecke kommen. Der Nachbardackel bekommt von dem Nachbarn immer ein blau-rotes Dackelkostüm angezogen, das der Nachbar in Groß trägt, und wie immer fällt es mir schwer zu glauben, was ich hier sehe, aber bald werde ich andere Sachen sehen können, wenn ich in der Stadt bin, in die ich immer wollte. Vielleicht ja wirklich Schauspielschule oder eben Theaterwissenschaft studieren, so was. Man kann alles machen. Ich will was werden. Ich weiß noch nicht genau, was, aber ich will. Ich schaue in den Himmel, ich habe ein eigenes Glück, denke ich, worauf ich aufpassen werde, und ich wünsche, bitte, bitte, bitte, dass es gut wird. Unten passiert etwas sehr Lautes, so als wäre etwas umgefallen, und jetzt höre ich Götz. Er brüllt, aber ich kann nicht verstehen, was. Wieder stehe ich vor der Tür, fest entschlossen, bis drei zu zählen, dann runterzugehen und um Ruhe zu bitten, wieder muss ich denken, dass sich meine Elternteile niemals hätten kennen lernen dürfen, aber das Problem, denke ich, ist, dass sich instinktiv immer genau die Richtigen gegenseitig aussuchen, nämlich solche, die von ihrem Zuhause die passende psychologische Verrücktheit übertragen bekommen haben, eine Verrücktheit, die mit der des Ausgesuchten perfekt zusammenarbeitet, so wie Carmen und Götz, die einander ausgesucht und sich gegenseitig noch verrückter gemacht haben bis fast zum Tod, Carmen und Götz, die sich gegenseitig immer vorgeworfen haben, dass sie verrückt sind, und die auch mich mit ihren perfekt zueinander passenden psychologischen Verrücktheiten vollkommen verrückt gemacht haben, ebenso Astrid und Götz, die einander ausschließlich nach dem Verrücktheits-Kriterium ausgesucht haben müssen, sonst haben die beiden nichts miteinander gemein, sie sind nur gemein zueinander, denke ich und stehe noch immer vor meiner verschlossenen Zimmertür, während unten gestritten wird und ich Ausschreitungen befürchten muss. Niemals, denke ich, darf ich so blind sein wie die, die ich für ihre Blindheit nur verachten kann, für ihre ganze Rücksichtslosigkeit und Dummheit verachte und hasse ich sie, ich hasse Astrid, Götz und Carmen dafür, dass ich so eine schlechte Meinung von ihnen haben muss, von ihnen, von Eheschließungen und schließlich von Familien im Allgemeinen, ja, denke ich wieder, Familien sind ohne Zweifel eine der gefährlichsten Sachen der Welt, wenn nicht die gefährlichste überhaupt, und das Gefährlichste an Familien ist, denke ich und drücke die Klinke so fest, dass die Haut über meinen Knöcheln weiß wird – das Gefährlichste an Familien ist, dass man sie lieben muss. Man ist in diesem gefährlichen Liebes-Gefängnis eingesperrt, und das ist der Grund, aus dem man sich an Familien so schmerzhaft entzünden kann, weil man sie liebt, weswegen man sich unbedingt von ihnen entfernen muss, sobald man kann, muss man das Weite suchen, das Weiteste, denke ich, und als ich gerade runterlaufen will, diesmal fest entschlossen, die Tür zu öffnen, höre ich unten die Haustür ins Schloss fallen. Ich laufe zum Fenster und sehe Götz, der ins Auto steigt. Hat seine Reisetasche in der Hand. Er fährt weg. Jetzt ist Ruhe. Noch eine Zigarette. Dann ins Bett. Ich setze mir Kopfhörer auf und höre Einschlafkassette, und während Ronja durch den Wald rennt, beschließe ich, dass ich morgen nach der Klausur abreise. In die Stadt, raus hier, denke ich.

2 Die Stadt hat viele Städte in sich, aber bei Nacht ist sie eine andere, man geht in ihren Bauch. Man muss wissen, wie man reinkommt, und es war Patrick, der mir geholfen hat, ihn zu betreten. Patrick, bei dem ich wohne und vor dem ich wieder mal auf der Flucht bin, durch den Bauch rennend flüchte ich vor ihm, der mich besitzen will, der es sich in seinen verbeamteten Zwangskopf gesetzt hat, mich zu besitzen, in seiner Beamten-Designwohnung will er mich drin haben und zu den Möbeln dazustellen als ein weiteres Möbel, das ihm das Betrachten schöner macht, so ist Patrick, denke ich, und heute will Patrick, dass ich ein Fest, das wicht-ig-ste Fest im gan-zen Jahr, wie er sagte, neben ihm stehend verbringe, es ist wichtig, hat er mir heute wieder und wieder erklärt, seine ganze dumme Branche ist zugegen, auch Sue, weswegen er mich unbedingt als die Neben-Patrick-Herumstehende benötigt. Unter dem Vorwand, etwas zu trinken zu holen, habe ich mich davonstehlen können und renne, die Lichter atmend, trinkend, man sollte immer betrunken sein, denke ich und trinke, trinke und suche Jo, durch den Festbauch laufend. Der Bauch ist bis an die Decke mit Menschen gefüllt und macht in seiner Gesamtheit den Eindruck

eines dicken Körpers, der sich an jeder Stelle bewegt. In der Mitte ist ein freier Platz, und da wird immer irgendeine Aufführung, eine Sensation wird gemacht, und es ist nicht so, dass das die einzige Sensation wäre, es gibt immer eine noch größere, und die Menschen rufen sich unentwegt Urteile über die Qualität der Sensationen zu. Niemand führt über die Zustände hier unten Aufsicht. Man geht aus allen Häusern heraus zu den anderen Häusern durch die Stadt Tag für Tag seiner Arbeit nach, und nachts sucht man sich hier unten Sensation. Alles ist versperrt von Menschen und Affen, die etwas wollen. Ich habe die erste Nacht ganz ausgetrunken, und ich habe auch jede der darauf folgenden Nächte bis auf den letzten Schluck ausgetrunken, bis ich fast nicht mehr da war. Hier waren also die Menschen, die ich gesucht hatte, die sich aber nie zu erkennen gaben, die immer verschwanden, und dann kam einer mit einer schwarzen Binde um die Augen, der mich in seine großen Arme nahm. Es war dunkel, es war eine Bühne, wir haben uns um uns gedreht. Er zog mich zur Seite in einen höhlenartigen Raum, der aus allen Richtungen atmete, und ich befürchtete, dass er mich essen wollte, und es war ein ständiges Tasten um mich herum, und ich tastete nach ihm, nach seiner Haut, und ich spürte lauter kleine, harte Striche, und ich nahm ihn bei der Hand, damit er nicht verschwindet. An seinem Hals fand ich einen Geruch, den ich mir aufgehoben habe – dafür gibt es kein Wort, er war weich und fest, und ich wollte, ich wollte! Ich wollte seinen Namen wissen, aber verstand ihn nur schlecht, ich verstand *Jo*, und auch, woher die Narben auf seinem Körper kommen, konnte ich nicht herausfinden. Er war dann weg, und es ist meine einzige Hoffnung, ihn hier unten, irgendwo im Bauch, wiederzufinden. Auch jetzt suche ich ihn, Jo, und plötzlich steht Patrick da. Mit einem Getränk in der Hand steht er lauernd da und sucht mich in den Köpfen, die an ihm vorbeiziehen, nichts anderes tut er, als in der Menge wie ein Besessener nach meinem Kopf zu fahnden. Er winkt mich zu sich. Patrick, denke ich und bewege mich widerwillig auf ihn zu, ist gefährlich und hat ohne Zweifel das Potenzial zum Psychopathen, und mit ihm, dem potenziellen Psychopathen, habe ich einen Vertrag, so ist es. Patrick und ich befinden uns auf der Vorstufe zur totalen Ehe-Hölle, wir sind aneinandergekettet, aus niedrigsten Motiven, denke ich und stehe vor seinem Gesicht, das ich in Momenten wie diesem nur als das dümmste und ferngesteuertste betrachten kann, so denke ich und stelle mich gezwungenermaßen neben ihn, der infolgedessen zufrieden und feist aus sich heraus lächelt. Patrick, der immerzu feist Aussichherauslächelnde, Patrick, der Nichtssagende, der mich gleich mit einem Gespräch über das Essen bzw. die Musik langweilen wird, Patrick, der mich ohne Unterbrechung nur Langweilende, Patrick, der in seinem langweiligen Computer Lebende, Patrick, der in seinem Computer-Gehäuse ein kleines, entzündetes Herz trägt, das ihn verrückt macht und dauernd übers Ohr haut, denke ich neben ihm stehend und will weg, um Jo zu finden, bin aber gezwungen, neben Patrick zu stehen, der nun meine Hand nimmt und dabei in seinem Kopf nur einen einzigen Befehl hört, nämlich mich festbinden.

Patrick: Anfang dreißig, Art Director, viel Arbeit, irgendein Gesicht mit schwarzgeränderter Brille. Flüssig, durchsichtig, kastriert.

Dass ich bei ihm eingezogen bin, war der größte Fehler, denke ich jetzt, während er meine Hand fest in seiner hält und auf mich drauflächelt. Er steht neben mir, in dunkelblaues Licht getaucht, sein Körper wird von der Musik angeschubst, tatsächlich schläft er, denke ich, schlafend lässt er sich anschubsen und lächelt. Wenn aber ein beruflicher Kontakt vorbeigeschwommen kommt, knipst er kurz sein Gesicht an, macht ein paar Sätze, und dann schläft er weiter. Schlafend hält er meine Hand umklammert und wacht darüber, dass ich mich nicht von der Stelle bewege. Seit seine Freundin, seine Ex-Freundin Sue nicht mehr bei ihm wohnt, kann Patrick nicht mehr schlafen, wie ich erfuhr, als ich ihn einmal nachts in seiner Küche antraf, die er zuvor sortiert und geputzt hatte, wovon ich wach geworden war. Er wolle jetzt ein Puzzle zusammenlegen, eines, das am Ende die beiden nicht mehr vorhandenen New-York-Türme ergibt, sagte er am Tisch sitzend mit Rotwein in der Hand, der ihm beim Schlafen helfen sollte. Ihm, so sagte er weiter, helfen keine Schlaftabletten mehr, sie machen ihm nur den Magen und den Kopf zur Hölle und dann lege er stattdessen eben Puzzles zusammen, Nacht für Nacht, und ich nahm seine nervöse Hand.

Dein verunglücktes Beziehungspuzzle versucht du dir zusammenzulegen, dachte ich auf die dilettantischste Psychologentochterweise, neben ihm sitzend, denke ich jetzt. Es sind ja nicht bloß seine Beziehungs-Trümmer, die er zusammenzupuzzeln und brutal ineinanderzustecken versucht, sondern sein ganzes Leben und somit auch jeden, der sich darin aufhält, aber damals in der Küche dachte ich so nicht, damals wollte ich ihn sofort betreuen, denn wenn einer Schlafprobleme hat, dachte ich, kann er ja kein ganz Toter sein, dann muss man ihm helfen, dachte ich und redete auf die dilettantischste und selbstgefälligste Psychologentochterweise durch die Küchennacht hindurch auf ihn ein, ja man kann sagen, bald hatte die Küchennacht, wie auch ich, einen Heiligenschein, und dann legten wir uns alle zusammen in sein Bett, wo er tatsächlich neben mir, meine Hand haltend, einschlief, was mich damals rührte und heute wütend macht, immer wieder, denn ich lege mich ja immer wieder neben ihn, und ich werde jedes Mal wieder wütend, immer wütender, bald wird das Bett explodieren und in Flammen aufgehen, denke ich jetzt neben ihm stehend. Er kann nicht mehr schlafen, denke ich, und deswegen hat er sich Ersatz verschafft, mich hat er sich verschafft als den Sue-Ersatz-Menschen, der seine Wohnung mit Geruch und Stimme füllt. Der wahre Grund seiner Schlafprobleme ist nämlich nicht Sue, Sue ist ganz egal, die hat er auch nur ersatzweise gewollt, nein, der wahre Grund der Schlafproblematik ist die Krankheit des Alleinseins, von der er regelmäßig aufgefressen wird, die ihn eigentlich längst verschlungen hat, wie ich immer wieder feststelle, seit ich sein Leben beobachte, welches aus Arbeit, Produkten und Einladungen und noch mal aus Arbeit, Produkten und Einladungen besteht. Patrick, denke ich und schüttele den Kopf, als er mit mir über die besondere Qualität eines in Seegras gewickelten Stücks Schaum-Ding sprechen will, Patrick, denke ich, ist in seinem Innersten ein Pflänzchen, das aus seinem gewohnten Boden rausgerissen und auf einen fremden draufgeschmissen wurde, auf einen Betonboden, wo es nicht mehr bekommt, was es an Nahrung braucht. Aber weil das Pflänzchen naturgemäß dumm und nicht in der Lage ist, über sich nachzudenken, denke ich und gucke, ob ich in der zappelnden Menschenwand Jo entdecken kann; weil das Pflänzchen also dumm ist, denke ich weiter, versteht das Pflänzchen nicht, was ihm fehlt. Patrick, denke ich und betrachte ihn von der Seite, seine egale Nase, den egalen Mund, das ganze egale Gesicht, Patrick fährt in seiner Eigenschaft als Pflänzchen in einem ferngesteuerten Spielzeugauto sitzend durch die Welt, und in einem der Regale hat er mich entdeckt. Er hat mich entdeckt, rausgenommen und eingekauft, und ich, muss man ganz deutlich sagen, habe mich kaufen lassen, und zu dem Kaufvertrag ist Folgendes zu sagen:

› Ich kam in die Stadt und hatte weder Zimmer noch Geld (nichts ist Götz so wichtig wie Geld. Ich will seins nicht, also was sollte ich machen?), und dann sagte Patrick, seine Wohnung ist sowieso viel zu groß. Jetzt wohne ich bei ihm.

› Geld/Miete nimmt er nicht, will er nicht, weigert sich.

› Angst. Deckt er mir zu, dieses fleischrote, teerverklebte Loch da in der Mitte. Er kümmert sich, er kocht, er ist da, er hilft mir bei Bewerbungen, er denkt sich Sachen für meine Zukunft aus.

› Mein schlechtes Gewissen (ohne mein schlechtes Gewissen wären wir längst geschieden, oder, Vati? Er ist manchmal so gut zu mir, dass mir davon schlecht wird.)

› Anwesenheit. Er will, dass ich da bin.

› Die Schlafkrankheit. Er tut es tatsächlich und hauptsächlich, weil er die Schlafkrankheit fürchtet. Der Schlaf steht im Kaufvertrag, ist sozusagen ein tragender Pfeiler unseres Abkommens. Wenn ich da bin, kann er schlafen, so ist es. Ich hatte die Idee, ihm etwas vorzulesen. Erst war es ihm peinlich, was ihm noch viel peinlicher war, aber jetzt lese ich. Er schläft ohne Tabletten, und ich mache das Licht aus.

Ergänzende Anmerkungen:

I. Der perverse Gesellschaftshandel

Der perverse Mädchen-Gesellschaftshandel ist ein vielfach geschlossener, würde es ihn nicht geben, würden ganze Geschäftszweige und am Ende Wälder absterben. Die Abendgesellschaften wären kahl, es würden lauter Stümpfe alleine in die Luft ragen, es wäre zappenduster. Wir schmücken mich und tragen meine Lebensblüte spazieren, durch Orte, an denen man sich vorstellt. Patrick bringt mich an Orte, an denen man sich vorstellt, das weiß er und das weiß ich, wir beide wissen, dass er mich in Nacht und Gesellschaft bringt und dass ich nur mit seiner Hilfe in Nacht und Gesellschaft komme, weil ich mit überhaupt gar keiner Gesellschaft bekannt bin. Da stehen wir in dem perversen Gesellschaftswald und führen voreinander die unwürdigste Aufführung auf, wobei jeder dem anderen seinen Vorteil am liebsten abhacken würde.

II. Die Misshandlung und das schlechte Gewissen

Wie gesagt, ich muss den Vertragspflichten nachkommen, d.h. anwesend sein, woran ich mich halte, meistens bin ich anwesend, aber immer nachts, wenn ich neben ihm stehen sollte, flüchte ich irgendwann und misshandele ihm sein Herz. Nachts, im Bauch, wenn ich betrunken bin, misshandele ich es ihm mit der größten Freude. Mit Freude ziehe ich ihm die Mundwinkel nach unten, ziehe ich sie ihm aus, lösche ich seine Augen, lache ich ihn aus und bin weg, an anderen, weil ich rausmuss und vor allem: weil ich ihm seine Idee zerstören will, seine Idee von unserer möblierten Zweisamkeit in seiner designten Zweizimmerwohnung, diese Idee wie auch seine Wohnung will ich ihm von oben bis unten auf den Kopf stellen und verwüsten, wenn ich, wie jetzt, an ihm festgekettet bin und nicht loskomme, und dann, denke ich, misshandele ich ihm regelmäßig das kleine, das entzündete Herz, welches schon oft misshandelt wurde. Die Stadt und die Nacht haben es ihm immer wieder misshandelt, ohne dass er es jemals bemerkt hätte, denke ich und betrachte ihn, das Kindergesicht, dem ein Bart gewachsen ist, die großen, müden Augen und es tut mir leid, mein schlechtes Gewissen legt meinen Kopf an seine Schulter, und so ist es immer. Nach meinen Misshandlungs-Feldzügen, denke ich, ist es immer mein schlechtes Gewissen, das mich wieder zurück in sein Bett legt, wo ich liege, weil ich meine Mietschuld abbezahlen will, denn ich schäme mich tief für meine Mietschuld, und er verlangt es so. Er fasst mich nicht an, sein Verlangen ist ihm abgeschnitten und durch meine Unlust getarnt. Zu unserem Glück will er nicht mehr als nicht alleine in seinem viel zu großen, neuen Bett liegen müssen und dabei meine Hand halten, was mir an sich schon unerträglich ist, denn wenn ich seine Körpertemperatur fühle, wenn ich ihn ruhig und zufrieden auf meine Kosten atmen höre, dann hasse ich ihn, wie gesagt, seine Hilflosigkeit, seine Macht, und am allermeisten hasse ich den Weg, auf dem er zu dieser Macht gekommen ist, weswegen ich auch mich hassen muss, denke ich und nicke, als Patrick die Qualität der Musik kommentiert, wie Kieselsteine fallen ihm unerheblichen Worte aus seinem mir unerträglichen Mund, er ist mir unerträglich, deswegen muss ich ihn misshandeln, denke ich, immer wieder. Immer wieder hat Patrick mich mitgenommen, sich von mir misshandeln lassen, mich eingesammelt, und danach habe ich mit einem schlechten Gewissen ihm gegenüber an seinem Esstisch gesessen, mich gut benommen und mit ihm bereitwillig ein Gespräch über Produkte geführt, um dann für seinen Schlaf zu sorgen, so war es, so ist es, so geht die Ordnung, die wir beide brauchen, man braucht eine, man hat keine, man macht sich eine, mit aller Macht, denke ich. Noch immer an ihm festgebunden, sage ich, dass ich mir jetzt etwas zu trinken hole, er will mitkommen, er sagt, du hast es versprochen. Er umschließt meine Hand, um die wir uns streiten, er guckt sich um, weil er sichergehen will, dass uns niemand beobachtet, ich ziehe an meiner Hand, er packt noch fester zu. Ich sage, dass er unerträglich ist, ich stoße ihn, er lässt los, und ich verschwinde hinter den Menschen.

Weiter. Die Lunge flattert, die Lider zucken, raus aus dem Körper, in dem man alleine ist, das lauwarme Wasser schlägt schwarzrote Wellen, die Verpackungsreste tanzen auf den Schaumkronen, ist einem der Schlaf geraubt, klaut man sich an einem fremden Körper etwas Blutswärme. Ich trinke, trinke und gucke, ob ich Jo sehe, und trinke. Mit irgendjemand komme ich ins Gespräch, ein Schriftsteller nach dem ersten Satz, giftige Haut und durstig, kurz zur Toilette, die von den Bässen wackelt, und da berichtet er von dem Haus, das ihm seine Ex-Frau leer geräumt hat, von seinen dadurch verursachten Depressionen, ja der jahrelangen Depression, die seine Ehe im Grunde war, und wenn ich sage, schreit er, ich liebe sie nicht, schreit er, und trotzdem mit ihr zusammen bin, dann ist das zynisch, schreit er, die so genannte zynische Sprechweise, schreit er, ist eine Volkskrankheit, er hält diese ganze Nichtigkeit hier nicht mehr aus, Selbstmord, ernsthaft, schreit er. Mann, ich bin noch nicht mal zwanzig, schreie ich zurück, und er überschreit mich: Ich bin eben von Natur aus eher introvertiert, und ich werde mich nun zurückziehen, schreit er, um mich ganz auf die Kunst zu konzentrieren, eine einsame Berghütte, und so banal es klingt, man muss einfach lernen, sich selbst zu lieben, schreit er mich durch den wackelnden Toilettenkasten an, und ich nicke, und der Schriftsteller schreit weiter, er freue sich über dieses Gespräch und ob ich mit zu einem Fest kommen wolle, ja, schreie ich, und wir verlassen die Toilette und betreten einen anderen Raum und noch einen, und ich trinke, meine Gedanken baden, und Patrick schwimmt vorbei. Wie ein Hai kommt er näher, zwingt sich ein Lächeln aufs Gesicht, ein draufgetackertes, Wir gehen in einer halben Stunde, ja?, schreit er.

Auf keinen Fall, denke ich und nicke, Patrick hält meinen Arm und gräbt seine Finger in meine Haut, um anzuzeigen, dass sie seine ist, ich ziehe an meinem Arm, wir starren uns an, es tut weh. Patrick sieht den irritierten Blick des Schriftstellers, lächelt und lockert seinen Griff etwas. Patrick ist süchtig nach Statuten und Vermessung, er ist süchtig nach Besitztum, denke ich, und was er besitzt, soll seinen Vorstellungen entsprechen, so auch ich, da kommt gleich ein Gartenzaun außen rum. Patrick, denke ich weiter, ist davon besessen, sein Besitztum einzuzäunen, es zu überwachen, und nicht nur das, denke ich und hasse sein egales Durchschnittsgesicht, das er mir in diesem Augenblick entgegenhält; nicht nur, dass Patrick sein Besitztum einzäunen muss, nein, er muss es auch noch nach seinen durchschnittlichen Vorstellungen zurechtschneiden, zurechtstutzen, um es besser zu sagen, von dieser Absicht ist Patrick bis in den hintersten Winkel seines Gehäuses besessen, darauf ist er gewissermaßen programmiert, auf das Zurechtstutzen von Gegenständen nach seinen primitiven Vorstellungen. Sein ganzes durchschnittliches Leben, denke ich, verbringt er mit nichts anderem als mit seiner Zurechstutzung, und zwar so, denke ich, dass es zum Vorzeigen ist. Patrick, der ferngesteuerte, der computerbetriebene Gärtner, denke ich, stutzt sich sein Leben zurecht, brutal, rücksichtslos und obendrein dumm. Ein dummer, ferngesteuerter Gärtner, denke ich und nicke ihm noch einmal zu, damit er endlich verschwindet und meine Haut aus seiner Umklammerung löst, ist natürlich die größtmögliche Katastrophe für seine Umwelt, die ja nach den Vorstellungen des dummen und ferngesteuerten Gärtners gestutzt wird, wie ich immer wieder am eigenen Leib erfahren muss. Das Blut in meinem Arm staut sich, Patrick geht nicht. Er lächelt eisern und versucht nun dem Schriftsteller ein Gespräch über sein letztes Buch aufzudrängen, das

Patrick selbstverständlich nicht gelesen und das ihm selbstverständlich gefallen hat, wie er dem Schriftsteller mitteilt, der es nicht wissen will, aber höflich nickt. Das Buch, von dem die Rede ist, denke ich, ist etwas, das Patrick in seinem Gartenzaun-Areal drin haben will, und das, denke ich, entspricht voll und ganz der Verfahrensweise des ferngesteuerten Gärtners. Der ferngesteuerte Gärtner stellt sein Areal mit Kunst voll, von der er gehört hat, dass es sich um Kunst handelt, die man bei sich stehen haben sollte, weil es Kunst ist, von der Leute, über die er gehört hat, dass man auf sie hört, gesagt haben, dass man sie bei sich stehen haben sollte, und auf gleiche Weise verfährt er mit Zeitungen, mit Filmen, mit Möbeln, mit Kleidung, mit Gesprächsthemen, mit Wörtern, mit Veranstaltungen, mit Brotaufstrich und mit Menschen, und an dieser Stelle, denke ich, kommt das Wesen des ferngesteuerten Gärtners erst in seiner ganzen Brutalität und Rücksichtslosigkeit zum Vorschein, was ich als eine in seinem Areal Herumstehende bestens beurteilen kann, denke ich und beobachte Patrick und den Schriftsteller, die ihr langweiliges Gespräch essen müssen, die aus rein ökonomischen Gründen dazu verdammt sind, denke ich. Es fängt damit an, dass Patrick in seinem Areal eine Herumstehende haben muss, so ist es, denke ich, der ferngesteuerte Gärtner hat den Gedanken eingepflanzt bekommen, ich benötige in meinem Areal ein Mädchen, das herumsteht, und dieses Mädchen, diese Herumstehende, ist nicht irgendeine, nein, denke ich, sie ist eine, die farblich passt; sie hat unbedingt eine zu sein, die man vom Zaun aus sehen darf, so ist es, denke ich und sehe Patrick sich am eingezäunten Kopf kratzen, dem Kopf, in dem er nun mal zum Leidwesen aller Beteiligten drin steckt. Ein Mädchen, keine Frau, ein Mädchen also, das man vom Zaun aus sehen darf, denke ich, ist der Vorstellung des ferngesteuerten Gärtners nach eines, das unterhalb der Wimpern kein einziges Haar hat. Sieht Patrick ein Haar am falschen Platz, wird er hysterisch und läuft sofort schreiend davon, weil er Angst hat, mit einem Mädchen gesehen zu werden, das ein Haar am falschen Platz hat. Weiter, denke ich, muss ein Mädchen, das man vom Zaun aus sehen darf, unbedingt frisch gewaschen sein, geruchlos, am besten körperlos eigentlich, aber ein bisschen Körper ist der Vorstellung des ferngesteuerten Gärtners nach schon notwendig, denn anders könnte man ja vom Zaun aus gar nichts erkennen, und um nichts anderes geht es im Leben des ferngesteuerten Gärtners. Es muss also idealerweise ein feiner, ein leichter Körper sein, einer, wie ihn Patrick tagtäglich mit Photoshop für sein dämliches Magazin zurechtschneidet, tatsächlich, denke ich, funktioniert Patrick auf diese berechenbare, ihn bloßstellende Weise, tatsächlich will er sich ein Mädchen in sein Gehege stellen, das so aussieht wie die Mädchen aus seinem dämlichen Magazin, was sein Ferngesteuertsein einmal mehr auf den Punkt bringt, und es erreicht noch seinen unglaublichen Höhepunkt, denn seinen Höhepunkt, denke ich, will Patrick von einem Mädchen verschafft haben, das sexuell kompetent ist, aber noch nie Sex hatte, und an dieser Stelle, denke ich, erreicht Patricks Ferngesteuertsein in seiner ganzen unbegrenzten Dummheit und Plumpheit seinen Höhepunkt. Weiter, denke ich, sollte das Mädchen, welches man vom Zaun aus sehen darf, nicht oder nur gelegentlich rauchen, es sollte nicht oder nur gelegentlich trinken, es sollte gelegentlich Sachen sagen, die sich schlau anhören, und diese schlauen Sachen sollte es in gemäßigtem Ton vortragen, es sollte irgendeine tolle Berufsbezeichnung in Aussicht haben oder noch besser schon etwas Tolles, aber nicht zu Tolles sein, es sollte sich mit der gleichen Kunst, den gleichen Büchern, den gleichen Zeitungen, den gleichen Filmen, den gleichen Möbeln, den gleichen Gesprächsthemen etc. wie er umgeben, kurz: es sollte vollkommen leblos und bestenfalls tot sein. Ein kulturelles, nichtrauchendes, nichtriechendes, niemals über die Stränge schlagendes, zurückhaltendes Talent, ein schönes Talent, ein schönes und totes Talent sollte es sein, denke ich, dann will Patrick es sich in seiner Eigenschaft als ferngesteuerter Gärtner in sein Gehege stellen, und jeder darf es von außen sehen, jeder darf es von außen bewundern, und die Voraussetzung, die es dafür mitbringen muss, ist, dass es ebenso ferngesteuert ist wie der ferngesteuerter Gärtner, aber es darf niemals selber Gärtner sein, nein, es soll einfach nur da stehen, denke ich und bin fassungslos, auch und besonders über mich. Patrick, denke ich, muss in meinem Fall falsch kalkuliert haben, anders lässt es sich nicht erklären, dass er sich mich in sein Gehege reingestellt hat. Möglicherweise war er wegen seiner verzweifelten Schlafkrankheit zu Abstrichen bereit bzw. nicht voll urteilsfähig, in jedem Fall aber hat er sich verkalkuliert, und nun versucht er mich für seine Zwecke zurechtzuschneiden, und dieser ferngesteuerte und ja tatsächlich menschenfeindliche Gärtner läuft unerkannt herum, von sich selbst am allerwenigsten erkannt, denke ich, und diese haarsträubende Gesamtlage beweist ja im Grunde nur, was ich seit jeher geahnt habe, nämlich dass die Emanzipation, für die Carmen zu Hause ein extra Bücherregal pflegt und immer gepflegt hat, eine vollständig missglückte und missratene ist. Schon immer habe ich es geahnt, jetzt weiß ich es mit Bestimmtheit: Sie ist missraten, sie ist vollkommen verunglückt. Mein Kopf ist ein aus der Vergangenheit hierher getragener und auf meine zeitgenössischen Kleider draufgesetzter, denke ich, nichts weiter. Nichts hat sich in dem Kopf verändert, er ist ein stickiges Frauenwohnzimmer mit lauter gehäkelten Lügen darin, die unaufgedeckt herumliegen, er ist vollgestopft mit Lockenwicklern und Gardinen. Gardinen, die ich nicht selber angebracht, sondern dafür den ferngesteuerten Gärtner hergeholt habe, der mir überhaupt mein ganzes Leben anbringen und zurechtnageln soll, und insofern hat er sich ja doch nicht verkalkuliert, sondern genau richtig gerechnet, denke ich nickend. Ich bin die Eingekaufte des ferngesteuerten Gärtners, der mich nach seinen Vorstellungen zurechtstutzen will und der mich in diesem Moment als sein Besitz vor dem Schriftsteller verteidigt, der gerade irgendetwas in sein Telefon schreit, der noch immer darauf wartet, dass Patrick endlich verschwindet, und der offenbar langsam die Geduld verliert. Patrick nähert sich meiner Wange, die er zu Demonstrationszwecken küsst, er streift mein Ohr und flüstert mir zu, dass ich sofort mitkommen soll. Patrick, denke ich immer noch nickend, der ferngesteuerte Gärtner, schenkt mir Kleider, die ihm gefallen, er will mich zum Yoga überreden, er sagt, ich soll leiser sprechen, er verspricht mir irgendwelche Prämien, wenn ich aufhöre zu rauchen. Bin ich nicht in seinem Gehege, ruft er mich an und fragt, wo ich mich aufhalte, was ich mache und wann ich wieder in sein Gehege zurückkomme, ist mein Nagellack abgeblättert, ist er entsetzt, halte ich die Sushi-Stäbchen falsch, kollabiert er, sieht er auf meinen Socken keinen besonderen Namen stehen, wird ihm übel, und er geht sofort los neue besorgen, auf denen ein besonderer Name steht, kenne ich etwas nicht, das man kennen sollte, läuft er grün an, dann nämlich wird seine Beziehung zu mir von einer Krise erschüttert, und er erteilt mir Unterricht, ununterbrochen wacht er unter ständigen Seitenblicken darüber, dass ich das Mädchen bin, das er in seinem Gehege stehen haben will, er zwingt mich, neben ihm auf langweiligen Vernissagen rumzustehen und die langweilige Kunst gut zu finden, für die er sich zu keinem Zeitpunkt interessiert, und wenn ich sie nicht gut finde, mache ich ihm eine Schande, dann ist er erschüttert bzw. entsetzt, und das ist überhaupt das Schlimmste: sein Entsetzen, sein Beleidigtsein, wenn ich etwas gemacht habe, was sich innerhalb des Gartenzauns von Patrick nicht gehört, denn Patrick, denke ich, ist in sich drinnen ein zutiefst verunsicherter, einer, dem die aktuellen Zeit-Forderungen und die widersprüchlichen Lebens-Durchsagen aus seinem I-Phone raus direkt in den eingezäunten Kopf gefallen sind, wo er ihnen Folge leistet, wo sie aber auch ein heilloses Chaos anrichten, das er mit aller Kraft zu ordnen versucht, mit Gewalt, denke ich. Deswegen muss ich das Gehege, das Areal, schnellstmöglich verlassen, denke ich, unter allen Umständen, egal was passiert, gleich morgen, denke ich. Darf ich kurz auf die Toilette gehen?, unterbreche ich den Schriftsteller und Patrick. Der Schriftsteller legt seine Stirn in Falten und sieht ungläubig zu Patrick, der eifrig nickt. Ich bedanke mich und laufe, um mir einen neuen Wodka zu holen und dann zu verschwinden. Gleich morgen verlässt du das Gehege, das Zurechtstutzen muss ein Ende haben. Er stutzt dich zurecht, du lässt dich zurechtstutzen, zusammen seid ihr das Zurechtstutzungskommando, denke ich, und du, denke ich, bist die Anführerin, geführt von Angst, die auch Patrick regiert, und jetzt klammern sich zwei panische Ängste aneinander und versuchen sich gegenseitig zu erwürgen, verursachen aber nichts anderes als eine Katastrophenserie. Aus Angst hast du dich in die Hände des ferngesteuerten Gärtners begeben, der sie nach dir ausgestreckt hat, und nun hast du den Salat, den schizoiden Salat, denn irgendwo unter dem seit Jahrhunderten überlieferten Schlamm, welcher in deinem Hirn aufbewahrt ist, denke ich, steht geschrieben, dass du dich von einem Gärtner bewirtschaften lassen willst, und auch dir, denke ich, sind diverse aktuelle Durchsagen in den Kopf gefallen, auf diesen überlieferten Schlamm sind die Durchsagen draufgefallen: nämlich, dass es sich absolut nicht gehört, sich in die Hände eines Gärtners zu begeben, um sich bewirtschaften zu lassen, denke ich. Der Schlamm verträgt sich mit den aktuellen Durchsagen nicht, die weiter lauten: Sei insgesamt total befreit. Sei weiblich und sei wie ein Mann. Sei sexuell befreit, mach möglichst viele krasse sexuelle Sachen, lass dich krass überall reinficken und wirke dabei möglichst selbstbewusst, befreit halt (weswegen ich mit sexuellen Handlungen nichts zu tun haben will und kann, wirklich, ich kann sie nicht durchführen). Die mir in den Kopf gefallenen Propaganda-Durchsagen, die totalitären Propaganda-Durchsagen, denke ich weiter, haben mit dem überlieferten Schlamm zusammen eine Explosion verursacht und einen vollkommen irritierten Kopf zurückgelassen, einen zerstörungswütigen Kopf, einen Werwolfskopf, denke ich. Am Tag ist er der Ehefrauen-Kopf, der bereitwillig mit Patrick über Produkte spricht und ihm beim Einschlafen hilft, hat der Ehefrauen-Kopf aber Ausgang, verwandelt er sich in den grausamen Werwolfskopf, der von einer gemeinen Zerstörungswut, den ferngesteuerten Patrick betreffend, besessen ist, so ist es, denke ich. Vor der Toilette treffe ich den Schriftsteller, der fragt, ob wir jetzt zu dem Fest gehen, ja, sage ich und denke an Patrick, den ich nun wieder stehenlasse, den ganzen Patrick hast du auseinandergebaut und nichts Gutes an ihm gelassen, denke ich, eine Gemeinheit, rücksichtslos, denke ich, denn Patrick, muss man sagen, ist keinesfalls nur der ferngesteuerter Gärtner, als den ich ihn mit meinem Werwolfskopf bezeichne, nein, er trägt in sich auch ein entzündetes Herz, mit dem er mich tatsächlich mag, und deswegen, denke ich, ist es einmal mehr meine oberste Pflicht, das eingezäunte Areal zu verlassen, ehe ich es vollkommen verwüste, alles andere ist schäbig, denke ich im Gehen und Schubsen und stoße auf Patrick, der nach mir sucht, der mich am Arm packt und sagt, er wolle jetzt gehen, mitkommen, sofort, sagt er, festnehmen, abführen will er mich. Ich reiße mich los, laufe weiter, drücke mich durch die Menge zum Ausgang, dicht gefolgt von Patrick, der mich zu fassen versucht, draußen winkt der Schriftsteller ein Taxi heran, und ich steige ein, peng, Patrick bleibt alleine stehen, wir fahren, die Stadt ist voll mit Lichtern, das Taxi überholt sie und fährt in neue rein, und nach 88 Nächten im Bauch liege ich u.a. in Begleitung des Schriftstellers unter einer Bar, eine Spezialvorrichtung versorgt mich mit Wodka und Pillen, jeder schmeißt immer mal wieder was rein, der Schriftsteller legt sich auf mich drauf, Schweiß läuft ihm aus dem Komponisten-Haar, langsam wird es grau, und darüber weint er, er presst sich an mich, damit wir eins sind, es liegen zwei Körper aneinander, die nicht zueinander gehören, denke ich, sehe uns zu, drehe den Kopf zur Seite und gucke, ob ich irgendwo in den tanzenden Menschen über mir Jo sehen kann, aber ich sehe nur zitternde Menschen, ob aus Freude oder Angst, kann ich nicht sagen, ich richte mich auf und halte einen fest, der weiterzuckt, die Haut wellt sich, wie graue Milch tropft sie ihm über den Kinderschädel, welchem ein breites Lächeln aufgespannt ist, lässt er das Lächeln aber sein, schnellt sofort eine kleine Nadel, die an seinen Hinterkopf montiert ist, auf die Kopfhaut herunter, wo sie ihm den Spaß draufschreibt, und die Nadel stoppt das Fräsen erst, wenn der zuckende Mensch wieder das Lächeln anfängt, also lächelt er, wie ich auf dem Boden liegend beobachten kann und was, wie ich bei genauerem Hinsehen feststelle, alle der Anwesenden trifft, woraus ich schließe, dass ich hier wegmuss. Ich krabbele also los und suche einen Ausgang, ich sehe Beine zu Techno auf den Boden stampfen, ein Tritt trifft mich in der Seite, ich liege flach und sehe die Füße, die trampelnden, denke ich, nein, die marschierenden, denn die Füße tun nichts anderes, als im Gleichschritt zu marschieren, und die Hände am oberen Ende der Körper stehen stramm in der Luft, wo sie, wie angeordnet, jubeln und aus ihrem Alltag rausmarschieren, denke ich und fühle meine Nase platzen. Techno, das den Einzelnen mit Sicherheit Tottrampelnde, die Marschmusik zum gemeinsamen Dummsein, die Technologie zum Dummsein, das Dümmste, was die Menschheit an Musik jemals hervorgebracht hat, Techno wird unser aller Untergang sein, denke ich, als ich keine Luft mehr bekomme, weil jemand auf meinem Brustkorb steht und zu hüpfen beginnt, Hitler hätte Techno hören wollen und Techno für das ganze Land verordnet, so auch meine Lehrkörper, sie müssen alle Techno gehört haben, als ihnen ihre desinfizierten Standardisierungseinfälle kamen, auch Götz, wahrscheinlich ein geheimer Techno-Hörer. Techno, denke ich, während die Musik anschwillt und die Trampelabstände dichter werden, die Musik der absichtlich Schwachsinnigen, die nichts interessiert, die nichts mehr versuchen außer ihr Technogebet, denke ich und robbe getreten über den Boden, wo ich meine Zähne einsammele, die ich beschließe gleich als Pillen zu verkaufen, wenn es mein Gesundheitszustand noch zulassen sollte. Techno, das behinderte Stevie-Wonder-Lächeln, denke ich weiterrobbend, das ewige Nicken, die nackte Verzweiflung, die Tragödie, die Bankrotterklärung, der Rückfall, der Endpunkt, denke ich unter den Füßen liegend und nunmehr bewegungsunfähig. Techno ist die Musik von dem verzweifelten Adam und der verzweifelten Eva, nachdem sie aus ihrem Paradies rausgeflogen sind, es ist das elektronische Urwaldgeschrei der elektronischen Massen-Hippies, nämlich zurück zur Natur in ihrer allerdümmsten und natürlich perversesten Form, denn will man zurück zur Natur, kommt man immer wo ganz anders raus, denke ich, als meine Kopfhaut, von meinem Schädel abgerissen, über den Boden rutscht, wo sie von einem Paar neongelber Turnschuhe zertrampelt wird. Techno, die Musik, die ihre Hörer verprügelt, die ihnen die Hirne zu Brei schlägt, bis sie alles gut finden, die Musik derjenigen, die verprügelt werden wollen, damit sie ein Gefühl bekommen, masochistisch, brutal und, wenn man genau hinhört, im Grunde nichts anderes als eine Massenerschießung im Gewand der Musik, der Tod der Musik, mein Tod, denke ich, als ich in Einzelteile zerpflückt auf dem Boden schwimme und immer weniger werde, bis ich mich schließlich in dem Alkohol- und Schweiß-Gemisch auflöse und als kleiner, süßer Weihnachtsschmuck-Engel in den Himmel flattere, an dessen Pforte ich von dem Frischkäse-Werbungs-Personal leider abgewiesen und zurückgeschubst werde, runter in die Arme des Schriftstellers, der an meinem Hemd zerrt, den ich wegschiebe und mich an irgendeinem Körper nach oben ziehe, mein Hemd reißt, ich stehe wieder und sehe: Das Licht ist dunkelrot, Musik donnert, Münder schreien, ich taumele durch den Bauch über einen Spielplatz mit Kindern im Todeskampf, denke ich vor mich hin stolpernd. Hochziehen, runterschlucken, reinstecken und endlich irgendwo dranstoßen. Bitte, ich will unbedingt irgendwo dranstoßen, ich habe bezahlt. Kinder hängen in den Klettergerüsten und liegen aufeinandergestapelt auf dem Boden, wo sie lachen und in ihrem Schweiß verfaulen, Eltern tot, denke ich, lauter gegen ihr Sterben kämpfende Kinder im Bauch, denen das Lebenschaos in den Kopf gefallen ist, so auch dir, denke ich immer wieder und schwimme durch den Bauch, durch die kämpfenden Kinder, welche übereinander herfallen und sich gegenseitig das Herz rausreißen, weil das jetzt modern ist. Nacht für Nacht, sehe ich, treffen sich zwei an der Bar und gefallen sich. Was ist das? Das ist ein Blick aus Augen, die genau gucken, das ist vielleicht das Zurückzucken, das sie beim anderen spüren, das ist ein warmer Geruch, den sie, nach einer Bewegung, aus dem Hemd des anderen durstig schlucken. Sie sperren sich selbst ab, auch die Bar wird zur Sicherheit mit Signalfarben umwickelt. Auf den Tresen schwarze Tinte und die Vereinbarung, denn vorher muss klar sein: Ich kann dich nicht reinlassen, irgendwas ist da bei mir rausgerissen und nicht wieder eingebaut worden, frag mich nicht, was, frag lieber meine Eltern, und ich will gerne sofort meinen ganzen komplizierten Charakter hier vor dir auf der Bar ausbreiten. Du darfst jedenfalls nicht zu viel von mir wollen, und ich verspreche dir, auch ich werde niemals zu viel von dir wollen. Kurz geben die beiden in Absperrband Eingewickelten einander zu verstehen, dass man gerne zu allen möglichen Dingen bereit sei (und darunter wird auch das Herausreißen von Organen fallen), man sich aber zu dieser einen gewissen Sache grundsätzlich nicht in der Lage sehe, und dann verlassen sie den Bauch und legen sich gemeinsam in ein Bett, das am nächsten Morgen bleich und verschmiert unter ihnen liegt, kalt ist es auch, weil einer, vereinbarungsgemäß, eilig das blutende Zimmer räumt, so ist es, so habe ich es wieder und wieder von den vor Schmerzen Schreienden vernommen, so würde es auch mir widerfahren, wenn ich nicht immer rechtzeitig wegrennen würde, um das Rausreißen meines Herzens zu vereiteln, was ja das ganze große Herzvernichtungsproblem auf den Punkt bringt, denke ich. Der Bauch, durch den du schwimmst – ein groß angelegtes Herzvernichtungsprojekt, eine Herzmisshandlungsstätte, eine Herzvernichtungsmaschinerie, rausreißen, liegenlassen, mehr davon. Kalkige Gesichter ziehen vorbei, violett und nass, ich schwimme durch die Menge und will raus, an einen Hals, an Jo's Hals, aber ich finde ihn nicht, nur Patrick zieht plötzlich wieder an mir, und ich sehe in seine Augen, durch die ich hindurchgehen kann, hinein ins Dunkel, da kommt nichts mehr, nichts kommt mehr, er zerrt an meiner Hand, die ich ihm abschlage und weglaufe, weiterschwimme, weiter und nächtelang durch den Bauch, zu dem ich den Ausgang nicht finde.

3

Ich sitze am Kopfende und will mich loswerden. Ich will sterben und davor gerettet werden, denke ich, nur das macht einen Selbstmord interessant. Vielleicht sollte ich es einfach sagen, überlege ich, und während ich überlege, sehe ich Götz, der telefonierend um den Tisch herumläuft. Astrid erklärt, wie sie das Haus, seit ich weg bin, umgestaltet hat und noch weiter umgestalten will. Siggi ist gerade im Keller Wein holen. Also wendet sich Astrid mir zu und redet weiter von der Haus-Gestaltung, obwohl sie weiß, dass es mich nicht interessiert, redet sie mich an, aber sie redet nicht mit mir, sie redet einfach und erspart mir kein Detail. Zum Wohl, sagt sie, hält ihr Wasser in die Luft und nickt einmal zu Götz, der noch immer telefonierend um den Tisch herumläuft. Ich starre vor mich hin, Astrid atmet tief ein und flüstert an Götz' Telefongespräch vorbei: Sie, wir, verbessert sie sich, wir haben dir, also euch, verbessert sie sich, heute etwas zu sagen. Sie glänzt in den Augen und kichert. Sie ist so, denke ich, gucke auf die Uhr, nicke und sperre aus Höflichkeit die Augen auf. Vielleicht bauen sie einen Wintergarten ans Haus, oder sie machen eine lange Reise, was untypisch für Götz wäre, oder sie haben sich ein Patenkind in Afrika gekauft, was noch untypischer für Götz wäre, aber Astrid hätte das sicher gerne. Kurz befürchte ich, dass sie schwanger sein könnte, verwerfe den Gedanken aber wieder. Mir ist schlecht, ich habe zwei Stunden geschlafen, ich schlief mit Fotos von Asche und Nachtlicht im Kopf, ich denke an Jo, den ich nicht finde, und wie er gerochen hat, dafür gibt es kein Wort, kein Wort, und da klingelte mein Handy und ich schreckte hoch. Es war Götz, der sagte: Ich bin bis morgen in der Stadt. Um sechs treffe ich mich mit Siggi bei ihm zu Hause zum Essen, kommst du auch? Ja, ja, ich komme, bis später, ich freu mich, und jetzt sitze ich hier am Tisch, in Siggis Zweizimmerwohnung am Kopfende, und möchte meine Gedanken loswerden, ich will sie ausschalten, damit ich sie nicht mehr haben muss. Ich halte die Luft an, vor mir steht eine Wurstplatte voll mit perversen Fleischwaren, deren Geruch mir in die Nase steigt und mir noch stärkere Übelkeit verursacht. Nacht, Patrick und Angst. Ich habe Angst. Nach dem Anruf von Götz bin ich sofort ins Bad gekrabbelt, das Blut raste, die Stirn war nass, ich habe mich geschämt und geschminkt. Mit Götz und Siggi kann es manchmal ganz lustig sein, habe ich noch gedacht. Ich stand im Bad vorm Spiegel und versuchte mich hübsch zu machen, ausgeleuchtet von Patricks Spezial-Lampe, die es ihm ein besonderes Anliegen war anzuschaffen, weil einem da nichts entgeht, so sagt er immer. Patrick. Ich glaube, das war es jetzt, nach der letzten Nacht werde ich für ihn endgültig gestorben sein, und ich war deswegen froh, zu der Verabredung mit Götz gehen zu können, ich kann fast sagen, ich war erleichtert mich mit ihm, den ich seit Monaten nicht gesehen habe, treffen zu können. Seit ich in die Stadt gekommen bin, dachte ich, im Bad stehend, haben wir uns nicht mehr gesehen, und er fand es auch nicht weiter schlimm, dass ich einfach gegangen bin. So ist er eben. Ich stand also im Bad, bog mir mit kalten Händen die Wimpern zurecht und war erleichtert, meinen Vater sprechen zu können, warum auch immer. Ich wollte nicht in Patricks Wohnung sein, ich wollte ihm nicht begegnen müssen, und deswegen habe ich mich schnell gewaschen, obwohl mir speiübel war, habe ich mich sofort angemalt, angezogen und bin geflohen. Ich bin die Treppe runtergelaufen und unten mit der Straße zusammengestoßen. Stein, Häuser, Licht und alles, ich habe die Sonne gesehen, und ich dachte, die Sonne beleuchtet auf die scheinheiligste Weise diesen Sonntag, an Sonntagen ist sie grundsätzlich eine scheinheilige, fand ich und lief. Ich sah Kinderwagen, und ich dachte, Sonntage waren schon immer eine Unverschämtheit, eine Taktlosigkeit, und ich wollte so nicht denken. Als ich an einer Ampel stand, passierte vor meinen Augen plötzlich ein Auffahrunfall, und ich fühlte mich augenblicklich schuldig. Gut, ich versuchte mir meine Schuld also auszureden. Du bist nicht schuld, sagte ich zu mir, und ich wartete, bis es grün wurde, und ging weiter, bis zur nächsten Ampel, wo sich ein Mann in löchrigen Hausschuhen neben mich stellte, blaugeädertes Gesicht, entzündete Poren, und der sagte aus seinem morschen Bart heraus: Ich weiß, wer dich umgebracht hat, es waren die Nazis. Ich habe den Kopf geschüttelt, ich habe ihm drei statt einer Zigarette geschenkt, noch ein bisschen Kleingeldmist und bin weitergestolpert durch Menschen und Absichten, wie aus Papier durch den Sonntag durch. In deiner Papierbrust flattert ein Kolibri, der unaufhörlich gegen die Wände fliegt, bis du tot bist, dachte ich, immer schneller auf das Götz-Treffen zu rennend, von dem ich dachte, dass es ein reines Götz-Treffen werden würde, ich rannte, ohne mich beeilen zu müssen, zu meinem Vater, absurd, denke ich jetzt kopfschüttelnd vom Kopfende aus. Götz ist in das Nachbarzimmer gegangen, um ungestört zu sein, wie er immer sagt, Astrid ist in der Küche verschwunden und schneidet Baguette für die perverse Wurstwarenplatte zurecht, und ich sitze da und habe meine Angst. Als ich an der Ampel stand, war die Angst besonders groß gewesen, ich hatte ein inneres Zittern und schreckliche Angst, und da dachte ich, ich sollte es einfach sagen. Ich habe kein Drogenproblem. Aber das Studium ist gelogen, Götz!, ich studiere nicht, die Universitäten haben alle abgesagt. Ich habe kein Geld mehr, ehrlich gesagt habe ich sogar Schulden, auch keine Wohnung übrigens und insgesamt überhaupt keine Ahnung. Vielleicht sollte ich ihm das einfach sagen. Ich brauche ein Leben, aber ich habe keins, kein Oben und kein Unten.

Das dachte ich an der Ampel, und dann ging ich weiter. Ich setzte meine Schritte und verbot es mir, auf die Ritzen zwischen den Steinplatten zu treten. Das half, irgendwie freute ich mich tatsächlich auf Götz, was an sich völlig irrsinnig ist – sich auf Götz zu freuen ist der totale Irrsinn, denke ich jetzt, aber ich freute mich, ich bekam bei dem Gedanken, meinen Vater zu treffen, gute Laune, bessere zumindest, als ich sie in diesem Moment habe, denke ich am Kopfende. Astrid kommt mit dem Baguette aus der Küche gelaufen und sagt schon wieder, sie hat später irgendwas zu sagen, wie ich, die ja eigentlich auch etwas sagen will, aber Astrid will, im Unterschied zu mir, eigentlich zu jeder Gelegenheit etwas sagen, sie ist ganz verrückt danach, dauernd etwas zu sagen, und natürlich sind es immer nur langweilige, egale, blödsinnige Sachen, die sie sagt, und ich hatte mit ihrer Anwesenheit, wie gesagt, auch gar nicht gerechnet, berechtigterweise, denn Götz sagte ja am Telefon »Ich treffe mich um sechs mit Siggi« und nicht »Wir treffen uns um sechs mit Siggi«, weswegen ich also davon ausgegangen bin, ihn zu sehen. Es machten aber nicht er oder Siggi die Tür auf, wie ich es erwartet hatte, nein, in der Tür stand Astrid, die mich an ihr dunkelrotes Polo-Hemd zog. Wir standen im Flur und hielten unser Lächeln wie Schilder in die Luft. Wir warfen uns ideenlose Sätze vor, wir stolperten durch eine kraftlose Unterhaltung, die für uns beide nichts als eine Zumutung war, bis wir nach wenigen Minuten einsahen, dass wir keine Wörter mehr hatten, und ins Wohnzimmer von Götz' altem Freund Siggi flüchteten, wo Götz am Fenster stand und telefonierte.

Veranlassen Sie das bitte augenblicklich, Herr Baumann, und setzen Sie mich in CC. Siggi lief an mir vorbei und sagte: Hast dich ja richtig gemacht. Ich nickte und setzte mich gleich ans Kopfende, wo ich noch immer sitze. Ich wartete, dass Götz mit dem Telefonieren fertig wird. Seit ich ihn kenne, telefoniert er und knöpft sich dabei das Hemd auf und zu, meistens läuft er dabei auch noch im Kreis. Als er fertig war, habe ich ihn umarmt, mich auf die Zehenspitzen gestellt und mich an seinen Hals gelegt. Ich rieche seinen Geruch. Das ist Rasierwasser mit Luft von unterwegs. Er sagte: Gut siehst du aus, und fragte: Wie geht's denn so, und ich antwortete: Gut. Wir nickten, er tätschelte mir die Schulter, sagte noch mal: Gut siehst du aus, und: Ich bin gleich bei dir, er habe nur noch ein Gespräch zu führen, das er bis jetzt immer noch führt. Auf Götz muss man immer warten, und auch Carmen hat oft gesagt, man tut mit deinem Vater nichts anderes, als auf ihn zu warten, und wenn er dann da ist, hört er nicht zu, hat sie gesagt, und Astrid, die sich nun neben mich setzt und zum Fleischwaren-Essen trommelt, sagt das inzwischen auch, nämlich dass Götz nie da ist und wenn er da ist, nicht zuhört. Ich bin jetzt schon völlig verzweifelt und von den Essens-Teilnehmern eingemauert, denke ich am Kopfende, von wo aus ich die Situation überblicke. Um uns sind Bücherwände. Ein Denkzimmer, so ist es gedacht, so sieht es aus, und von der Decke fließt warmes Licht, in der Mitte steht der Tisch. Siggi hat viele Bücher gelesen, aber sein Leben trotzdem total versaut, denke ich und lächele Siggi an, der sich setzt und mir Wein gibt, ich trinke, auch wenn mir übel ist, aber so habe ich wenigstens etwas zu tun. Astrid und Siggi sitzen, Götz steht noch. Astrid verdreht die Augen, sie ruft ihn und sagt: Es ist immer das Gleiche mit dir, Siggi nimmt sich Wurst, Delikatessen, wie er sagt. Es wird eine Katastrophe werden, aber ich sage nichts. Ich sage schon lange nichts mehr, denke ich und will mein Gedachtes, diesen Geistesmist, der nirgendwohin führt, nicht mehr hören. Götz kommt, er sagt mir zum dritten Mal, dass ich gut aussehe, alle sitzen, rechts von mir Götz und Astrid, links Siggi. Es läuft Jazz-Musik – für mich schon immer die Todes-Musik, denn sie lief bei uns an Wochenenden, morgens, und sie machte den ganzen Tag zu einem Begräbnis-Zug. An den seltenen Morgen, an denen Götz da war, legte er Jazz-Platten auf, und dann waren der Jazz, das Zeitungsrascheln und die schlechte Laune der sich anödenden Eheleute im Wohnzimmer zu hören, und jedes Kind konnte sehen, dass es hier zu Ende geht, so war es, und deswegen saß ich am Frühstückstisch und dachte immer, Jazz ist eine böse Musik, Jazz ist die Todes-Ankündigungsmusik. Götz wippt zur Musik und tippt auf seinem Handy, für das er auch Werbung machen könnte, so vor der Bücherfassade sitzend, mit seiner Graumeliertheit, dem Anzug und dem Hemd, die oberen drei Knöpfe offen, das sähe gut aus. Es wird eine Katastrophe, denke ich wieder, meine Worte werden den Weg aus mir heraus nicht zu Götz finden, ich werde an ihnen ersticken. Die Essens-Gesellschaft macht Sätze, Wurst kauend. Siggi schmatzt und redet von der Gesundheitsreform, Astrid sagt, dass sie ja eigentlich gar kein Fleisch mehr essen wollte, Götz berichtet von einer Immobilie in der Schweiz, die er zu kaufen beabsichtigt, und sie reden weiter von Orten, an denen man sich vielleicht noch ein Haus kaufen sollte, und ihr größter Traum wäre, sagt Astrid, wenn in der Nähe ein Golfplatz wäre. Siggi meint, er hätte unheimlich viel Lust zu segeln, denn auf einem Segelschiff versteht man erst, was Freiheit wirklich bedeutet. Götz sagt, ein gutes Segelschiff kostet soundsoviel, nebenbei empfängt er eine E-Mail und schimpft über die Unfähigkeit von Herrn Baumann, der zu nichts zu gebrauchen ist, am liebsten würde er ihn ganz rausschmeißen, den nichtsnutzigen, viel zu teuren Herrn Baumann, und dann erzählt er, wen er noch alles rausschmeißen will, was fast sein gesamtes Beratungsunternehmen ist, nur sich selbst will er nicht rausschmeißen, denn was am Ende des Tages zählt, ist die Leistung, und nein, Astrid, ich habe keine Lust, schon wieder diese Diskussion anzufangen, davon verstehst du einfach nichts, und Astrid ist empört, sie schüttelt energisch den Kopf, aber hat zu viel Benehmen, um vor Siggi loszustreiten, der das angebrannte Gespräch löscht, indem er allen seine neue Uhr zeigt, über die sie sich zu dritt beugen, und dann reden sie über Glashütte-Uhrwerke, die einfach die besten sind, und dabei vertragen sich alle, und auch Götz zeigt seine Uhr. Ich trinke Wein und hasse sie, ich will so nicht denken, denke aber, dass ich sie hasse und dass Götz ein Stein ist mit Unkraut drauf, womit ich seine grauen Haare meine, die auf seinem grauen Kopf wachsen, wobei ich nicht sicher bin, ob an seinem grauen Anzug-Körper überhaupt noch etwas natürlich wachsen kann, denn ich halte ihn ja schon lange für tot, wie gesagt. Sie reden von Berufen. Siggi sagt: Am meisten Geld bringen einfach Privatpatienten. Aber hier hast du nur Türken, da verdiene ich einfach nichts, und Astrid sagt: Ja, das Problem mit den Migranten, da muss politisch einfach etwas passieren, und Götz sagt: Also, ich kann mir durchaus vorstellen, in die Schweiz zu ziehen, und ich frage mich wieder und wieder, wie ich so dumm sein konnte, hierherzukommen in der Absicht, etwas über mich mitzuteilen, denn es ist ja so, dass man in diesem Persönlichkeits-zerstörenden Umfeld, von dem ich schon lange weiß, dass es Persönlichkeits-zerstörend ist, keinen einzigen Satz sagen kann, der beim anderen ankommt. Astrid macht Siggi ein Kompliment für seine Inneneinrichtung, Siggi redet von seiner Noch-Frau, die die Inneneinrichtung mit ausgesucht hat, und Götz fragt Astrid, ob sie ihm diese eine wichtige E-Mail ausgedruckt hat. Hat sie, natürlich hat sie das gemacht, sagt sie wie eine Liebeserklärung, und Götz nickt und bedankt sich wie bei seiner Sekretärin, die Astrid sowieso ist, und in ihrer Rolle als Sekretärin hofft sie auf Liebes-Worte, bekommt aber nur Sekretärinnen-Sätze, von denen sie Mal für Mal niedergemeuchelt wird. Bisher ist sie immer wieder aufgestanden, irgendwann aber, das weiß ich, wird sie an den Sekretärinnen-Sätzen sterben, für immer tot liegen bleiben, und dann wird sie gar nichts mehr sagen. Niemals, denke ich, kann es hier gelingen, dass ein Satz so ankommt, wie er gemeint war, niemals, denke ich wieder, denn die Worte, die man sagt, werden in den Köpfen der Essens-Teilnehmer zu etwas Falschem gemacht, sie werden nicht gehört, sondern sofort an eine Stelle des Essens-Teilnehmer-Kopfes gebracht, die für das Wort des anderen vorgesehen ist. So gesehen hat jeder der Essens-Teilnehmer einen Platz in den Köpfen der anderen Essens-Teilnehmer, und dort wird er hineingestopft und eingesperrt, ob er will oder nicht. Deswegen sind die Köpfe der anderen Gefängnisse, und die Kopf-Besitzer sind die Gefängniswärter, die nicht mit sich reden lassen. Sie sind nicht nur die Gefängniswärter, sie sind auch die Lügen-Wärter, die ihre Wahrheit bewachen. Ich will meine Gedanken loswerden, die mich in Familien-Gesellschaft immer wieder überfallen. Ich gucke Astrid an, die in ihrer Longchamps-Handtasche nach ihrem silbernen Zahnstocher-Döschen sucht. Sie findet es und sagt Verzeihung, zu wem auch immer, bevor sie sich vom Tisch abwendet und hinter vorgehaltener Hand ihren Mund säubert. Auch Astrid ist eine solche Lügen-Wärterin, denke ich. Wenn ich Astrid frage, wie geht es dir, sagt sie mir von vorneherein nicht die Wahrheit, sie macht ein Schauspiel, nämlich das Mir-geht-es-gut-Schauspiel. Sie führt es vor meinen Augen völlig ungeniert auf. Erst seit kurzem, seit es ihr gelungen ist, Götz zu heiraten, fällt das Schauspiel manchmal aus, aber sonst trägt sie es immer wieder vor, weil sie die Tragödie vertuschen will, die sie mit Götz erfahren hat und immer noch täglich erfährt. Es ist ihre Lebens-Tragödie, sich mit ihm verheiratet zu haben, denke ich, für sie als ehemals hauptberufliche Erfolgs-Frau ist es eine Niederlage, sich ganz und gar dem entlegenen, dem vollkommen unwirtlichen Götz-Leben angepasst zu haben. Sie gibt die Hoffnung aber nicht auf, und die Marketing-Strategie geht nun dahin, denke ich, bis auf weiteres das Mir-geht-es-gut-Schauspiel aufzuführen, insbesondere vor mir, denn ich war schon immer ein Dorn in ihrem Frauen-Auge, sie hat mich immer dafür gehasst, dass ich die Götz-Tochter bin und deswegen etwas jünger als sie, denke ich am Kopfende sitzend und trinke meinen Wein leer, während die anderen Wurst essen und ein politisches Gespräch anfangen. Astrid tupft sich den brombeerrot geschminkten Mund ab, gleich geht sie auf die Toilette, um die Lippenkontur nachzubessern. Sie hat mich schon immer dafür gehasst, dass ich jünger bin, wie auch Carmen mich dafür gehasst hat, ehrlicherweise muss ich das so sagen, denke ich, und ich hasse deswegen die Gesellschaft enttäuschter Frauen-Wünsche. Frauen, wie ich sie von zu Hause kenne, hängen an Männern dran und um sie herum, und sobald es geht, denke ich, setzen sie sich auf sie drauf, von wo aus sie die Männer dann überwachen, und wenn sie sich auf niemanden haben draufsetzen können, denke ich am

Kopfende, reden sie von nichts anderem als der Frage, auf wen sie sich in Zukunft draufsetzen könnten. Astrid jedenfalls redet mit ihren Freundinnen über nichts anderes, und sie denkt auch an nichts anderes. Auch Carmen berät in ihrer Lebensberatungsstelle unentwegt unglückliche Frauen in diesen Fragen und ist selbst an diesem Problem verunglückt. Frauen, wie ich sie von zu Hause kenne, denke ich, gehören sich nicht. Ihr Blick gehört nicht ihnen selber, sondern immer den Männerschritten, sie messen unentwegt die Männerschritte, sie gucken, wo die Männerschritte hingehen, und anhand der Größe der Männerschritte, denke ich, messen sie, wie groß sie selber sind, weswegen es immer die Männerschritte sind und bleiben werden, die die ganze Welt diktieren. Frauen, wie ich sie von zu Hause kenne, diktieren nicht, denn sie sind ja immer nur damit beschäftigt, Männern ängstlich auf die Füße, die Finger, den Mund und alles Mögliche zu gucken, das ist ihr Lebensinhalt: die Analyse der Männerschritte. Darüber hinaus, denke ich, sind Frauen für alles zuständig, was dazwischen ist, was aber niemals in irgendeine Zeitung reingeschrieben wird. Sie besorgen alles, was zwischen den Dingen liegt, das, was man nicht sieht, aber unbedingt braucht. So haben sie Häuser, Menschen und die ganze Weltgeschichte aufgebaut, aber man hat sie dabei niemals gesehen. Ich jedenfalls sehe sie immer nur ihr scheinbar einziges Ziel verfolgen, nämlich auf Männer draufklettern, an ihnen dranhängen und sie heiraten wollen, um nichts anderes geht es, denn auf eine Existenz ohne Mann und Kind stehen hohe Strafen. Sind sie straffrei, hat es doch geklappt, sehe ich sie Babywagen umherzerren und ihr studiertes Potenzial verschwenden, was sie schließlich entweder unglücklich oder babyblödsinnig oder beides zusammen werden lässt, und dann rasen sie unglücklich bzw. babyblödsinnig geworden zwischen ihrem Familiennest und Büroräumen und Sollzuständen hin und her, und bevor ich so, nämlich Männer-, Baby- und Sollzustands-blödsinnig, werde, bringe ich mich mit spätestens 35 Jahren um, das ist mein Ernst, es sei denn, ich bin selbst was geworden, was ja gegenwärtig mehr als fraglich ist. Siggi und Götz reden über Siggis Weinsammlung und stellen übereinstimmend fest, dass der Wein gut ist, und erinnern sich gemeinsam anderer Weine, die besser oder schlechter waren, in diesem Fall aber stimmt das Preis-Leistungs-Verhältnis, so viel steht fest, sagt Götz, und er sagt weiter, dass die Haushaltspolitik der Regierung die größte Fehlkalkulation sei, die die Welt je gesehen hat. Astrid versucht in das Gespräch reinzukommen, aber sie lassen sie nicht, und dann sucht sie wieder etwas in ihrer Longchamps-Handtasche, und auch ich fange an, irgendetwas zu suchen, mein Handy, denn ich will mich mit ihr nicht über meine Zukunft unterhalten, und das hat sie mit Sicherheit vor, wenn sie nicht gleich in das Gespräch reingelassen wird. Astrid und ich können uns nicht unterhalten, wenn ich zu Astrid sage, du siehst gut aus, denkt sie, ich sei hinterhältig und wolle sie ärgern. Sie denkt es, weil sie es selbst nicht finden kann, und deswegen empfindet sie mein Kompliment als Hohn. Sie betrachtet mich als ein Hindernis auf ihrem Weg zur totalen Götz-Kontrolle. Ja, sie denkt, ich will ihn ihr wegnehmen, das hat sie immer gedacht, seit wir uns kennen, dabei kann Götz von niemand genommen werden, auch von mir nicht, denke ich und schütte mir noch einen Wein ein. Man kann sich Götz nicht nehmen, aber ich muss sagen, dass ich, genau wie Astrid, von der Götz-Krankheit, fast will ich es die Götz-Besessenheit nennen, ebenfalls befallen war, oder ich bin es jetzt noch, sonst wäre ich wohl nicht hier. Sonst wärst du jetzt wohl nicht hier, sage ich laut, und Siggi prostet mir zu, und Astrid sieht sich veranlasst, auch zu prosten, und Götz macht es ebenfalls. Ich gucke mir Astrid an. Zum Wohl, sagen wir alle der Reihe nach. Astrid sieht aus wie Carmen in Blond, denke ich. Nach Carmen, wird sich Götz gedacht haben, braucht meine Frau eine neue Haarfarbe. Nicht Dunkelbraun, sondern Blond, damit die Carmen-Zeit für alle erkennbar vorbei ist. Sie hat wie Carmen ein feines Vogel-Gesicht, eine adrette Frisur, und sie ist immer zurechtgemacht, und zwar »dezent«, und sie verwendet auch dieses Wort sehr häufig. Ich habe sie nie kennen lernen können, wie gesagt, denn unsere Beziehung war ja von Anfang an von der Götz-Besessenheit überschattet. Von Anfang an versuchte sie, davon besessen, Götz zu besitzen, mich mit Geschenken zu erpressen, und es waren immer die schlechtesten Parfums, Schminksachen und Accessoires. Ich unterstelle ihr, dass sie mich einerseits hässlich machen wollte, es war ihr Ziel, aus mir einen stilverirrten Teenager zu machen, der außer Konkurrenz läuft, und dass sie andererseits die Absicht hatte, mich durch ihre Geschenke zu erpressen. Ihre Erpressungsversuche sollten bewirken, dass ich mich nicht gegen sie auflehne, sie sollten mich ruhigstellen, denn ihre Furcht muss gewesen sein, dass ich ihre Götz-Umgestaltungs-Pläne durcheinanderbringe und ihre Umsetzung erschwere, und deswegen hat sie mich auf die durchschaubarste Weise erpresst, und ich fand die Erpressungs-Accessoires wegen ihrer Durchschaubarkeit eine solche Zumutung, dass ich sie nur als eine mutwillige Beleidigung auffassen konnte, und damit bin auch ich eine Gefängniswärterin, und zwar eine besonders brutale und strikte. In meiner Götz-Besessenheit habe ich Astrid in das Gefängnis für eifersüchtige Götz-Besessene gesperrt, und ich habe sie auch niemals wieder rausgelassen, so ist es leider. Siggi und Götz essen den Rest der Fleischplatte auf, Astrid sagt, nein danke, ich habe genug, obwohl Götz und Siggi nicht gefragt haben, sie lassen aber anstandshalber das letzte Stück Blutwurst liegen, etwa fünf Minuten wird es da noch liegengelassen, und dann wird Götz es sich nehmen, aber vorher wird er die scheinheilige Frage: Möchte noch jemand?, stellen, die in Wahrheit gar keine Frage ist, sondern ein Manieren-Satz, den er auswendig gelernt hat, wie er überhaupt sein gesamtes Sozialverhalten auswendig gelernt hat, es ist nicht in ihm drin, es steht nur in ihm herum, wie ein Buch, das er sich angeschafft hat, weil es für ihn von Vorteil ist, weil er damit besser zum Ziel und durchs Leben kommt, aber wenn es die Situation erfordert, ist er jederzeit dazu bereit, sein Verhaltens-Buch wieder zuzuklappen, um so zu sein, wie er ist, nämlich asozial und durch und durch egoistisch, so ist es leider, denke ich und trinke, obwohl mir schlecht ist und ich jetzt Kopfschmerzen habe. Will noch jemand?, sagt Götz und nimmt sich tatsächlich die Blutwurst. Ich schüttele den Kopf, Götz zwinkert mir zu, ich lächele, dann lache ich. Ich erkenne das Problem, aber ich kann es nicht ändern und muss wieder an meine Existenz als Gefängniswärterin denken, die ich den anderen ebenso vorwerfe. Ich nehme meine Hand und tue so, als würde ich mir damit meinen Gefängnis-Kopf absägen. Götz guckt gerade, er denkt, ich mache Scherze, und prostet mir zu. Götz, denke ich, lebt bei mir in dem Verlies für egomane, für emotional behinderte Arschlöcher, und zwar seit Jahren völlig chancenlos. Wenn Götz mich fragt, willst du das letzte Stück Blutwurst, denke ich von vornherein, er tut es nur wegen des Verhaltens-Buches, nämlich aus Berechnung. Wenn Götz mich fragt, wie geht es denn so, sage ich niemals die Wahrheit, ich denke, Götz ist das egomane, das emotional behinderte Arschloch, deswegen, so wird ihm von mir grundsätzlich unterstellt, will er niemals wirklich wissen, wie es mir geht, also antworte ich immer auf gelangweilte und unehrliche Art. Ich sperre ihn ein, denke ich, ich bin genauso wie die anderen um die Fleischplatte Herumsitzenden. Götz kaut auf seiner Blutwurst und zwinkert mir noch mal zu. Und? Was gibt es Neues?, sagt er. Ich nicke, noch mit meinem Gefängniswärter-Gedanken beschäftigt, und denke, das nächste Mal, wenn er dich heute fragt, sagst du ihm, wie es wirklich ist, du steigst über deine ursprünglich gefasste Meinung drüber und sagst die Wahrheit. Ich werde die Wahrheit sagen, denke ich und somit die Verlogenheit der Essens-Gesellschaft bekämpfen. Egal, was kommt, du sagst heute die Wahrheit, denke ich, setze mich gerade hin, stoße mein Glas über den Tisch hinweg an Götz' Glas und trinke es leer. Götz empfängt einen Anruf und rennt dabei in rücksichtsloser Weise um den Tisch herum, damit jeder sieht, dass er wichtige Anrufe empfängt, Anrufe, in denen es um Flüge und Aktienkurse geht. Ich habe meinen Einsatz verpasst. Siggi und Götz gehen vom Wein zum Schnaps über, Astrid sagt nein danke. Die Essens-Teilnehmer befinden sich wieder im politischen Gespräch. Wie immer vergreifen sie sich an einer politischen Diskussion, die auf die dümmste Art geführt wird, so dumm, dass ich, jemand, der von Politik keine Ahnung hat, die Dummheit ohne weiteres bemerke. Ich hätte gerne ein politisches Gespräch, aber ich weiß, hier bekommt man sicher keins, denn es ist eine aus dümmsten Allgemeinheiten bestehende Diskussion, die man eine Diskussion nicht nennen kann, treffender wäre es, sie einen Themen-Missbrauch zu nennen, den sie gemeinsam begehen, um sich selbst an sich voreinander zu erregen, um sich als politisch Interessierte, als Intelligente auszuweisen, in Gesellschaft ist das ihre Hauptbeschäftigung. Der Staat ist ein Schwein, ein dummes und viel zu dickes, wie immer, seit ich denken kann, wird der Staat als ein großer Haufen abwesender, unfähiger, von Beruf hochbezahlter Schweine bezeichnet, als ein Haufen aber, der ewig einer bleiben wird, und immer wieder: der ewig einer bleiben wird. Götz sagt, er hat schon mit sechs Jahren sein eigenes Geld verdient, und hält einen Vortrag, wie er ihn immer hält, die Liberalen kann man leider nicht mehr wählen, die Parteienlandschaft überhaupt kann man vergessen, es ist eh alles das Gleiche, und doch, das kann man sehr wohl so sagen, und es interessiert mich ü-ber-haupt nicht, ob das jetzt eine Pauschalisierung ist, Astrid!, sagt Götz. Siggi wählt immer noch Grün, seit Jahren, was denn sonst, besser als gar nicht wählen, wie Götz, der sagt, er hat damit keinen Vertrag, er findet das alles nur noch lächerlich und zum Wohl! Lächerlich! Es läuft Jazz-Musik, ich gucke zu, ich verstehe nichts und kann deswegen nichts sagen. Ich sage: Ich verstehe nichts.

Geht den meisten so, sagt Siggi und schwenkt sein Glas.

Letztlich ist jeder für sich selbst verantwortlich, meint Götz.

Ich verstehe nichts, sage ich wieder. Götz: Was gibt es denn daran nicht zu verstehen?

Ich verstehe dich nicht, und ich verstehe nicht, wovon du redest, sage ich. Das weiß der selber nicht so genau, sagt Siggi und lacht, und Götz und Astrid lachen auch. Sie nennt Götz ihren Schatz. Willst du auch einen Schnaps?, fragt Siggi, und ich sage: Ja, betrunken geht es einem einfach viel besser, und Siggi und Götz lachen, und Astrid schüttelt anstandshalber den Kopf. Sie kommen nun auf die Verkommenheit der katholischen Kirche zu sprechen, sie sprechen dann von der Verkommenheit der Kirche im Allgemeinen und schließlich davon, dass Religionen insgesamt überkommen sind und nur Unheil anrichten, was man ja am World Trade Center und so weiter bestens sehen kann. Wieder ist es eine Unterhaltung, wie man sie dümmer nicht führen könnte, es ist eine aus der Zeitung abgeguckte, die Essens-Teilnehmer haben sich ein paar Sätze aus der Zeitung herausgeklaut, die sie jetzt voreinander vortragen, um mit ihrem Zeitungswissen anzugeben, die ganze Unterhaltung ist eine abgeguckte, denn sie wissen, dass man sich gerade viel über die katholische Kirche unterhält, also tun sie das auch, obwohl sich niemand hier am Tisch wirklich für die katholische Kirche interessiert, niemand der Essens-Teilnehmer interessiert sich für die Kirche, niemand hier interessiert sich überhaupt für irgendwas, es geht einfach nur darum, ein richtiges Abendessen nachzumachen. Uuuuhuhuhh, ich würde so gerne Gott kennen, stöhne ich, und Siggi lacht laut auf und sagt: Na, du bist mir eine! Götz zeigt mir einen Vogel, und Astrid sagt, er soll mir keinen Vogel zeigen. Die Kirchen-Unterhaltung schläft ein. Götz guckt durch Siggi durch, der in die Luft prostet, Astrid lehnt ihren Kopf an Götz' Schulter, die unverändert stehen bleibt wie eine Kante. Er ist ein Brocken, es tut mir leid. Astrid will Götz auf ihrem I-Phone ein Bild von einem Sofa zeigen, das sie anschaffen möchte. Ich bin schon ziemlich betrunken. Alle außer Astrid trinken Schnaps. Sie liest von ihrem I-Phone ab und zitiert aus dem Sortiment eines Sofaherstellers. Da gibt es also ein Sofa, das heißt »Nomade«, und das gefällt ihr besonders, es handelt sich um eine Polsterfamilie mit kombinierbaren Elementen, die schlichte Formen, perfekte Proportionen und Bequemlichkeit vereinen. Sie hätte es gerne in Cremefarben oder doch lieber in einem dezenten Grau, was Götz meint?

Astrid: Schatz, bitte!

Götz: Ja, sehr schön.

Als Astrid zu uns gekommen ist, hat sie das ganze Haus entkernt. Im Keller waren noch Schuhleichen von Carmen. Götz hatte keine Zeit, sie wegzuräumen, er musste arbeiten, und ich wollte sie nicht wegräumen. Astrid zupft an seinem Jackett, sie schmatzt in die Luft, tatsächlich drei Mal, er tätschelt sie völlig ohne Engagement, schenkt sich nach und trinkt. Sie flüstert ihm etwas ins Ohr. Sie wollte ja noch etwas sagen und bespricht nun den Zeitpunkt, wie ich vermute. Götz bewegt sich nicht, sie lacht, aber nur mit dem Mund, und fährt ihm durch das Haar. Vor den Fenstern wird es langsam dunkel. Die Äste der Bäume greifen wie Krallen in den Himmel. Ein kleiner Streifen Rosa klebt noch am Himmel, der gleich von der Nacht verschluckt wird. Ich versinke in meinem Stuhl am Kopfende, mir klettert wieder die Angst von heute Mittag die Brust hoch, als ich beschlossen hatte zu sagen, wie katastrophal ich mein Leben gemacht habe, aber ich kann mir nicht mehr vorstellen, meinen Mund aufzubekommen, und ich denke wieder, dass es eine vollkommen schwachsinnige Schnapsidee war, hierherzukommen. Nichts anderes will ich als mich loswerden. Götz hat nun schon so viel Schnaps getrunken, dass er sich die Krawatte aufknotet und sie wie ein Lasso schwingt.

Lieber Papa,

trink nicht immer so viel, ich hab dich lieb, und ich weiß auch nicht, wie du so werden konntest. Ich meine, du warst doch mal anders, früher, auf den Fotos. Ihr wart im Theater, hat Carmen gesagt. Warum bist du so ein unerträglicher Brocken geworden, an dem jeder sich wund scheuert und von dir runterfällt? Ich hab so viel in mir, was du nicht weißt und wofür du auch zu mathematisch bist, und ich will es trotzdem vor dir ausbreiten. Das ist saudumm, ich weiß. Aber verstehst du, ich suche überall. In der Stadt, in Berufen, in Carmen, im Supermarkt und in Dir, aber ich finde nichts, gar nichts.

Er ist nicht Schauspieler, sondern Unternehmensberater geworden, so ist es halt gekommen, hat er immer gesagt, wenn ich ihn gefragt habe. Er ist sein Anzug geworden, denke ich, eine linierte Hülle, die von einem Brocken gefüllt wird. Die Hülle marschiert über graue Teppiche durch getaktete Tage und ist inzwischen völlig ohne Bewohner. Sie führt ihr Leben aus, sie läuft in Konferenzen rein und aus Flugzeugen raus, sie bekommt Anrufe, selten private, und sie ist außerstande, zu sehen, dass es Menschen gibt, die sie mit ihrem Hüllendasein zur Verzweiflung treibt, denke ich und starre Götz an. Er hat nichts in den Augen, was ihm gehört. Seine Augen sind kalte Steine, die in seiner Kopfmaschine liegen, und er spuckt auch nichts anderes als Steine, unter welchen man als sein Gegenüber begraben wird, denke ich, sein ganzer Wortschatz ist ihm aus dem Kopf geraubt und durch unternehmensberaterische Satzbausteine ersetzt worden, denke ich und nehme mir Götz' Schnaps, den ich in einem Zug herunterspüle. Ich nicke Siggi und Götz zu, die jetzt bei Preisen von Scheidungen sind. Ich rülpse. Götz sagt, Na, na, na, und ich bin dankbar für diese erste Erziehungsmaßnahme. Ich freue mich, und irgendwie sage ich dann: Ich bin übrigens auf der Schauspielschule genommen worden.

Oh! Ja, Mensch!, gratulieren Astrid und Siggi, und Götz guckt mich an, als hätte ich ihn erschreckt.

Ja, dann wird aus dir ja vielleicht noch mal richtig was, sagt er. Es ist sowieso alles egal, ich bin betrunken, mein Kopf tut weh, also erzähle ich von der Schauspielschule, auf der ich nie genommen wurde und Götz auch nicht, und dann stoße ich im richtigen Moment mein Weinglas um, und alle retten sich vom Tisch weg aus Angst vor Flecken. Astrid und ich wischen, wir sitzen wieder, ich halte ab jetzt besser die Klappe.

Astrid guckt auf die Uhr, Siggi seufzt. Es geht weiter um Scheidungen und insbesondere Preise von Scheidungen: Siggi will keine Kinder mehr, sagt er, er hat gerade sein letztes bekommen, also, seine Noch-Frau Maria, die ein bisschen älter ist als ich, die war schwanger von ihm, und Siggi dachte, jetzt geht es so richtig los mit Glück und Familie, doch noch mal Schwein gehabt, aber dann ist sie ihm weggelaufen, und jetzt muss er Unterhalt zahlen wie für seine anderen beiden von ihm getrennten Kinder auch, und Götz sagt dazu: Hätt' ich dir gleich sagen können, worauf Siggi entgegnet, dass er vollkommen arm werde durch seine ihm weggelaufenen Frauen, die immer nur sein Geld und niemals ihn gewollt haben, und Götz sagt, ihm gehe es da nicht anders, Astrid verdreht die Augen und sagt, so könne man das alles nicht sagen, und ich sage gar nichts mehr, ich starre nur auf die Essens-Teilnehmer und habe meine Angst im Bauch, die ich durch meine Lüge noch schlimmer gemacht habe.

Siggi: Da willste dir doch 'n Strick nehmen. Mit dem Geld, der Liebe und das alles.

Aber echt, sage ich.

Siggi und Götz stürzen noch einen Schnaps runter, Astrid sagt: Nein danke, und Götz rechnet die Kosten vor, die ihm durch die Scheidung von Carmen entstanden sind. Es waren Millionen-Beträge, die er für die Scheidung von Carmen aufzuwenden hatte, setzt er Siggi auseinander, der mitleidig nickt. Götz war schon immer geldverrückt, denke ich und zünde mir eine

Zigarette an. Astrid hustet mit einem wütenden Blick in meine Richtung, Siggi fängt an, einen Joint zu drehen, und folgt weiter Götz' Rechnung. Seit ich denken kann, haben Götz und Carmen ausschließlich über Geld gesprochen, es war ihr Lieblingsthema, über Geld und Formen der Geldverschwendung zu streiten und schließlich das Reden ganz aufzugeben, wenngleich die Geldverschwendungs-Kriege natürlich unausgesetzt fortgeführt wurden, bis hin zum totalen Ehe-Scheidungs-Geld-Krieg, bei dem sehr viel Geld verlorenging, und nicht nur das, erinnere ich mich jetzt am Kopfende. Nichts anderes haben sie gemacht, als sich gegenseitig ihr Leben zu zerstören, systematisch, von Anfang an. Sie haben es sich in einen Ehe-Albtraum verwandelt, den Carmen, auf Götz wartend, auf der Couch verbracht hat, während er geschäftsverreist oder in irgendwelchen fremden Frauen drin war, was Carmen natürlich gemerkt, gefühlt oder gesehen hat, aber sie hatte wohl nicht gesehen, mit wem sie sich da zusammenheiratet, damals, nämlich mit einem durch und durch abwesenden Menschen, einer, den es nicht gibt, nicht für andere, niemals. Einer, neben dem man nur sterben kann, und deswegen ist mein Vertrauen in die Psychologie, die sie jahrelang studiert hat, für immer erschüttert, ja ich halte die Psychologie für eine der unbrauchbarsten Wissenschaften überhaupt, weil sie Carmen nicht daran gehindert hat, sich den unbrauchbarsten aller Männer auszusuchen, nämlich Götz, ihren Untergang. Man hätte es doch sehen müssen, habe ich, Götz beobachtend, immer gedacht, Carmen hätte doch sehen müssen, mit wem sie es zu tun hat, schon damals auf diesem Universitäts-Maskenball, wo sie sich kennengelernt haben, hätte sie es sehen müssen. Da war sie als Amazone verkleidet und Götz als Polizist. Aus Spaß hat er sie verhaftet, aber es war natürlich überhaupt kein Spaß, sondern todernst, denn sie hat sich ja damit gleich ihr gesamtes Leben und ihren Willen wegverhaften lassen, so ist es. Sie sollte promovieren, aber wurde schwanger, wegen irgendeiner von ihr vergessenen Pille, die bis heute der Grund für mich ist, und über die Umstände des Pille-Vergessens ist man sich auch bis heute uneins, aber man wollte halt ehrlich mit mir sein, und Götz sagt: Ganz ehrlich, das war die biologische Uhr, die haben auch Feministen, und Carmen sagt: Ganz ehrlich, es war nicht geplant, aber als es so weit war, habe ich mich auf dich gefreut, mein Schatz. Ich habe gefragt, warum sie nicht einfach abgetrieben hat. Ich wollte sie so schwer wie möglich verletzen, aber sie hat ja immer Verständnis, auch dafür. Tarsächlich hätte ich niemals ihr Kind werden sollen, denn sie wollte nicht, ehrlicherweise muss ich sagen, dass sie nicht nur nicht wollte, sie hat es zutiefst gehasst und sich nur gelangweilt, verständlicherweise, denke ich, denn plötzlich saß sie mit einem dummen Baby in irgendwelchen Familienhäusern in Flughafennähe, wo man nur verrückt werden kann und wofür sie viel zu intelligent ist, drin rumzusitzen. Ich habe sie beim Rumsitzen studiert, fünfzehn Jahre lang habe ich ihren Gesichtsausdruck von außen studiert und ihre Trauer gerochen, es war ein Trauerkäfig, in dem man den Angstschweiß von morgens bis abends inhalieren musste. Mein Blick lag auf ihr, und ich habe nicht verstehen können, warum sie nicht ausbricht, und immer befürchtet, dass sie es irgendwann doch tut, und deswegen halte ich Familien für gefährlich, für eine der gefährlichsten Sachen der Welt, wie gesagt, die schlimmes Unheil anrichten, und deswegen denke ich, dass Götz und Carmen sich nicht hätten kennen lernen dürfen, denn sie haben zusammen ja nur Unheil angerichtet. Sie haben sich einer Kleinfamilienform entsprechend verhalten, in die sie aber niemals reingepasst haben, nicht zusammen. Carmen, Götz, Ehe und Ewigkeit, zu einem Kleinfamilienkuchen verrührt, der regelmäßig gemeinsam am Wohnzimmertisch eingenommen werden sollte, hat keinem der Beteiligten geschmeckt. Sie saßen unter ihrem antiquarischen Lampenschirm, und ihnen ist von der Aussicht, ewig den Kleinfamilienkuchen essen zu müssen, nur schlecht geworden, schlecht und immer schlechter. Vielleicht, denke ich, hätte man aus dem Kleinfamilienkuchen die Ewigkeit rausnehmen müssen, vielleicht wäre ihnen dann nicht mehr ganz so übel gewesen. Götz war es immer am allerübelsten. Er wurde in der Kleinfamilienform noch viel geld- und arbeitsverrückter, als er es ohnehin schon war. Er ist nicht mal mehr mit Carmen ins Kino gegangen, was er früher unbedingt gemacht hat, wie Carmen mir einmal gesagt hat, als sie auf dem Sofa saß und mit glasigen Augen aus dem Fenster auf ihr dahinsickerndes Leben starrte, und es ist erst besser geworden, als sie sich in einem schrecklichen und jahrelangen Gewaltakt auseinandergerissen haben, als Carmen mit Wolfi in die Toskana geflohen ist und Götz und mich zurückgelassen hat. Trotz allem wünsche ich mir nichts mehr, als dass sie sich wieder lieben und heiraten, ehrlicherweise muss ich zugeben, dass ich mir genau das in der hintersten Kinderecke meines Kopfes wünsche, und natürlich weiß ich, dass es nicht geht und dass es nur Gift wäre, denn sie haben unter dem Lampenschirm ja nichts anderes gemacht, als sich gegenseitig jahrelang zu vergiften, bis zur totalen Starre, bis sie nur noch regungslos dalagen und ihr Wollen ranzig wurde, und was übrig geblieben ist, gammelt jetzt vor sich hin und macht schlechte, gefährliche Luft, vor der ich mich unbedingt in Sicherheit zu bringen habe, und aus diesem Grund werde ich nun aufstehen und die heruntergekommene Tischgesellschaft verlassen, sofort, denke ich. Ich trinke einen Schnaps und noch einen. Siggi kifft, Astrid guckt in ihr I-Phone, sie ist sauer, weil Götz betrunken ist und weil sie, während Götz und Siggi über Scheidungskosten geredet haben, ignoriert wurde. Sie hat versucht, Götz' Blick zu fangen, sie hat ihn gestreichelt, Götz hat sich wie immer ignorant benommen, und ich denke jetzt, dass er vollkommen zu Recht in dem Verlies für egomane, emotional-behinderte Arschlöcher sitzt, und er wird auch noch die Kosten der Astrid-Scheidung zu tragen haben, er wird auch sie zerstören, die ebenfalls zu Recht in ihrem Verlies sitzt, im Verlies für heiratsverrückte Frauen Mitte dreißig, und auch ich sitze völlig zu Recht in meinem Verlies, durch meine eigene Schuld, denn ich bin immer noch hier, ja, die Tatsache, dass ich mich überhaupt hier ans Kopfende gesetzt habe, mit der Idee, meine Situation auf den Tisch zu bringen vor dieser heruntergekommenen Tischgesellschaft, von der ich schon vorher wusste, dass sie eine heruntergekommene ist, beweist, dass ich mich freiwillig in mein Verlies reinbegeben habe, genau genommen habe ich es sogar selber errichtet. Ich kam wirklich hierher, weil ich sterben und davor gerettet werden wollte, von Götz, den ich liebe und deswegen im Gefängnis sitze, während er in seinem eigenen Gefängnis sitzt, aus dem er nicht rauskommt, und Astrid sitzt in ihrem, von wo aus sie Götz liebt und auch nicht rauskommt. Ich gleite in den Stuhl, aber kurz bevor ich von der Kante auf den Boden falle, ziehe ich mich am Tisch wieder hoch. Ich stehe auf, versuche nicht zu schwanken und will mich verabschieden. Du gehst?, fragt Astrid. Ich nicke mit meinem schmerzenden Kopf. Astrid war gerade dabei, Götz zum Gehen zu überreden, weil es schon spät ist. Sie guckt mich an, ich gucke sie an, dann guckt sie ihn an. Er hat die Ellbogen aufgestützt, die Unterarme liegen ausgestreckt auf dem Tisch, seine Finger halten lose Schnaps und eine Zigarre, die Augen fallen immer wieder zu. Astrid beugt sich in den von ihm geformten Körper-Kasten rein, um seinen Blick zu treffen, und sie sagt, sie will jetzt endlich, endlich gehen. Vielleicht können wir dich noch mitnehmen und absetzen, schlägt sie vor. Ich schüttele den Kopf und nehme meine Tasche. Götz schläft schon, Astrid tut mir leid, und ich sage: Du wolltest doch noch was sagen? Ich stehe und halte mich am Stuhl fest, sie sitzt, sie guckt zu mir nach oben, und ihre Augen füllen sich mit Tränen.

Ich bin schwanger, sagt sie.

Ja, Mensch!

Ein Mädchen?

Siggi erhebt sein Glas, Götz öffnet die Augen und stößt mit ihm an. Astrid lächelt ihn weinend an, und ich lasse mich auf meinen Stuhl fallen, am Kopfende, wo ich immer noch sitze.

4 Ich esse alles. Was ich sehe, macht eine strahlende Wand, ich versuche dahinterzusteigen. Rote Nachrichten auf dem Bildschirm sehen jeden Tag gleich aus, schmecken auch immer gleich. Explodierte Palästinenser-Kinder schmecken wie Naturkatastrophen, und Naturkatastrophen schmecken wie Bundestagswahlen, und Bundestagswahlen schmecken wie Werbung für Organspenden, und Werbung für Organspenden schmeckt wie Hitler, und Hitler schmeckt wie Werbung für Make-up. Ich esse alles, aber ich schmecke nichts, weswegen ich heute früh meine Seife gegessen habe, weswegen ich Sue in die Wange biss und weswegen ich die Analsex-mit-Kindern-in-SS-Uniform-Katastrophe verursacht habe.

Die Tafel ist gedeckt. Kerzen und weiße Lilien an den Seiten. Der Raum ist verspiegelt und verdoppelt sich, zwei Mal, vier Mal, tausend Mal wiederholt er sich. Alle sind da, der Chef vom Dienst kommt nach, morgen ist Relaunch, deswegen wird gefeiert. Patrick sitzt links neben mir und drückt mir einen Kuss an die Wange (was passiert, wenn jemand eine Fensterscheibe küsst?), er hält meine Hand. Ich bin weiß und gucke an den Köpfen vorbei in den Spiegel, der die Köpfe wieder zurückwirft. Sven, der Chefredakteur, zertrennt sein Carpaccio und löffelt es in seinen Mund, an seinen weißen Zähnen vorbei. Mund auf, Bordstein rein und von hinten auf den Kopf treten, denke ich und betrachte Schleichl, den Herausgeber. Er ist ein Berg von einem Mann, eigentlich hat er gar keine Konturen, er hat Glück, dass er eine große Nase hat, an der man sich orientieren kann. Ein Fleischberg, den ich zersägen will, denke ich. Ich sehe Blut, ich sehe Patrick, der Schleichl erzählt, wie zufrieden er mit dem Relaunch des Heftes und der Webseite ist, darauf stoßen sie mit Champagner an, Schleichl entfernt aus seinen Zahnzwischenräumen Carpaccio-Reste und wendet sich Sven zu, der mit den Models lacht, die am unteren Ende des Tisches sitzen. Ich gucke an den Köpfen vorbei in den Spiegel, der die Tafel verdoppelt. Alle sind da, alle essen und sehen gut aus. Später geht das kaputt, später wird die SS-Kinder-Analsex-Katastrophe passieren, denke ich. Patrick dreht sich zu mir.

Was hast du gesagt, Süße?

Ich habe Sue vorhin ein Stück aus ihrer Wange rausgebissen, ich trage eine Hose von Herr von Eden, Schuhe von Acne, und mein Lipgloss ist von Chanel, sage ich, und da schüttelt er lächelnd den Kopf, so als hätte ich wieder eine meiner lustigen Spinnereien gesagt, so nennt er es immer, wenn ich meine Gedanken über diese Irrenanstalt ausspreche, er nennt sie tatsächlich lustige Spinnereien. Ich gucke mir seinen frisierten

Kopf an. Es ist ein Kopf, den ich zerquetschen will, in einen Schraubstock reinlegen, bis die Augen platzen und auslaufen. Wir sind jetzt seit einem halben Jahr verheiratet, oder einem ganzen, ich weiß es nicht. Morgen früh will er mit mir in ein Flugzeug nach Las Vegas steigen, möglicherweise plant er, dort in mich einzudringen. Aber vielleicht auch nicht. Er pflegt seine Oberfläche, er will nicht, dass sie schmutzig wird, was weiß ich, dein Glück, denke ich und lache leise. Süße!, sagt Patrick und legt mir irgendwelche besonderen Trüffel auf den Teller, na, freust du dich auf morgen? Ich nicke. Heute Morgen habe ich in meine Dr.-Hauschka-Seife gebissen und ein bisschen auf Patricks Burberry Trenchcoat rumgekaut. Las Vegas!, flüstert Patrick und will mir einen Trüffel in den Mund schieben. Die Reise ist ein Geschenk von einem Anzeigenpartner, die machen ein Smartphone, das von einem total bekannten Künstler fotografiert wird, in Kooperation mit einem Wodka-Hersteller, der sich auch sozial engagiert, sagt Patrick, und ich denke an heute Morgen, als ich vom Frühstückstisch aufstand, ins Bad ging und in die Seife biss, was nicht besonders originell ist, wie ich seitdem immer wieder denken musste, aber ich hatte halt den allergrößten Hunger auf Seife. Ich behielt die Seife im Mund, ich sah meinen Augen dabei zu, wie sie tränten und rot anliefen, dann habe ich mich übergeben, und es war Beste. Danach habe ich mein Gesicht wieder in einen ordentlichen Zustand gebracht, sorgfältig ausgewählt, welche Kleider ich an diesem Tag zum Arbeiten tragen würde, und dabei habe ich dann in das Innenfutter von Patricks Burberry-Trenchcoat gebissen, und wie immer kam Patrick ins Schlafzimmer, wo ich vor dem Spiegel stand, und wie immer befand er das, was ich an diesem Tag zur Arbeit tragen würde, ungefragt für gut, und dann sind wir, Patrick und ich, wie jeden Morgen zusammen zur Arbeit, ins Office, wie er immer sagt, gefahren. Jeden Tag fahren wir dorthin. Ich durchlaufe Tage, ohne Unterschied bewege ich meinen Körper in das Office, und während ich fahre, denke ich darüber nach, was an diesem Tag alles zu tun sein wird, ich schreibe Listen und Listen von Listen, die ich mir, wenn ich sie im Kopf verfasst habe, noch mal von vorne aufsage, und je länger ich morgens neben Patrick in das Office fahre, denke ich jetzt, neben ihm sitzend, desto mehr drängte sich zwischen mein unaufhörliches Listenverfassen mein immer größer werdender Hass auf das Listenverfassen an sich und das Office im Allgemeinen, denn es ist ja das Office, das mich letztlich dazu veranlasst hat, Seife und Trenchcoats zu essen, in Sues Wange zu beißen und obendrein die Analsex-mit-Kindern-in-SS-Uniform-Katastrophe zu verursachen, ich war ja selbst überrascht, wenngleich es das einzig Richtige war, denke ich jetzt und nehme einen Schluck Wasser. Sven, Sven Koffergeld, sitzt gegenüber. Er breitet die Arme aus. Er spricht von guten Geschichten, von guten Geschichten, die das Magazin braucht, um »zu leben«. Ihm sind Menschen und Ereignisse nur noch gute Geschichten, die es ihm in seinem kulturellen Chefredakteurs-Kopf auf eine bestimmte Weise einfällt zu drehen, zu spielen oder zu erzählen, wie er zu sagen pflegt. Sein Chefredakteurs-Kopf ist der perverseste und krankeste, auch ihn willst du in einen Schraubstock legen, denke ich. Wenn dem Chefredakteurs-Kopf ein »guter Dreh« eingefallen ist, klatscht er in die Hände, springt auf und hastet unter dem Applaus der Anwesenden einige Male um den Tisch des weißen Konferenzraums. Häufig muss er jedoch sitzen bleiben und sieht nur aus dem Fenster, auf die Wand des gegenüberliegenden Hauses. Die Redaktions-Mitglieder sitzen dann um ihn herum und spielen: Wir warten darauf, dass du, der geniale Koffergeld'sche Kopf, mit deiner guten Geschichte niederkommst. Natürlich muss der geniale Koffergeld'sche Kopf immer wieder aufs Neue eine gute Niederkunft zustande bringen, damit das Heft voll wird, wie er sagt, und dadurch erleidet er, der Geniale, eine ungeheure Anstrengung, und deswegen ist er, der Leidende, der ständig Schwangere, von allen zu schonen. Er steht unter dem großen Geschichten-Findungs-Druck und rennt, davon getrieben, durch Tage und Jahre, er sucht gute Geschichten, die man überall, nicht aber im Office findet, weswegen er selten da ist. In seiner Abwesenheit wird das Heft gemacht, auf das ein nächstes folgen muss, das immer in dem weißen Konferenzraum zu einer bestimmten Zeit geplant wird. Sven K. eilt ggf. hinzu. Entnervt und unter kreativer Anspannung lässt er sich auf den für den genialen Koffergeld'schen Kopf bestimmten Stuhl am Kopfende fallen, auf den sich sonst niemand setzt, auch in seiner Abwesenheit bleibt der Stuhl leer, und es war der Herausgeber Schleichl, der ihn auf diesen Chefredakteurs-Stuhl draufbefördert hat. Da die Redaktionsmitglieder somit Sven dem Genialen unterstellt sind, sind sie immer wieder bereit, ihm, dem genialen Geschichten-Finder, die Geschichte vom genialen Geschichtenfinder vorzuspielen, der für das Heft alles tut. Auch im sogenannten Office sieht Sven nur Geschichten, interessante oder langweilige, das sind die Kriterien. Bist du Besitzer einer speziellen Kollektion, arbeitest du in hoher Position, kommst du aus irgendwie krassen Adligen-jüdischen-nazi-weltweit-Verhältnissen, möchte Sven dich sofort kaufen und mehr daraus machen. Trägst du einen roten Mund zum Sven-Anlächeln, steigen deine Chancen gleich um ein Vielfaches. Bist du aber ein hässlicher, provinzieller Praktikant, kannst du sicher sein, dass der selektionswahnsinnige Sven deine Geschichte unter keinen Umständen erzählt bekommen haben will, nein, er will sich angeekelt von dir abwenden, dich am besten für immer aus seinem Gesichtskreis entfernen lassen und sofort weiter auf seine perverse Pirsch gehen, weswegen seine Gegenwart für jeden denkenden Menschen eine Beleidigung ist. Eine Beleidigung, weil Sven für seine inquisitorische Tätigkeit der Geist fehlt, man also dem unqualifizierten Urteil eines vollkommen Geistlosen ausgesetzt ist. Hätte Sven einen Geist, denke ich an der Tafel sitzend, wäre er wohl auch kein Inquisitor geworden, er hat keinen, deswegen ist er der schamloseste, der schmerzfreiste, der dümmste Inquisitor und beleidigt den auf seine Geschichtentauglichkeit hin Untersuchten fortwährend mit seiner Dummheit und Geistlosigkeit, von der die allergrößte Gefahr ausgeht, denke ich jetzt an der Tafel. Denn Sven ist ja nicht einfach nur der Geistlose, nein, die Situation ist eine viel ernstere: Sven ist der Geistlose und zudem Machtvolle, sein Urteil ist nicht irgendeines, es ist das eines Machthabers, der Menschen sehen oder übersehen kann, der sie hoch- und runterbefördern kann, alles auf Grundlage des geistlosen Urteils, versteht sich. Man muss verrückt werden und ist gezwungen, Analsex-mit-Kindern-in-SS-Uniform-Katastrophen zu verursachen, mindestens, denke ich. Wird man nicht verrückt, kommt man unbeschädigt davon, muss man mit einem allumfassenden Stumpfsinn ausgestattet worden sein, weswegen man am Ende ja doch ein Beschädigter ist, wie man es dreht und wendet, man wird am Ende immer ein Beschädigter sein, denke ich. Um sich so rücksichtslos an die Spitze des Lebens zu stoßen wie Sven, denke ich an der Tafel sitzend, muss einem jedenfalls der Kopf ganz mit Stumpfsinn ausgekleidet worden sein. Schon als Baby, denke ich, ist Sven zielstrebig über seinen provinziellen Herkunftsteppich gekrabbelt, für den er seine Lehrer-Eltern zeitlebens verachtet hat, die ihn zur Entschädigung auf ein Elite-Internat geschickt haben, von wo aus er weiter zur Elite-Universitäten gerannt ist, immer noch ohne eine einzige Frage im Kopf, dafür aber schon mit dem gefährlichen Urteils-Mechanismus ausgerüstet, der ihn damals bestens hat passen und ihn über das an seinem Kopf vollkommen vorbeigegange Politik-Medien-Dings-Studium in Windeseile hat drüberspringen lassen. Der gefährliche Urteils-Mechanismus ist es, der ihn bis heute in Sekundenschnelle zu den fahrlässigsten Schwachsinns-Entscheidungen über Menschen bzw. Schlagzeilen befähigt und der ihm letztlich dabei geholfen hat, sich bestens durchs Leben zu stoßen, was seinem Wesen immer am meisten entsprochen hat, wie gesagt. Dabei, denke ich, ihn betrachtend, hat ihm sein Aussehen große Dienste erwiesen, denn es entspricht voll und ganz seinem edelstahlverkleideten Wesen, es entspricht seinem Vornamen, es entspricht also gar nichts. Es entspricht immer dem, was Sven gerade auf sich draufgeklebt hat, und so wird Sven überall da, wo er reinwill, auch reingelassen, nur in die Kultur ist er niemals reingelassen worden, auch wenn er immer davon geträumt hat, denke ich, ihn betrachtend. Immer wollte er mehr sein als der Erfolgs-Sven, immer wollte er auch der krasse Kulturmensch sein, der er selbstverständlich niemals geworden ist. Im Zuge der Kulturmenschwerdung entschied und entscheidet er bis heute, dass ein krasser Kulturmensch kulturelle Erzeugnisse wie z.B. das Theater liebt. Er redet also regelmäßig vom Theater, in das er sich regelmäßig reinsetzt und den Theaterfiguren auf der Bühne zusieht, aber es passiert nichts weiter, als dass sie in seinem Edelstahl-Kopf ausrutschen und reihenweise umkommen, so ist es. Denn Svens mit Edelstahl ausgekleideter Kopf ist nur zum Blitzen in der Lage, zu Ja- oder Nein-Blitzen, alles, was dazwischenliegt, ein Zweifel, ein Zögern, ein Widerspruch, entzieht sich dem Verständnis des Edelstahl-Kopfes, es beleidigt seinen Ordnungswahn, es macht ihn aggressiv, er will es sofort umbringen, weswegen er, im Theater sitzend, immer am liebsten auf die Bühne steigen würde, um die Figuren nicht nur in seinem Kopf, sondern auch in der Realität eigenhändig umzubringen, weil sie sich der Vereinfachung durch den Sven'schen Edelstahl-Kopf entziehen, dem grundlegendsten aller Sven-Prinzipien. Wäre es also nach Sven gegangen, hätte er sämtliche Theaterfiguren, er hätte die gesamte Kunst erdrosselt, was aber verboten ist und auch für sein Ziel der Kulturmenschwerdung kontraproduktiv ist, weswegen ihm einfach alles egal geworden ist. Er sitzt vor kulturellen Erzeugnissen und lässt sie sich gleichmütig präsentieren, er zuckt nicht mal mehr mit den Achseln, er lacht nur noch, wie aufgezogen, vollkommen leblos, und deswegen ist er im Grunde durch seine Vereinfachungssucht an der Kunst, an zu viel Kunst ist er gestorben, denke ich, wie auch die Kunst, und nicht nur die Kunst in seinem Kopf, immer wieder stirbt – dumpf hallt es da drinnen nach, nichts kann sich verbinden, alles verkümmert vor den Edelstahlwänden, so ist es, und deswegen bin auch ich regelmäßig in Svens Gegenwart erstickt und verunglückt, weil jedes Wort vor ihm ein vergebliches, ein lächerliches wird. Hat man das

Prinzip der Vereinfachung verstanden, denke ich weiter, hat man auch gleich den ganzen Sven verstanden, dem das Leben seit jeher komplikationsfrei durch seinen edelstahlverkleideten Kopf rutscht. Ohne stehen zu bleiben, um sich umzusehen, ohne sich jemals etwas Zeit erlaubt zu haben, ist Sven an sämtlichen Zusammenhängen vorbeigerannt, er ist immer nur vorwärtsgerannt, und wenn es einmal nicht geflutscht hat, ist er sofort zum rücksichtslosen Stoßen übergegangen, womit er für mich der ideale Vertreter der bestens durchs Leben Kommenden ist, denke ich und kneife Patrick unter dem Tisch in die Hoden. Götz ist ebenfalls ein führender Vertreter dieser Geradeaus-Menschen, und sein Telefon würde es begrüßen, wenn auch ich mich ihnen anschließen würde, denn das war, meine Person betreffend, immer sein einziges Anliegen, dass ich so schnell wie möglich ein Geradeaus-Mensch werde, egal wie, Hauptsache, er lässt sich irgendwo gewinnbringend verwenden, vielleicht beim Leistungssport.

Götz: Das Kind wird Leitungssportler.

Carmen: Also, für mich ist das total faschistoid.

So unterhielten sie sich während meiner Geburt im Kreissaal via Fax, weswegen ich eben von Geburt an versucht habe, ein Leistungssportler bzw. ein Geradeaus-Mensch zu werden. Bisher vergeblich, denn ich habe kein einziges Abzeichen gemacht, abgesehen von dem Abitur, aber das hat ja meine akademischen Herkunft gemacht, nicht ich. Wegen mangelnder Abzeichen bin ich hier, bei den Geradeaus-Menschen, bei einem zentralen Vertreter der Geradeaus-Menschheit, bei Sven, der sich in diesem Moment den Scheitel richtet und zum achttausendsten Mal an diesem Abend mit Schleichl auf irgendetwas anstößt. Die Geradeaus-Menschen, denke ich an der Tafel sitzend, sind die Abzeichen-Fetischisten, sie werden als Kleinkinder zum Seepferdchen gezwungen, damit fangen sie an und sind ab dann nicht mehr zu bremsen auf ihrer Abzeichenjagd, die ihnen für immer die Köpfe vereinfacht bzw. verunstaltet, denke ich an der Tafel vor Sven, dem Geradeaus-Menschen schlechthin, sitzend. Die Geradeaus-Menschen, denke ich weiter, sind die mit dem allerdicksten Gleichgültigkeits-Lack Bestrichenen, sie sind die Gefährlichsten und gleichzeitig die Gefragten und Gewollten, weltweit, das ist die ganze Katastrophe. Sie sind eindimensional, weswegen sie Fotos so lieben, die sie selber geworden sind, und es ist für mich die größte Beleidigung, von einem geistlosen Foto, von Sven, regiert zu werden, der auch mich immer nur als eine Foto-Story hat betrachten können, und es ist u.a. diese Beleidigung, denke ich, die mich die Analsex-mit-Kindern-in-SS-Uniform-Katastrophe hat verursachen lassen, die hier gleich explodieren wird.

Schrecklich, sagt Sven kauend zur Tafel, aber wir leben halt in einer Zeit des absoluten Mittelmaßes, sagt Sven weiter und schiebt sich eine Gabel Pilze in den Mund. Schrecklich, wir leben in einer Zeit des absoluten Mittelmaßes, sagt Sven auch tagsüber immer wieder seufzend in den weißen Konferenzraum hinein, weswegen es ihm so schwerfällt, draußen eine gute Geschichte aufzuspüren, eben weil nur noch gleiche, langweilige und mittelmäßige umherlaufen, wie er immer wieder beleidigt sagt, und dann nicken die im Konferenzraum Anwesenden allesamt augenrollend. Unentwegt beklagt er sich darüber, dass »unsere Zeit« nur noch langweilige Lebensläufe für ihn vorrätig hat. Ich habe jedoch allen Grund zu der Behauptung, denke ich weiter, dass sein Geschichten-Findungs-Problem viel damit zu tun hat, dass er am liebsten von sich selbst berichtet und deswegen keine außer der eigenen Geschichte hört, als die er sich anderen erzählt. Er erzählt sich anderen als eine gute Geschichte, als eine Erfolgsgeschichte wie gesagt, und tatsächlich ist es das, was ihm die allergrößte innere Zufriedenheit verschafft, das, denke ich jetzt an der Tafel sitzend, ist in Wahrheit sein eigentlicher Berufswunsch, den er auf plumpeste Weise wieder und wieder auf Kosten anderer durchzusetzen versucht, und weil er damit niemals so erfolgreich geworden ist, wie er denkt, dass es für ihn angemessen gewesen wäre, ist er vom Leben beleidigt, und diese Beleidigung hat ihn sauer auf die Kunst werden lassen, weswegen er die Kunst in seinem Kunstheft nun fortwährend als langweilige, uninspirierte und mittelmäßige beschimpft, denke ich. Sven Koffergeld sieht über die Köpfe der Tafel hinweg, nun Zigarette rauchend – seine Zigarette willst du nehmen und in seinen Augen ausdrücken, denke ich, den Koffergeld'schen Kopf hassend, den Koffergeld'schen Kopf, denke ich, willst du von dem Hals runterschießen, der ihn an sein überflüssiges Herz-Kreislauf-System anschließt. Einmal mehr willst du das, denke ich, wenn du seinen nachdenklichen Fernblick siehst, der niemals nachdenklich sein kann, weil der Koffergeld'sche Kopf, wie gesagt, zu keinem Zeitpunkt jemals nachgedacht haben kann. Einmal mehr, denke ich also, willst du den Koffergeld'schen Kopf von seinem Hals runterschießen, wenn du seinen folglich vollkommen verlogenen nachdenklichen Fernblick siehst, den er in diesem Augenblick vor den Tafelnden simuliert und der in seinem Spiegelbild endet. Die Koffergeld'sche Geste, der ganze Koffergeld'sche Charakter, denke ich – eine einzige Simulation und natürlich eine durchweg schlechte und peinliche. Dir blieb ja nichts anderes übrig, denke ich kopfschüttelnd. Koffergeld hält inne, er beginnt von seiner zweijährigen Tochter Frida zu erzählen, die ihm ebenfalls eine gute Geschichte ist, die er im Heft »unbedingt mal erzählen will«, möglicherweise in Kooperation mit der Dingsbums-Kinderlinie, und das Thema seiner guten Geschichte wird sein, wie man, trotzdem man Vater geworden ist, weiterhin ein Mensch bleibt, ja wie sich das Kind in den »eigenen Selbstentwurf integrieren« lässt, kein Spießer, sondern ein moderner Großstadt-Vater, das ist, was Sven vorhat darzustellen, aber jetzt, da er und seine Frau »erst mal« getrennt sind, muss er nicht mehr oft Vater sein, denn »die Frida ist meistens eher bei der Mama, weil ich muss ja das Heft machen, Geldverdienen«. Dennoch sind ihm

Frida und seine moderne Vaterschaft weiterhin eine gute Geschichte, die er unbedingt mal machen will, und Schleichl wirft an dieser Stelle ein, er frage sich, wann Madonna endlich von ihrem kranken Kinderbeschaffungs-Wahnsinn herunterkomme und ihre Lebenslüge beende, nämlich die, dass sie eine Mutter sei. Madonna hat sich ihre Mutterschaft abtrainiert, sagt er glucksend. Das ganze Weibliche ist einfach zusammengekracht und liegt unter den World-Trade-Center-Trümmern und so weiter.

Madonna ist ein verirrter Mensch, aber schon ein ziemlich genialer, galoppiert Svens Stimme über den Tisch hinterher. Sie stoßen an, und meine Idee ist es, Schleichl aufzutrennen, auszunehmen und Sven in ihn einzunähen, vorher müssten ihm allerdings seine Gliedmaßen entfernt werden, dann aber würde er bestens in die Schleichel'sche Bauchhöhle reinpassen, so mutmaße ich. Sven redet weiter von Mode als »Uniformierung der Individualität« und der Möglichkeit, sich immer wieder selbst »neu zu erfinden«, von der »Demokratisierung des Stils«, alles Sachen, die ich irgendwo schon mal gehört, gesehen, gelesen habe, denke ich. Sven redet wie ein Bildschirm, denke ich, wie ein Bildschirm, der wie andere Bildschirme redet, die wie Politiker und Designerlampen reden, aber es ist nicht nur Sven, der wie die Bildschirme redet, die gleich reden, alle der hier Anwesenden reden so, gleich und wie die Bildschirme, die wie Politiker und Designerlampen reden, mich eingeschlossen. So passiert es auf der Stelle, wenn man den Mund aufmacht, macht man den Mund auf, denke ich an der kopflosen Tafel sitzend, hat man, ob man will oder nicht, gleich einen Bildschirm, ein Stück Klischee hat man ausgespuckt, das man den anderen zum Essen vorsetzt, das man sie zu essen zwingt, wie auch sie einen zwingen, immerfort ihre standardisierten Klischee-Stückchen zu essen, die sie einem ins Gesicht spucken, und auch du, denke ich an der Tafel sitzend, tust in diesem Moment nichts anderes, als dir selbst eine allseits bekannte Klischee-Suppe aufzutischen, eine, die nicht in deinem Kopf gekocht wurde, sondern ganz woanders. Unzählige Male wurde sie schon aufgekocht und wiederverwertet, weswegen sie gleich verkocht und verdorben schmeckt und dir Übelkeit verursacht, denn kein einziges Wort in deinem Kopf, denkst du, gehört dir, man muss sogar sagen: Dein ganzer Kopf gehört dir nicht, denke ich, nickend das Klischee-Problem in meinem Kopf umrührend, damit es nicht gerinnt, aber das ist es längst, denke ich, das Klischee-Problem ist in meinem Kopf längst zum Klischee getrocknet, für das ich mich sofort schämen muss. Sofort geht in meinem Kopf die Alarmanlage an und ruft den Notstand aus, den Klischee-Notstand, und sage ich den Klischee-Notstands-Verhängern: Sie, ich kämpfe hier nur dagegen, keine eigenen Gedanken mehr zu haben, dann entgegnen die Klischee-Notstands-Verhänger mir das, was sie mir immer entgegnen. Die erbarmungslosen Ausgangsversperrer entgegnen mir müde lächelnd: Ihr Klischee-Problem ist ein

Klischee, das kennen wir schon, darüber beschwert sich die Menschheit seit ungefähr soundsovielen Jahren und noch länger, dafür gibt es aber keine Lösung, also hören Sie bitte auf, uns zu langweilen, gehen Sie sich lieber irgendwie sinnvoll betätigen, oder wir stecken Sie gleich in den Klischee-Karzer, und wenn Sie so weitermachen, wandern Sie danach für immer ins Kitsch-Gefängnis, denn Sie sind uns schon seit langem höchst kitsch-verdächtig, sagen mir die Ausgangsversperrer dann und beleidigen mich in meinem Kopf quasi sekündlich, woraufhin ich mich entschuldige und mich schäme und weiter durch meinen vollkommen vertrockneten Versteppungs-Kopf laufen muss. Unter Aufsicht der Ausgangsversperrer renne ich da drin Tag für Tag im Kreis herum, finde keinen Ausgang, werde pausenlos beleidigt und denke, man kann gar nichts mehr sagen, nur als Verrückter kann man es, weswegen ich nur jedem denkenden Menschen dringend ans Herz legen kann, verrückt zu werden, so ist es. Will man eine Aussage treffen, eine ernst gemeinte, richtige Aussage, muss man verrückt sein, anders geht es nicht, und es ist mir vollkommen unbegreiflich, denke ich, nickend an der Tafel sitzend, wie die anderen an der Tafel es schaffen, so unbeschwert und ununterbrochen Aussagen zu machen. Schleichl hält sich die Hand vor den Mund, er nickt nachdenklich zu dem, was Sven über »Demokratisierung des Stils« gesagt hat, er schiebt seinen Körper, diesen Berg, in Svens Richtung, er lacht: Stil-Sozis, Stil-Nazis, Stil-Kommunisten, hahaha, und Sven hat dazu auch gleich eine Modestrecke vor Augen: Models mit Hitler-Bart küssen Models mit Karl-Marx-Bart, irgendwas von der RAF muss auch noch dabei sein, genau, die Heckler und Koch, das Maschinengewehr ... aber schon auch gebrochen durch was ganz Banales, schon ironisch gebrochen, und die Models tragen die neue Kollektion von ... na, das überleg ich mir noch ... nein, die tragen natürlich Zwangsarbeiter-Jacken!

Schleichl nickt und lacht. Sven fühlt sich geschmeichelt und bereitet, von Schleichls Lachen getragen, eine witzige Aussage vor. Die kreative Anspannung, der geistige Anlauf, den er hinter seiner Stirn nimmt, fällt ihm aus dem Gesicht, als er seinen Satz wie nebenbei auf den Tisch schmeißt: Bereits seit vorgestern frage er sich nun, ob es für ihn vielleicht irgendwie relevant sein könnte, die dicke Negerin aus seinem Haus zu ficken. Die Schleichl'sche Masse zittert daraufhin vor Lachen, und Sven sagt, er könne auch mal wieder eine Zigarre vertragen eigentlich.

Unerträglich, denke ich und krabbele unter einem Vorwand unter den Tisch. Sven Koffergeld, denke ich, seine Maßschuhe betrachtend, macht mich fertig. Sven Koffergeld planiert mich seit unserer Bekanntschaft regelmäßig platt. Weil er nichts ernst nimmt, hat er mich immer wieder auf die rücksichtsloseste Weise platt gewalzt, weswegen er nichts anderes tut, als die Zerstörung seiner Umwelt systematisch voranzutreiben, und von mir aus sofort hingerichtet werden kann. So denke ich und spiele mit dem Gedanken, ihm die Schuhe zusammenzubinden. Sven, die ewig lachende, die dumme Planierraupe, die nun, weil sie den Zeitungs-Chefsessel besitzt, durch die Welt fährt und alles platt planieren hilft mit ihrem Das-ist-doch-alt-Geschrei, mit ihrem Mir-ist-so-langweilig-Gesang und mit ihrer fortwährend kreischenden Kunstscheiße, denke ich und starre auf die schwarz glänzenden Schuhe. Sven, denke ich, hat sich von diesem zynischen Kunst-Scheiß-Zeitungs-Geist, mit dem ja der ganze Kontinent tapeziert ist, von oben bis unten lackieren lassen und wurde zu einem Alles-Abweisenden, zu einem automatisch zynischen Plattplanierer. Versuche ich einen Weg zu denken, will ich etwas ernst meinen, möchte ich etwas aussprechen, ist er schon längst durch meinen Kopf gefahren und hat alles platt planiert, wobei er nicht mal weiß, dass er der zynische Plattplanierer ist, der er ist, denke ich. Nein, die gutgelaunte und geistestötende Planierraupe hat seit jeher einen bitterschmeckenden Zynismus-Schnuller im Mund. Von ihren Eltern hat sie den da sofort reingesteckt bekommen, von Geburt an sozusagen. Auch der Puderzucker, der ihm in sämtliche seiner Achtziger-Jahre-Öffnungen reingeblasen wurde, denke ich jetzt an der Tafel sitzend, ist ein vergifteter gewesen. Später sind andere gekommen, um Sven das Maul zu stopfen, und jetzt kaut er an seinem zynischen Maul-Inhalt, ohne selber jemals ein Ideal im Kopf gehabt zu haben, das überhaupt hätte zerstört werden können. Es gefällt ihm, er lacht, er lacht über alles, er lacht über explodierte Palästinenser-Kinder, er lacht über Naturkatastrophen, er lacht über Bundestagswahlen, er lacht über Organspenden, er lacht über Zwangsarbeiter-Jacken, er lacht darüber, Neger zu sagen, weil ihm sonst nichts mehr einfällt, weil er so glücklich und ratlos ist. Auch in diesem Moment lacht er, wie ich feststelle, als ich unter dem Tisch hervorkrabbele. Er schenkt sich nach und sieht in die Tafelrunde, die nickt und Begeisterung zeigt, die ganze nickende Tafelrunde, denke ich, wird von einem Maschinengewehrfeuer durchsiebt, die Spiegel splittern, das Feuer riecht.

Ja, wir müssen unbedingt politischer werden, in diesen unpolitischen Zeiten müssen wir dringend politischer werden, mehr Provokation, so Sven.

Schleichl nickt. Schleichl ist in Sven verliebt, sagte mir Irene einmal (Kunst-Frau, Mitte vierzig, weite Gewänder, kritisch, links, schlechtes Gewissen, geschieden, Nein, ich wollte nie Kinder), als sie wieder mit dem Rauchen anfing und mich nach Feuer fragte. Und er ist verheiratet und hat zwei Kinder!, hat sie weiter geflüstert.

Willst du Rotwein?, fragt Patrick. Ich schüttele den Kopf.

Michael (Mitte vierzig, schwarz gekleidet, intellektuelle Schals, hochgezogene Augenbraue, schweigsam bzw. beleidigt, weil keiner versteht, wie genial er als Filmversteher ist, zum zweiten Mal verheiratet, Affäre mit Sue), Marc (34, Anzeigenverkäufer, volltätowiert, Anzug, Hut, war mal Sänger in einer Indie-Band, deswegen schlechtes Gewissen), Chris (um die dreißig,

PR-Vertreter, sieht aus, wie die alle aussehen, der Kopf steckt auf seinen Kleidern, kind regards, der Kunde, eigentlich kein Kokain mehr, Ausbildung zum Schamanen, will irgendwann auswandern), Jules (eigentlich Julia, Architektur, spirituell, trägt verschiedene Steine mit sich herum, hat verschiedene Religionen ausprobiert und Kokain) und Sven stehen auf und gehen zusammen auf die Toilette, vielleicht sitzen sie aber auch immer noch da und schmeißen sich gegenseitig langweilige Sachen an den Kopf, wahrscheinlich machen sie beides gleichzeitig, ich weiß es nicht, jedenfalls gammeln sie vor sich hin und sind fertig, nichts anderes als selbstverständlich Fertige sehe ich, mit Spaß maskierte, hinter dem die Fertigkeit fault, hinter dem sie immer wartet, setzt man einen Fuß auf das Leben, verfault man, bis man fertig ist, denke ich, als ich die Gesellschaft aufs Klo gehen sehe. Zwei Schaufensterpuppen schwimmen Sven hinterher.

Ich sehe nur Fotos.

Was hast du gesagt? Patrick unterbricht sein Gespräch mit Schleichl, dem er versichert, wie gelungen der Relaunch ist und wie sehr er daran glaubt, dass das Magazin nun Geld abwerfen wird, woraufhin Schleichl von Relevanz und Wording etc. redet. Patrick dreht sich zu mir.

Noch mal: Was hast du gesagt?

Ich habe heute Morgen in unsere Dr.-Hauschka-Seife gebissen, wie gesagt.

Meinst du, das hat ihr wehgetan?

Ach, Süße! Er legt mir einen Kuss auf das Haar, der eigentlich für die Wange gedacht war. Vor mir liegt ein blutiges Steak.

Rosmarinbutter? Magst du ein bisschen Rosmarinbutter?

Wenn ich jetzt gleich das Steak zerschneide, ist es ein Stück aus deinem Bauch, Süßer.

Ganz, wie du willst, Süße!

Wir arbeiten jederzeit, überall, stimmt's, Schatzi-Schmatzi?

Patrick lächelt und bestreicht mich mit Rosmarinbutter. Ich steche rein, es spritzt mir auf das weiße Kleid. Schleichl und Patrick lachen. Patrick gibt mir eine Serviette, ich muss auch lachen, immer weiter lache ich und stecke mir ein Stück Fleisch in den Mund, das ich auf meinem Teller zersäbelt habe. Ich kaue, ich schmecke nichts, ich schneide weiter, zerreiße das Fleisch, das ich erledigen muss, und bin satt bis an den Rand, und es ist diese Sattheit bei schmerzhaftem Hunger, denke ich, die dich letztlich dazu veranlasst hat, die Katastrophe zu verursachen. Wenn die Katastrophe bekannt werden wird, und das wird sie gleich, wird die Tafel kaputt sein, und nichts anderes ist meine Absicht, denke ich und stecke das Steakmesser in meine Handtasche.

Am Tag sterben soundsoviele Menschen an Hunger, zu wenig Wasser, Seuchen, Krieg etc., deswegen ist es wirklich sehr frech von Ihnen, sich hier zu beschweren, sage ich zu Patrick, der mein Kleid mit einem Tuch abtupft und nickt.

Wirklich, ich habe keinen Grund, mich zu beschweren, sage ich, weiter achselzuckend an der Tafel sitzend. Was soll ich sagen?

Ich wollte etwas sein, ich wollte Anrufe, Einladungen und Geld. Ich will Geld essen. Götz erwartete eine Bezeichnung für mich (ich muss irgendetwas auf mich draufschreiben, denn irgendetwas muss man nun mal auf sich draufstehen haben, sonst haben die anderen nichts zu lesen, dann erkennen die nichts). Ich brauchte eine Bezeichnung, und da hatte Patrick die Idee, mich als Praktikant in dieses Kunst-Magazin reinzustellen, und seither laufe ich über den weißen Flur an den Zellen vorbei bis zu dem Gang, in dem mein Rechner steht. Der Großraum hat links wie rechts 333 Reihen, darin Arbeitsplätze mit Rechnern, die Zellen. Dazwischen Rauschen, Gehen, Geschwindigkeit. Der Apparat arbeitet immer, der Apparat wird überwacht. Auf dem Gang kommen Durchsagen, an die sich die auf dem Gang Laufenden allgemein halten. Die auf dem Gang Laufenden sind stets zu Diensten, denn die auf dem Gang Laufenden wollen sich verbessern.

Ich lief über den Gang und wurde immer schneller. Es war ganz leicht. Ich hab mich beeilt, ich war nett zu allen, und ich wollte doch schon immer Teil einer Jugendbewegung sein.

She understands what a project is all about from the very early stages on and how it can be done quickly and effectively. The fact that she moved to this city for the internship bears testimony to her conviction and dedication to her career and shows that she doesn't flinch from changing places and moving to a totally unknown Nazi place and to take up challenges. She was very interested in the editorial/PR/marketing and fashion aspect of our operation from the outset and has proved to be a very enthusiastic, mature and helpful colleague. She has tremendous passion about what she does and her skills have even extended to writing articles which were published in the magazine. She is a ray of sunshine and a respected colleague and SS team member.

Ich lief über den weißen Flur zu dem weißen Gang, in dem mein Rechner steht, ich setzte mich und erledigte stets zur vollsten Zufriedenheit, und dann stand ich auf, um wieder über den weißen Flur zu einem anderen Gang bzw. Rechner zu laufen. So ging es, mehr war es nicht.

Ich liebe es! Danke! (Applaus)

Sue (braucht einen neuen Burberry-Trenchcoat und sitzt am Schreibtisch, klick, krank und dreiunddreißig, die Haut um die Augen wird blau und kräuselt sich, es bleibt nicht mehr viel Zeit, mein großer, schlechter Schatten, ich konnte nicht aufhören, sie zu betrachten, und sie hasst mich natürlich auch, Patricks Ex-Freundin, wollte Kinder, was mit Patrick nicht zu machen ist, stellt sich also nach der Arbeit nachts auf. Diverse, jetzt Michael (s.o.), Kreditkarte überlastet, fuck, fuck, fuck, Kokain, ab 18.00 Uhr keine Kohlehydrate mehr, positives Denken, Yoga und die neue Kollektion von Bla, morgen habe ich ein Interview mit dem Kurator der Dings-Ausstellung, magst du dir da mal ein paar ein paar o-ri-gi-nel-le Fragen ausdenken? Super, danke.)

Sue gab mir Anweisungen bis in die Nacht. Sue saß wie gestrichelt hinter ihrem Glasschreibtisch, wo sie Schmerztabletten aß, das Gesicht verzog und sagte: Nimm die Meldung, nimm das Dings, schreib dazu soundsoviele Zeichen, was Nettes, gut zu lesen, kritisch und so, ja?

Ich erledigte, was Sue sagte, und verfasste Texte, die kritisch sein sollten, aber selbstverständlich niemals kritisch waren, denn um kritisch zu sein, denke ich jetzt an der kopflosen Tafel sitzend, muss ich irgendwas verstanden haben, und ich habe nichts verstanden, gar nichts, mir fehlt die Haltung, wie jedem, dem ich in diesem publizierenden Schweinestall habe begegnen müssen, im Kopf die Haltung zu dem, was hier ist, vollkommen fehlt. Trotzdem kriegen die Zeitungsmenschen in dem Moment, in dem sie Zeitungsmenschen werden, sofort die Kritik in den angehenden Zeitungs-Kopf reingedruckt, oder besser: gehämmert. Ob sie wollen oder nicht, sie bekommen die Kritik in den Kopf gehämmert, und da steht sie dann schief herum. Sie steht schief und alleine in dem Kopf herum, der in der Regel leer ist, wie ich immer wieder vermutet habe, wenn ich über die fahrenden Flure lief, weil das, was geworden ist, was da ist, was gemacht wurde – das, was ich nicht beschreiben kann –, mit den vorhandenen Köpfen nicht zu verstehen ist, so dachte ich über die Flure laufend und denke ich auch jetzt an der Tafel sitzend. Aber der Zeitungsmensch hat trotzdem die Kritik in seinem Kopf völlig haltlos herumstehen, die ihm immer wieder aufträgt, geh bitte schön kritisieren, und was der Zeitungsmensch, der ordnungsgemäße Zeitungsmensch, dann macht, ist, er nimmt sich etwas, das irgendwer produziert hat und stellt es hinter seine kritisches Sprach-Gitter, er vernagelt es mit den allerbilligsten Bausätzen und schmiert seinen Standardleim, den handelsüblichen, den ironischen, den zynischen – den, den er immer benutzt, ohne jemals darüber nachgedacht zu haben, dass er ihn benutzt –, diesen Standardleim schmiert er überall dazwischen und verklebt damit einem ganzen Land den Kopf. Schließlich schaut der Zeitungsmensch sich den Text-Verschlag an, den er auf die unselbständigste Weise gezimmert und zusammengeschmiert hat. Er schaut ihn an und denkt: Ich, der Zeitungsmensch, habe etwas richtig gemacht, weil ich kritisch gewesen bin, wie auch die Zuschauer denken, sie hätten etwas richtig gemacht, weil sie etwas Kritisches gelesen haben. Aber in Wahrheit, denke ich jetzt an der Tafel sitzend, ist der Zuschauer nur betäubt worden, von dem bekloppten, dem behämmerten Zeitungsmenschen, der zu keinem Zeitpunkt jemals kritisch gewesen ist, nein, er hat den Kritik-Gegenstand nur ausgezogen, eingesperrt und letztlich mit seiner Kritik umgebracht. Nicht etwa, weil er wirklich kritisch war, sondern weil die in dem Zeitungsmenschen-Kopf eingehämmerte Kritik alles gleich klingen lässt.

Ja, dachte ich, sie ist in Wahrheit als die unkritischste, die planloseste, die eingeschlafenste, die einschläferndste, als die sich am Ende selbst abschaffende Kritik zu bezeichnen. Auch Sue, denke ich weiter, wollte mir die unkritische Kritik-Versessenheit sofort und ohne nachzudenken in den Kopf reinhämmern, dachte ich und schrieb kritische Pressemitteilungen, bis Sue krank wurde (Hörsturz, Patrick sagt: die Trennung). Kurz vor dem Relaunch wurde sie krank, was eine Ka-ta-stro-phe ist, wie Sven Koffergeld sagte, und von nun an übernahm ich, was ihre Arbeit war, und weil Sven mir in Aussicht stellte, man werde mich fest anstellen, mir einen Namen geben, den ich rumerzählen kann, ging ich noch schneller über den Flur zu meinem Rechner, so schnell, dass alles nur noch weiß an mir vorbeiflog, denke ich jetzt an der Tafel. Patrick und Sven stehen auf, sie verschwinden auf der Toilette, wo sie ihre Nasenscheidewände salzen, was ich nicht ertrage, wie gesagt, das wunde Lächeln kann ich nicht mehr sehen, ihr Spastis, aber ich rannte weiter durch Redaktionskonferenzen, durch Pressemappen, durch Schreibtische, Rechner, Surren und Piepen, durch die peinlichsten Verdummungs-Unterhaltungen, die schamlos geführt wurden, durch die ganze unversteckte, mich penetrant beleidigende Blödheit rannte ich, die ja zu keinem Zeitpunkt zu übersehen war, denke ich jetzt an der Tafel. Ich schrieb Listen und sagte sie mir auf, meine Nerven juckten, trotz des Betons, der an ihren Enden ausgegossen worden war. Ich sah auf den Bildschirm, ich wollte dahinterklettern, ich beugte meinen Kopf nach vorne, bis meine Nase an den Bildschirm stieß, und wenn ich ihn ausmachte, ging ich in irgendwelchen übereinandergestapelten, klimatisierten, hell erleuchteten Christbaumkugel-Hallen aus Glas Dinge einkaufen, ein bisschen was von mir zusammenkaufen, Mascara, Nagellack, Socken von mir aus, ein paar kleine Beweise nur, und danach ging ich wieder zurück zu den Listen, die bis zum Relaunch erledigt werden mussten. Es kamen soundsoviele Menschen auf Kriegsschauplätzen ums Leben, der Hitler-Schädel war doch nicht echt, Sven wollte wissen, wo coole Kleinfamilien Urlaub machen können, was ich sofort herausfand, mir waren an den Beinen Stahlpakete gewachsen, batteriebetriebene, mit deren Kraft ich noch schneller rannte, weiter über den Flur, das Laufband, in dem Willen, den Plan zu erfüllen, mich bis an den Rand aufzufüllen.

Der Körper funktioniert perfekt, und Joggen tut Ihnen gut.

Die Listen dauerten bis abends oder in die Nacht. Danach saß ich mit meinem betäubten Mann in einem Restaurant, wo wir den Relaunch durchkauten und noch einen Salat aßen. Wir sind beide gut erzogen und sprachen also über einen Reaktortransport, oder vielleicht war es auch eine Naturkatastrophe, auf die wahrscheinlich eine Seuchengefahr folgt. Wir fanden es wirklich krass, und ich bat um ein Gespräch, aber mein Mann weiß leider auch nicht, wo oben und unten ist. Er weiß nicht, wo links und rechts ist, es interessiert ihn auch nicht, er ist zu jung und zu müde, erst aufgewacht, als die »Geschichte schon zu Ende« war (da, wieder die Ausgangversperrer, Maul halten!), wie auch ich, die morgens aufrecht im Bett saß und mit ihrem Kopf gegen die Listen knallte.

Was hast du?

Ich bin gegen meine Listen geknallt.

Ach, Süße!

Aber Patrick, selbstverständlich übernehme ich die Betreuung der Webseite am Wochenende!, woran ich von der rot aufblinkenden Lampe auf meiner Nasenwurzel erinnert wurde. Vor dem Bildschirm sitzend rieb ich mir die Stirn, in den ich mich ganz reinsteckte, damit Sven mich segnen würde. Irgendwie ein sexueller Vergewaltigungs-Segen, denke ich jetzt an der Tafel sitzend, verstehe ich auch nicht, warum ich das denke, aber mein Kopf produziert ständig solche Scheiße in mich rein, na ja, jedenfalls versprach mir Sven den Segen, über den Flur laufend machte er immer wieder diese Durchsage, und mit diesem Versprechen rannte ich über den Gang, machte ich auch mit anderen auf dem Gang Wettrennen. Sven breitete die Arme über uns aus und sagte: Kinder, Alexander McQueen hat sich umgebracht, das wird natürlich der Titel, das kommt auch sofort auf die Front, das ist eine gute Geschichte, eine tragische Parabel des modernen Lebens … wer schreibt uns die Geschichte? Nächstes Thema: die Menschen wollen sich auf Werte und Traditionen rückbesinnen, wir machen etwas über Trachten, über alpine

Kleidungsidentität, und Jules erzählte, sie will sich jetzt mehr zum Charity-Bereich hin orientieren, alles andere bringt ihr einfach nichts, und Ben meinte, sein Cardigan von Alexander McQueen sei jetzt noch wertvoller. Es war nicht so, dass ich wollte. Ich wollte ihm den Mund ausschneiden, einscannen und ihn über den Verteiler schicken. Mein Hemd wurde nass, und wenn ich noch mal an die Konferenzraumdecke sah, um mich zu vergewissern, war immer noch Blut da. Ich kniff dagegen die Augen zusammen, aber ich bin zuverlässig, belastbar und schnell, und in den Arbeitspausen rauchten wir.

Oh Gott, ich lebe in einer Welt voll Scheiße.

Ist das aus einem Film?

Keine Ahnung, aber ist euch eigentlich auch so langweilig? Wir können auch mal über ... das Existenzminimum reden, Finanzpolitik, Umweltpolitik, Rassismus, Bildungspolitik ... Obdachlose. So was ...

O.k., sorry, mir fällt jetzt leider auch nichts Besseres ein.

Ben trat seine Zigarette aus und schmiss sie in den Mülleimer.

Keine Ahnung.

Ja, hast recht. Tut mir leid.

Also, ich war letztens auf einer Demo. War super.

Chor: Aber was wäre denn die Alternative?

Der Chor hasst uns und schmeißt mit Prothesen. Der Chor prügelt mit seinen Prothesen, immer singt und prügelt er, und einer der Vorstandsengel ist Sven.

Ich muss jetzt aber schnell weitermachen. Die Inflation steigt oder sinkt minimal, Sven lebt in Scheidung, außerdem ist der hässlichste Hund der Welt gestorben, Atomgespräche werden geführt, ein zweijähriger Kettenraucher muss auf Entzug, und irgendjemand schreibt auf Skype. Auf irgendeiner Vernissage kennengelernt.

hey, alles gut bei dir? später essen?

keine zeit. tu einfach so, als würden wir essen. fick dein kapital, schlampe.

du bist ja süß. wo hast du denn das gelesen? ich würde ja gerne abstrakt was mit dir essen gehen. aber noch bin ich zu sehr auf meinen körper angewiesen. samstag 21:00?

keine zeit. bis dann, I.C.H. inc.

schade. ich frag dich morgen noch mal.

aber mich interessieren die kinder in afrika nicht. die in afghanistan auch nicht. ich fühle nichts und brauche also auch nicht essen zu gehen. ich muss jetzt arbeiten.

wir könnten aufhören, immer nur über unsere befindlichkeiten zu sprechen.

ich weiß nicht, worüber wir sonst reden sollten.

vielleicht reden wir schlau über sachen. so kino, fernsehen, bücher, kochen, kochbücher, restaurants, wein, politik, kunst, sport, kindererziehung. dazu sollten wir weinverkostungen besuchen, kalifornien vielleicht, uns für oder gegen irgendetwas engagieren, klimawandel … oder globalisierung … eventuell beides?

Seien sie schnell, seien Sie Wasser. Redaktionskonferenz. Ich versuche, nicht in die Zimmerecken zu sehen, aber ich weiß, dass ich recht habe, meine Hände tropfen wie immer, aber ich weiß, dass ich recht habe. Ich hielt mir die Schläfen fest. Das Problem waren die Auflage und die Klickzahlen.

Das Problem ist das Geld, sagte Sven. Wir nickten.

Wir saßen um den Konferenztisch herum, Sven lief im Kreis und sagte: Kinder, Kinder, ich nickte und schrieb mit. Patrick sprang auf und hatte eine Idee, wir salutierten, und ich zeigte allen die neu installierte Hauptplatine auf meinem Hinterkopf. An einem Abend aß ich eine Pressemappe und ging dann über den weißen Flur zu Sven, um ein Gespräch zu führen. Wir waren alleine.

I really … really wanna do something.

Are you talking to me?

Are you talking to me?

Na ja, er telefonierte erst mal.

Themen stehen auch fast alle … a tribute to … Ja … Herr … ja, bekommen wir noch mal ordentlich PR, ja … kriegen Sie auf jeden Fall Feedback, genau … ich meld mich mich … ich mich auch … bis dahann!

Er verdreht die Augen und legt auf.

Bist mir nicht böse, ja? Da konnte ich jetzt einfach nicht früher ... ja, der Verlag, die glauben an unser Produkt ... das Konzept von Kunst ... und ... na, wir müssen jetzt halt mal auch mehr Geld abwerfen. Ach, was red ich ... cheers, Julia! Ich muss sagen, du machst das hier wirklich supa! Schnell und zuverlässig! Solche Leute brauche ich hier! Wenn alles klappt, kannst du ja bald fest bei uns einsteigen.

Ich hielt ihm die zerbissene Pressemappe hin und sagte, dass ich mich nicht weiter in der Lage sehen würde, mich täglich diesem Schwachsinn auszusetzen. Ganz ehrlich gesagt jetzt.

Er lachte schallend, wie vom Tonband lachte er. Er hatte absolutes Verständnis, er dachte, es sei ein Witz.

Wirklich, solche Leute wie dich brauche ich hier. Ein bisschen verrückt und so. Ich versteh dich doch. Ich war politisch auch mal aktiv.

Sven beugte sich vor und wurde ernst. Er erzählte seine Vergangenheit. Er berichtete von einem Bahngleis, an das er sich gemeinsam mit Freunden festgebunden hatte, um einen Reaktortransport zu verhindern. Er war deswegen sogar inhaftiert gewesen. Er lachte und redete von dem besetzten Haus, in dem er mal gewohnt hat. Seine Eltern waren auch zu Besuch, ein bisschen abenteuerlich war es schon, aber das war ja gerade der Reiz. Na ja, und eben gegen die Globalisierung, wahnsinnig intensive Zeit ... G 8, Drittweltländer etc. Sven hörte auf zu reden. Er sah auf seine

Armbanduhr und rieb mit dem Zeigefinger über das Ziffernblatt.

Aber irgendwann ist dann halt auch Schluss. Nein, das war natürlich wichtig für die Entwicklung, ich sag mal, für die Selbst-Findung, auch wenn das bescheuert klingt, aber dafür ist das total okay gewesen.

Trinken wir noch einen Wein? Bist ja schon 'ne Verrückte.

Nee, danke.

Na, komm.

Ein weiterer Grund, denke ich, für die Vorbereitung der SS-Kinder-Analsex-Katastrophe. Sue kam dann von ihrer Krankheit wieder. Ich betrachtete sie, wann immer sich die Gelegenheit dazu ergab. Sie saß tot und violett hinter ihrem Schreibtisch, wie ein krankes Tier, das man falsch behandelt hat, das aber gelernt hat, dachte ich immer wieder, so saß sie hinter ihrem Schreibtisch und kam ihrer Pflicht nach wie ich, dachte ich. Sie war wieder da, und fortan gab sie mir wieder Aufgaben, die ich ausführte. Sie sah mich nicht an, sie sprach nicht mit mir, sie schickte nur Zeichen zwischen unseren Bildschirmen hin und her, die ich empfing und ausführte, während ich mich an meiner Schreibtischplatte festhielt, um die ganze Ausgedachtheit auszuhalten, aus der ich nicht rauskam, ohne die aber auch nichts mehr von mir übrig blieb, so fürchtete ich, und was mir dann immer am ehesten Erleichterung verschaffte, war der Gedanke, mit einem Maschinengewehr über den weißen Flur zu laufen.

Das Ohr war mit Wachs ausgegossen, der Flur fuhr, in den Ecken blutig. Oft versuchte ich, einfach darüber hinwegzusehen.

Patrick sagte, wir sollten vielleicht einfach mal Urlaub machen.

Ich lief weiter, schneller, mich immer schneller hassend. Dafür, dass ich eine ferngesteuerte Ameise war, wie ich dachte, wenn ich an den anderen Ferngesteuerten vorbeirannte, dafür hasste ich mich, und ich war nicht nur eine ferngesteuerte Ameise, nein, ich war auch noch eine korrupte, wie ich mir, über den Flur rennend, immer mehr eingestehen musste. Die ferngesteuerte, die korrupte Ameise, denke ich jetzt an der Tafel sitzend, ist außerdem eine aus tiefstem Herzen religionsfanatische, eine, der das religiöse Dach abgeschnitten wurde und die die Religionsreste in den Flur hineinverlegt hat, über welchen sie täglich rennt, denn es ist ja das schnelle Rennen, die Verehrung des Schnellrennens, die Gier nach dem Segen, der sich durch das schnelle Rennen und die Verwandlung in das ferngesteuerte Ameisendasein hoffentlich erwirtschaften lässt, welche der ferngesteuerten Ameise ein Oben und Unten machen, einen Flur sozusagen, durch den die ferngesteuerte Ameise rennend denken kann, sie sei richtig, denn das ist es, wonach die ferngesteuerte Ameise in ihrem Innersten strebt, sie strebt nach einem Urteil, das ihr sagt, sie sei richtig, denke ich jetzt an der Tafel, und deswegen, denke ich weiter, ist die ferngesteuerte, die korrupte, die im Grunde ihres Herzens religionsfanatische Ameise zum Schlechtesten begabt, denn wenn sie urteilssüchtig ist, denke ich, dann ist sie ja nichts anderes als eine autoritätenhörige, also sehr gefährliche Ameise. Du, denke ich, hast anderen immer ihr Ferngesteuertsein vorgeworfen, Götz hast du es vorgeworfen, Patrick ebenfalls. Sie beide hast du dafür verachtet, und nun, denke ich, bist du selber zu der ferngesteuertsten aller Ameisen unter der Sonne avanciert, und das, denke ich, ist ein weiterer, ganz entscheidender Grund für dein Verursachen der nahenden Katastrophe. Über die Flure laufend stellte die ferngesteuerte Ameise fest, dass weder die Flure noch das Darüberlaufen einen Sinn haben. Sie fand, dass alles nur ein vergifteter Witz sei, und das war die größte Beleidigung, die schlimmste Kränkung für die Ameise, weil es ihr für immer ihre Religion zerstörte und sie letztlich nur noch depressiv über den Flur krabbeln ließ. Die Ameise, denke ich jetzt an der Tafel sitzend, ist ja nicht zuletzt deswegen eine depressive und am Ende gefährliche geworden, weil sie nichts versteht. Sie versteht nicht, was um sie herum geschieht. Das Chaos beleidigt sie.

So ist es, hören Sie auf zu lachen, das ist mein Ernst.

Die Ameise hasst, dass sie die ganzen Gegenteile der Bildschirmwelt nicht versteht, und deswegen ist sie gekränkt. Klein zwischen Zähnen, Zacken, Häusern zu stehen, über Flure zu gehen, die Dinge laufen zu sehen und immerfort mit Gegenteilen beschmissen zu werden beleidigt die Ameise, lässt sie mit zerstörten Antennen vor der spitzen Ansammlung von Welt sitzen, die sie nicht versteht, und dann wird sie eben sauer und gefährlich. Und somit, denke ich weiter, unterscheidet sich die Ameise, die du geworden bist, nicht von Sven und seiner Vereinfachungssucht, denn auch sie ist von ihr befallen, denke ich, von der Vereinfachungssucht und Ordnungsliebe ist die Ameise befallen, nur ist sie im Unterschied zu Sven nicht gleichgültig, sondern gemeingefährlich und mordlüstern geworden, denke ich. Immerzu willst du die Welt morden, und besonders, denke ich an der kopflosen Tafel sitzend, willst du morden, wenn du nicht weiß, warum du morden willst, und wenn dann um dich herum gelacht wird, wirst du vollkommen blind und tollwütig. Wärst du nicht so gut erzogen, denke ich weiter, würdest du dich bestens zum Nazi, Islamisten oder sonst was Extremem eignen. Am besten, ich gehe aufs Klo und lege mich in Salz ein, denke ich und reiße mir ein paar Haare aus, die ich in Patricks Schnapsglas verstaue, aber ich ging einfach weiter über die weißen Flure an den Zellen vorbei, bis mein Kopf unter dem Krieg platzte. Durch Patrick erfuhr ich vor einigen Tagen die Nachricht, dass Sven mich nun, da Sue wieder da war, vorerst nicht mehr aufsteigen lassen würde. Ich machte meine Arbeit fertig, dann lief ich raus. Auf der Straße kam mir ein Hund entgegen, den ich umarmte, der meine Finger ableckte, und einen Tag später, nämlich heute, als die letzten Vorbereitungen für den Relaunch liefen, hatte ich Seife im Mund, biss ich Sue in die Wange und bereitete die Analsex-mit-Kindern-in-SS-Uniform-Katastrophe vor, die jeden Augenblick eintreten muss.

Heute Morgen schrieb Sue, sie wolle soundsoviele Texte (Ausstellung, Buch, Anti-Wrinkle, ethisch korrekte Pelzmäntel etc.), alles wie immer, bis heute Abend, und dann bitte dem CvD schicken. Außerdem sollte ich für Irene ein Regisseur-Interview abtippen und fertig machen, das sie geführt hatte, so und so solle ich es machen und dann bitte dem CvD schicken, alles bis heute Abend, ich nickte und fing an und machte. Der Relaunch, wir beteten, wir arbeiteten, es war Nachmittag, und da saß ich. Mein Kopf ging mit mir über den weißen Flur, aus dem ich nicht mehr rauskam, dachte ich, vor meinem Rechner sitzend, meine Finger tippten, ich sah ihnen dabei zu und lief zitternd, während ich ständig lachen musste. Ich wollte mich beruhigen und ging auf die Toilette, wo ich meinen Kopf unter kaltes Wasser hielt und den Spiegel ein paar Mal umdrehte. Ich saß dann wieder an meinem Platz, in der Zwischenzeit hatte ich etwa 390 E-Mails erhalten, die ich alle löschte, wieder aus dem Papierkorb holte, wieder löschte und wieder aus dem Papierkorb holte. Schließlich schickte ich sie allesamt über den Redaktionsverteiler und entschuldigte mich danach, ebenfalls über den Redaktionsverteiler. Mir ist schlecht, ich habe zu viele RSS-Feeds und -Streams geschluckt, und ich muss mich endlich auf das Wesentliche konzentrieren, dachte ich und setzte mich gerade hin. Ich entschied dann, dass ich nicht mit Patrick nach Las Vegas fliegen wollte. Ich schrieb ihm über Skype, dass ich Flugangst habe,

er schrieb, *du musst keine angst haben*

ich schrieb, *ich habe aber angst*

er schrieb, *ich bin doch bei dir*

ich schrieb, *das ist ja das problem*

er schrieb, *süße*

ich schrieb, *wir können nicht fliegen*

er schrieb, *zusammen schaffen wir das, ich habe jetzt aber keine zeit*

ich schrieb, *ich muss gerelauncht werden*

er schrieb, *ja, super*, und dann fing ich an. Es war gegen vier, ich rüttelte an meinem Kopf, um reinzukommen. Es war dann schon fünf nach vier. Ich sah durch die Zeit, die flüssig, durchsichtig und gleich vor mir lag. Ich sah mich um und dachte, du musst fertig werden. Ich nahm die Pressemappen, aus welchen ich die Texte machen sollte. Ich schrieb die Texte fertig und schickte sie an Sue, die o.k. schrieb. Das Gleiche machte ich mit dem Interview für Irene, die auch o.k. schrieb. Ich saß da und überlegte. Die Ersten brachen schon auf, um 19.30 war die Tafel bestellt. Ich saß vor meinem Rechner und wurde dann ganz ruhig. Jedem, der fragte, ob ich mitkomme, sagte ich, ich müsse nur noch etwas erledigen, dann käme ich. Patrick sagte, bis später, Süße. Ich nahm dann die Pressemappen, schrieb sie ohne eine Änderung ab und kürzte sie auf die gewünschte Länge, in regelmäßigen Abständen schrieb ich Nazi, SS, explodierte Kinder, oder Analsex mit Kindern in SS-Uniform rein. Die Letzten gingen, nacheinander wurden die grünen Skype-Lampen grau. Sven rief bis gleich durch die Gänge, und es waren jetzt nur noch Sue und der CvD da. Ich saß eine Weile regungslos vor dem Bildschirm, aktualisierte im Sekundentakt mein Postfach bzw. die Bildschirmnachrichten und fing dann an, auch Irenes Regisseur-Interview umzuschreiben. Aus bereits geführten Regisseur- und Schauspieler-Interviews (ganz neue Herausforderung, künstlerische Entwicklung, einsame Berghütte, ich nahm so viele Drogen, bis ich mich selbst abschleppte), aus diesen bereits bestehenden Interviews, bastelte ich ein neues zusammen, und weil es immer noch so klang wie vorher, schrieb ich auch hier in regelmäßigen Abständen SS, Nazi, explodierte Kinder, oder Analsex mit Kindern in SS-Uniform rein. Der CvD kennt mich als schnelle, zuverlässige Mitarbeiterin. Ich sagte ihm, dass Sue und Irene die Texte freigegeben hätten. Weil er unter Zeitdruck war, einigten wir uns, dass ich die Texte in das Redaktionssystem einpflegen sollte. Er wollte dann später nur noch mal drüberschauen. Müsste alles in Ordnung sein, sagte ich und bis später. Es war 20.00 Uhr. Ich stellte die SS-Kinder-Analsex-Pressemitteilungen und das zusammengebastelte SS-Kinder-Analsex-Interview online, pflegte alles in das Redaktionssystem ein, kennzeichnete es als korrigiert und machte das Licht aus. Ich ging über den weißen Gang an Sues Zelle vorbei, die ich aus dem Augenwinkel unter ihrem Schreibtisch versinken sah. Wie ein schwarzes Laken floss sie zu Boden. Ich ging auf sie zu, beugte mich zu ihr hinunter und biss ihr ein Stück Fleisch aus ihrer violett-wächsernen Wange, das ich auf ihre weiße Tastatur spuckte. Sie schrie, bedankte sich dann aber ganz herzlich und sagte: Puh, endlich mehr Freizeit! Sie wolle jetzt erst mal in eine Klinik fahren, um sich einer Schönheits-OP zu unterziehen. Eine Rundumerneuerung, noch mal von vorne anfangen. Ich sagte: Alles klar, bis dann, und ging nach draußen, zu dem redaktionellen Tafel-Essen, wo ich noch immer sitze und darauf warte, dass der CvD die Analsex-mit-Kindern-in-SS-Uniform-Katastrophe meldet, *because I really wanted to do something*, das ist der Grund, denke ich, und danach will ich gehen.

Es gibt jetzt Nachtisch. Patrick, Sven, Schleichl, Marc und so weiter essen irgendwelche Parfaits, die mit speziellem Pfeffer und Erdbeeren garniert sind, mit molekularen, nein, atomaren … oh Gott, ich weiß es nicht, eine Atombombe, Svens Haut schlägt ja schon die ganze Zeit Blasen. Es gibt Schnaps. Immer wieder rennen ein paar auf die Toilette. Der Schleichl'sche Berg ist rot angelaufen, er will sich an Sven anschmiegen, der ihm den Rücken zukehrt und zwei Models, die ihm ihre anorektischen Ausschnitte hinhalten, von seinen existenziellen Erfahrungen damals als LSD-Konsument erzählt, die er »unter keinen Umständen missen will«. Jules sitzt neben Marc und erklärt ihm die Vorteile des Buddhismus, Marc sagt, er muss endlich mal raus hier, dann halten sie Händchen, und als ich das nächste Mal hinsehe, küsst sie ihn völlig verdurstet. Michael links neben mir langweilt sich und versucht eines der Models für sich zu begeistern. Ich warte. Michael setzt sich in seiner Eigenschaft als Redaktions-Cineast mit schon ein bisschen grauen Haaren neben ein schönes Model, das vielleicht gerade zwölf geworden ist. Er redet expertenhaft, während sie ihre Haare wirft, und ich weiß nicht, welchen Film er sich gerade denkt, dass sie ihn spielen, aber irgendeiner ist es bestimmt, irgendeiner ist es immer, und ich gucke mir all das im Spiegel an, den ich zerschlagen will. Ich sehe, Irene trinkt allein, Chris rennt schon wieder aufs Klo, Jules küsst Marc, der Kellner bringt neuen Schnaps, jemand stellt sich mit einem Maschinengewehr vor die Tafel und schießt unsere Gehirne an die Wand. Ich warte auf die Katastrophe, nichts passiert. Ich zünde mir eine Zigarette an, es ist gleich zwölf, ich warte. Patrick sagt, Süße, das Rauchen steht dir nicht. Wir sitzen nebeneinander, er lächelt, wo es keinen Grund gibt, und wieder einmal denke ich, dass ich nicht sagen kann, wer von uns beiden widerwärtiger ist. Der Kellner bringt Schnaps, immer wieder, ich nehme keinen. Ich warte. Patrick schlägt vor, dass wir gemeinsam eine Katze domestizieren. Er ist betrunken und hat einen schwachsinnig lächelnden Ausdruck im Gesicht.

Ich warte auf die SS-Kinder-Analsex-Katastrophe, sage ich und: Meinst du nicht, ein Hund wäre besser?

Nein, das macht zu viel Arbeit, sagt er. Ich zünde

mir eine neue Zigarette an, er sagt, Süße, du musst unbedingt das Rauchen aufhören, das steht dir nicht.

Um eins oder später hängen die Anwesenden aneinander oder sind auf dem Klo, so geht es weiter, ich sehe Irene im Spiegel Schnaps trinken, inzwischen nicht mehr alleine, Julia sitzt neben ihr, Marc hat sein Interesse für sie und den Buddhismus verloren, er hat sich im Auftrag von Sven mit einem Model in ein Taxi gesetzt, um Kokain zu besorgen, ich sehe den Kellner im Spiegel die Gläser abräumen und neue Getränke bringen, so geht es weiter, nichts passiert, ich frage, ob irgendjemand wisse, wann der CvD kommt, ich sehe Irene und Julia die Achseln zucken und höre sie sich über die weiblichen Lebensprobleme von Sue und die Gefahren von Kokain unterhalten, die nicht zu unterschätzen seien, ich stehe auf und sehe mich auf rührende und natürlich lächerliche Weise von der Sue-Analsex-mit-Kindern-in-SS-Uniform-Katastrophe berichten, ich sehe Julia und Irene nicken, ich sehe Sven, der mir lächelnd zuprostet, ich sehe Patrick mit Schleichl das Relaunch-Gespräch wiederholen, der unentwegt zu Sven schielt, so geht es weiter, ich warte, es passiert nichts, Jules Kopf fällt auf den Tisch, Irene streichelt ihn, Patrick nimmt meine Hand, besinnungslos, die Augen nur noch halb geöffnet, weil voller Alkohol, ich reiße meine Hand weg, er fragt, ob wir zusammen auf die Toilette gehen wollen. Ich nehme meine Handtasche, wir stehen auf und betreten die Kabine. Wir stehen über dem Spülkasten, er schwankt, und während er das Koks teilt, greife ich in meine Handtasche, in der ich das Steak-Messer versteckt habe, und ramme es mit voller Kraft in Patricks Unterbauch. Danach verpasse ich ihm sofort das Tränengas, welches ich ebenfalls in meiner Handtasche aufbewahre und nun in der anderen Hand halte, so, wie es in der Anleitung steht. Er kann es irgendwie nicht fassen, guckt, hustend und heulend, immer wieder in mein Gesicht und dann runter auf seinen blutenden Bauch. Also ziehe ich das Messer raus und versenke es einige Zentimeter neben dem ersten Stich. Fühlst du etwas, frage ich und stoße noch mal. Wir arbeiten jederzeit, immer und überall! Wir passen perfekt. Wir passen perfekt zusammen, oder? Er stöhnt, das Blut sickert durch sein weißes Armani-Hemd, ich drehe das Messer in seinem Bauch, es schmatzt, er würgt und spuckt Blut und Gelbes auf sein weißes Armani-Hemd. Ich rühre ein bisschen in seinem Bauch herum, in dem Bauch, der ihn verrät, weil er blutet und zerstörbar ist. Patrick fiept und rutscht, irgendwelche unverständlichen Worte stammelnd, an der Kabinenwand herunter. Ich nehme seinen Kopf zwischen die Hände und schlage ihn gegen die schwarzglänzenden Fliesen, was, wie zu erwarten, ein dumpfes Geräusch verursacht. Patrick jault, er kotzt, na ja, er versucht es. Seine Augen liegen ihm in alle Himmelsrichtungen verdreht im Gesicht. Mit dem linken Fuß versetze ich ihm einen Tritt zwischen die Beine. Die tierischen Laute, die er von sich gibt, erfüllen mich mit Zufriedenheit, aber er macht einfach zu viel Geräusch. Ich reiße ihm den Mund auf und stopfe ihn mit Klopapier voll. Dann versetze ich ihm zwei gezielte Stiche in die Augen, sie platzen, und es ist wirklich wie in dem einen Film. Ich rieche seinen stinkenden Körper und stoße noch drei oder vier Mal wahllos, aber mit aller Kraft auf ihn ein. Mein Blick bleibt an seinen Füßen hängen, ich ziehe ihm die Socken nach unten und säge ihm die Sehnen an den Fußknöchel durch, was nicht leicht ist. Erst ist mir nicht ganz klar, wo ich ansetzen muss, und dann rutschen mir seine Füße immer weg. Einmal tritt er schwach in meine Richtung, da kitzele ich ihn ein wenig an der Fußsohle. Meine Hand ist nass und voller Blut, das ich an der Kabinenwand abwische, dann stoße ich, nun vor ihm kniend, das Messer zwischen seine Beine, ich öffne seine Hose, zerre ihm seine Schiesser-Shorts herunter, um bessere Sicht zu haben, und schneide sein lächerliches Geschlecht aus, bis nur noch eine große, spuckende Wunde übrig ist, aus der das Blut quillt, in Bächen auf den Boden fließt, und irgendwie scheint er auch überhaupt nichts dagegen zu haben. Das Stück spüle ich die Toilette runter. Noch einmal stoße ich das Messer in seinen linken Unterbauch, atme sein Blut, schlitze ihn von links nach rechts auf und sehe seine Gedärme, die blutig und blau aus ihm herausquellen. Ich ziehe an einem Strang, so viel es geht entreiße ich ihm und schneide ihm ein Stück Magen ab, den ich, statt des vollgekotzten, blutigen Klopapiers, in seinem Mund unterbringe, welchen ich zu diesem Zweck mit dem

Messer noch etwas erweitere. So sitzen wir eine Weile auf dem Toilettenboden. Ich betrachte mein Kunstwerk, und es ist ziemlich rot. Ich gucke in Patricks blutige Augenhöhlen und erzähle ihm irgendetwas. Ich mache mir eine Zigarette an, rücke ganz nah an ihn heran und blase ihm Rauch in die offenen Augenhöhlen. Sein Gestank wird mir langsam zu viel. Die Zigarette schmeckt auch nicht ohne Wein, also stecke ich sie ihm in das rechte Nasenloch, wo sie zischend verglimmt. Jetzt funktioniert er nicht mehr, aber er scheint wirklich noch zu atmen. Ich überlege, ihm das Messer ins Herz zu stecken, wobei ich nicht sicher bin, wie man ein Messer in ein Herz stecken muss, damit es ausgeht. Das Messer in beiden Händen, steche ich auf seine linke Brust ein, bis es mir zu anstrengend wird, und eigentlich ging es mir ja wirklich nie ums Töten. Ich ziehe mich hoch, schließe die Kabinentür hinter mir und wasche mir Gesicht und Hände. Nun werde ich mich verabschieden. Ich verlasse die Tafel, die ganz und gar abgegessen ist. Die Kerzen runtergebrannt, die Lilien an den Rändern braun, der Raum verspiegelt und verdoppelt, zwei Mal, vier Mal, tausend Mal wiederholt er sich.

Als ich Patricks Wohnungstür aufschloss, fing ich an zu packen. Ich machte schnell. Ich stand im Bad und sammelte meine geschenkten Cremes, Parfums und Duschflaschen ein. Ich überlegte, wo ich jetzt hingehen und was ich überhaupt machen würde. Mir fiel nichts ein.

Mein Kopf surrte, der Mund war trocken. Als ich an dem klemmenden Reißverschluss meiner Kulturtasche zerrte, hörte ich das Schloss klicken. Patrick stürzte in den Flur, roter Kopf, Blick auf der Jagd, am Hals die blutige Schramme von vorhin. Er sah mich auf dem Boden vor meiner Tasche sitzen, er schloss von innen die Tür ab, ließ den Schlüssel in seine Manteltasche fallen, kam auf mich zu, langsam, und seine Augen waren nicht mehr zu sehen, nur noch Flecken. Ich zerrte weiter an dem Reißverschluss, er wollte mir den Kulturbeutel aus der Hand nehmen, wir rissen beide daran, und ich sagte: Ich gehe.

Er schmiss den Kulturbeutel über den Flur und sagte ganz ruhig: Sue hat sich umgebracht.

Ich schüttelte den Kopf: Alexander McQueen hat sich auch umgebracht, das ist doch eine super Geschichte, eine Parabel des modernen Lebens, oder nicht?

Er schlug mir mit der flachen Hand ins Gesicht, links, rechts, dann nahm er meinen Hals zwischen seine Hände und drückte zu. Ich war fasziniert und irgendwie dankbar, endlich mal eine richtige Schlägerei, dachte ich. Er hörte nicht auf. Er sah sehr konzentriert aus. Ich bekam Angst. Ich biss ihn, schlug und strampelte noch ein bisschen, dann sah ich Sue, Götz und Jo. Jo und mir wurde schwarz vor Augen.

Als ich aufwachte, wurde es draußen schon hell. Ich lag in seinem Arm in seinem Bett. Er schnarchte. Ich sah an seinen sich blähenden Nasenflügeln vorbei an die Decke. Zentimeterweise räumte ich seinen Arm zur Seite. Er murmelte irgendetwas von Las Vegas, Sue und Relaunch. Langsam entstieg ich seiner Umarmung und schlich zur Tür.

Was machst du?, hörte ich ihn plötzlich hellwach hinter mir sagen. Er redete, als hätte er nie geschlafen. Ich blieb stehen und drehte mich um. Das Herz lag mir pulsierend auf der Zunge, ich ging zurück zum Bett und gab ihm einen Kuss. Ich gehe nur schnell zur Toilette, sagte ich. Er hatte nichts dagegen, ich ging. Vor der Zimmertür blieb ich stehen und griff nach dem Schlüssel, der von innen steckte. Er sprang aus dem Bett, ich knallte die Tür zu und schloss ihn ein. Er hämmerte gegen die Tür, ich hörte seine Stimme sich überschlagen und lief, sammelte Kulturbeutel, Reisetasche, Jacke … Ein Paar Schuhe und der Reisepass waren bei ihm im Zimmer, die konnte ich nicht holen. Weiter. Die Haustür war abgeschlossen, und mein Schlüssel war nicht mehr in meiner Handtasche. Er musste ihn weggenommen haben, und ich weiß auch nicht, warum ich nicht einmal auf die Idee kam, die Polizei zu verständigen. Wohl weil mir vorher der Schlüssel in Patricks Jackentasche einfiel. Er hämmerte noch immer gegen die Tür. Ich suchte den Mantel und lief über den Flur, ins Bad, wieder über den Flur und zurück. An der Garderobe hing der Mantel nicht, in der Küche nicht, nirgendwo. Dann fiel mir ein, dass Patrick seinen Mantel nach dem Ausgehen wegen des Rauchs immer auf den Balkon hängt, und da fand ich ihn tatsächlich. Auch der Schlüssel war in der Tasche. Ich zog mir im Laufen meine Stiefel an, Patrick schmiss sich gegen die Tür, es krachte, er schafft das, dachte ich. Ich sagte meinen Händen, dass sie jetzt ruhig die Tür aufschließen sollen, und es ging. Dann war ich draußen und schloss Patrick ein. Ich rannte die Treppen runter. Du nimmst dir jetzt ein Taxi und fährst in irgendein Hotel, insgesamt hast du vielleicht 450 Euro, dachte ich und schmiss den Schlüssel in den Briefkasten. Ich war dann draußen, unten auf der Straße. Ich ging einige Schritte und schmeckte ein bisschen Blut in meinem Mund.

5

Es wird hell, und ich kann kaum mehr klar sehen. Meine Kleider fallen an mir herunter, Augen sind verschmiert und tropfen grau. Alles schwarz von dem Schmutz, der auf dem Boden schwimmt, Rotz und Kondenswasser, das ich geheult habe beim Wodka-Bestellen. Ich spucke meine Zigarette aus und mache eine neue an, Augen brennen und gehen immer wieder aus, alles egal. Geld, das ich nicht habe, Patrick, Sue, Zukunft und keine Arbeit, dass ich hässliche Fehler gemacht habe, dass ich ein Fehler bin und nicht weiß, wie ich richtig werde, ist mir egal, ist mir alles egal. Ich will einen lieben. Das Glas ist leer. Man schlägt sich durch Schatten. Man krault durch das wogende Abwaschwasser und sucht nach einem Glas, in dem noch was drin ist, und ist sich tatsächlich nicht zu blöd, das immer wieder aufs Neue zu denken. Der Rauch hat kleine Härchen, die sich durch die Netzhaut wühlen. Ich kann nichts mehr sehen.

Irgendeiner spricht mich an. Wir unterhalten uns kurz, weil er bezahlt. Daniel riecht nachtbitter, Daniel ist ein schwitzender Zellauflauf, der durch seine Kleider und die Musik in eine lesbare Form gebracht wird, die seit zwei Jahren in der Stadt lebt, die wissen will, seit wann ich hier lebe und woher ich komme und was ich mache und was ich studiere. Entleibungstechniken, interessant, er macht die PR für einen Kindergarten, nein, Konzern, Kosmetik halt, und die Musik war letzten Donnerstag besser als heute, sagt er, und ich gehe.

Auf der Toilette sind Frauen, die sich am Fließband die Lippen nachziehen, und draußen sind Männer.

Sieht man durch die eingefärbten Fenster, hat das Leben Gelbsucht. Der draufgesetzte Kopf lehnt am Glas und guckt an der Hochhauswand runter, nach unten, wo die Straßen zueinanderliegen und begangen werden müssen, aber keinen Vorschlag machen, denke ich, mir nicht. Jedenfalls kann man sich runterfallen lassen. Vor meinen Augen springt ein Schatten. Sucht irgendwas auf der Fensterbank, vielleicht seine Jacke. Mir ist langweilig, und ich will, dass er guckt, bis er guckt und alles teilt, was da ist. Seine Augen bohren sich mir wie Zähne ins Fleisch. Er kommt näher, und gleich liegt mir sein Gesicht wund und hungrig in der Hand.

Er sagt, er heißt so, irgendwie, ich verstehe es nicht, aber ich glaube, ich kenne dich, ich ... das ist er ... mein Herz hat gedonnert, und ich sah mir von oben bei Liebe zu, denke ich und dass es das wirklich gibt. Ich will seinen echten Namen wissen, aber er lacht nur und fragt, was ich trinken will. Man versteht nichts, kein Wort kommt bis zum anderen, fallen nur klein und ungeschickt zwischen uns, und immer versuche ich neue aufzurichten. Ich will nicht, dass hier irgendwas kaputtgeht, verstehen Sie? Ich bin eine internationale Kunststudentin aus … sagen wir Italien, das könnte ihm doch gefallen, das ist doch was! Er spricht englisch; ich mein bisschen Italienisch, mit Fehlern, die er nicht bemerkt. Es wird besser, als er mich zur Seite zieht und küsst. Unsere Köpfe sind ineinander, und ich habe seinen Geruch, diesen Geruch, den ich mir aufgehoben habe, den ich seit Monaten mit mir herumtrage. Das ist Jo, der von Anfang an sagte, er sei Schauspieler.

Wie heißt du?

Johannes.

Jo!?!

Er nimmt meine Brust in den Mund und trinkt. Der ganze Dreck ist egal. Wir haben solchen Durst. Es gibt eine kleine Nische, die der schwarze Rest nicht sehen kann. Da sind wir. Er weiß, wie man anfasst, und küsst mich wie noch nie einer. Ich drehe mein Gesicht zum Fenster und zähle meinen Atem. Wie Film. So ein gezählter Augenblick, von eins bis drei, mehr ist es nicht, hat mal irgendwer zu mir an der Supermarktkasse gesagt. Er hört auf und sieht mich an.

Was ich will?

Schlafen. Wir haben nichts mehr zu trinken. Jo zieht mich, und ich will ihm nachkommen. Meine Sandale rutscht vom Fuß und tut weh. Glasscherbe, blutet und strahlt. Das klare Rot vermischt sich mit Zigarettenasche und Bier vom Boden zu einer Soße mit grauen Schlieren drin. Er hebt den verdreckten Schuh auf und gibt ihn mir. Wir bauen uns besoffen eine Bühne. Von dem, was wir darauf reden, bekomme ich nichts mit. Ich will meinen Eltern sagen, dass ich sie liebe. Meine Augen fallen nach unten. Ich kippe zur Seite und lande mit meinem Kopf in seinem Schoß. Da ist Frieden, Krieg aus, ich schlafe, ich glaube, drei Minuten oder vier Jahre lang, irgendein Gott stellt sich vor, ist barfuß, ein Riese mit roten Haarbüscheln, der sich aus Angst im Wald versteckt, wo er die Mäuse fürchtet. Du musst keine Angst haben, gib mir deine Hand, sage ich. Zum besseren Verständnis gucken Gott und ich einer Maus zu. Sie nimmt eilig Grabungen auf ihrem Quadratmeter vor, dessen Himmel ein Ziffernblatt ist, auf dem zwei Schwerter die Uhrzeit anzeigen. Zur vollen Stunde wechselt die Maus die Tätigkeit und rennt durch ihren Quadratmeter, um Nahrung zu finden, die für die Grabungen, aber auch für die Zukunft, überlebenswichtig ist. Zeigen die Schwerter an, dass wieder eine Stunde vergangen ist, gräbt die Maus an ihrem Loch in der Erde, das fertig werden muss und ein großes Kunststück werden soll, größer, als sie selbst. Das ist auch immer der Grund gewesen, den sie angeführt hat, wenn es darum ging, ihre Versäumnisse zu rechtfertigen. Es war hier nie so, dass die Maus ihren an sich großzügigen Quadratmeter nicht hätte verlassen können. Es war im Gegenteil immer so, dass alle Wege offen standen: rechts, links, zu allen Seiten, ganz gleich in welche Richtung sie sich hätte drehen wollen. Sie hat von Beginn an jede Möglichkeit gehabt. Zu ihrer Verteidigung ist daher kaum etwas wirklich Entlastendes vorzubringen. Leider, muss man sagen, ist alles ihre Schuld. Ihr Verschulden ist es, sich nur dem Graben gewidmet zu haben, um ein großes Kunststück zu vollbringen, ihr Verschulden ist es, nicht dahin hingegangen zu sein, wo es richtig gewesen wäre. Wiederholt wurde der erschöpft arbeitenden Maus ausgerichtet, dass es in Wirklichkeit keinen Grund zur Hast gebe, dass es nie einen Grund gegeben habe, und das zu wissen ist wieder ihre Schuld, vielleicht die größte. Als die Schwerter am Himmel dann so, wie es eben eintritt, schneller zu kreisen begannen, wollte die Maus trotz der Hinweise ebenfalls schneller werden. Sie entschied, ausschließlich zu graben und die Nahrungssuche vorerst einzustellen, was ihr nur gerecht erschien. Nur noch Knochen und Wirbel wurden von ihrem stumpfen Fell zusammengehalten, das ihr an einigen Stellen schon ausging und auf dem rot gärende Wunden zu glänzen begannen. Mit kleinen Glückstränen über die Größe ihres Willens und dankbar für die Möglichkeit dieses erlösenden Ausgleichs grub sie tapfer weiter, bis ihr verschwindender Körper sich hinlegte, um in seinem Loch zu sterben. Im Halbschlaf fühle ich seine Hand in meinem Nacken, er zieht ganz leicht am Haaransatz. Die Sonne geht auf, in der Tiefe arbeitet die Stadt an uns vorbei. Er sitzt ganz ruhig da und sieht zu mir runter.

Ich gehe jetzt, sage ich und stehe auf. Er will es verbieten und zieht mich an sich. Aber mir ist schon wieder alles egal. Er zerrt und nimmt mich, er nimmt sich einfach, ich bleibe in seinen Armen hängen. Jetzt fliehe ich. Im Aufzug lehne ich mich an seine Schulter und merke, wie groß er ist. Sieht aus, wie ein Mann aussieht.

Komm mit zu mir.

Er krächzt, das ist die Bühne für Versehrte, denke ich und nehme meine Hand. Er bettelt, was mich ekelt, ich mache mich von ihm los, hin und her, es dauert ewig und drei Jahre.

Ich lass dich auch in Ruhe. Nur schlafen, nur zusammen einschlafen.

Aber ich mag dich nicht mehr.

Bis dann, sage ich und laufe zur S-Bahn hoch. Er rennt mir hinterher und hält mich fest. Da stehen wir auf den Stufen. Es wird kitschig.

Komm doch, komm mit.

Ich glaube kein Wort. Je heller es wird, desto weniger glaube ich. Er nimmt mein Gesicht in seine Hände. Noch mal Lippen aufeinanderpressen. Der Stein um uns, er und ich dazwischen, zwei verwelkte Sträucher im Beton. Alles wird, was es ist, bleich, Verschmiertes, Ringe unter den Augen, rote Stellen im Gesicht, Flecken auf der Kleidung. Ich laufe, er hinterher. Nimmt meine Hand, fragt die ganze Zeit irgendwas, will meine Nummer.

Treffen wir uns morgen?

Achselzucken.

Übermorgen? Komm.

Die S-Bahn kommt, ich springe rein, bevor die Türen schließen, und winke ihm. Durch die Fenster sehe ich ihn. Sieht gut aus. Und das ist er. Keine Ahnung. Vielleicht ist er nichts, vielleicht mochte ich ihn.

In der Bahn hängen Betrunkene und Menschen, die zur Arbeit müssen. Meine Lider drücken nach unten, ich schlafe, mein Telefon, Jo sagt gute Nacht.

Gerade aufgewacht, ich denke an ihn und lächele. Meine Haut riecht noch nach ihm, hoffe ich und suche nach Stellen. Ich bin alleine. Ich hab keine Angst. Ich wohne zur Untermiete, der, dem das Bett gehört, ist in Shanghai. Keine Vorhänge, der Himmel steht am Fenster, ziemlich blass, ich glaube, ein Sonntag. Ein Kind rennt durch das Treppenhaus und ruft seine Mutter. Ich bin nicht blind. Der ruft nicht wieder an. Ich schlafe. Er ruft an.

Aufwachen! Lass mich dich wiedersehen. Ich fand dich hübsch.

Er redet schnell, setzt Witze in Pausen. Er stottert, und ich verdächtige ihn, selbst sein Stottern einstudiert zu haben.

Als du in meinem Schoß geschlafen hast … das war so traurig. Ich hol dich mit dem Auto ab, und wir fahren irgendwohin.

Seine Stimme klingt aufgescheuert. Aber weich. Trotzdem. Ich bleibe im Bett. Zu alt, zu fertig. Mit diesem grauen Schleier auf der Haut, den man eben bekommt, wenn man so ist. Glaube, blaue Augen, schön. Ich bin einfach zu müde.

Mittags. Ich hatte mich in dem unmenschlichsten Waschsalon Shanghais aufzuhalten. Es gibt keinen Wäscheständer, meine Kleider hängen über der Tür und auf Stühlen. Es gibt eine Matratze, zwei ungleiche Stühle, einen Pressspan-Schreibtisch und einen Pressspan-Schrank, der ist abgeschlossen und hat in der Mitte einen Sprung, von dem sich die Risse wegfressen. Sieht aus wie eine ertränkte Spinne, ich vermute, der Shanghai-Mensch ist aus Angst oder Einsamkeit mal mit dem Kopf dagegengerannt. Dieser Mensch hat sich auch irgendwie gar nichts an die Wand gehängt, vor der er abends alleine saß und Maschinenbau studierte. Ich setze mich auf die Matratze ans Fenster und suche im Internet nach Zukunft. Uns fällt nichts ein. Von schräg gegenüber ist ein Spielplatz zu hören. Jo ruft immer noch an, täglich, jede Stunde, und er spielt am Telefon wirklich ernsthaft Liebeslieder ab.

Would it be so wrong?

Daddy needs you up in his place.

Can your batteries replace this heart?

Ich muss lachen.

Ich will dich sehen, sagt er.

Kann nicht.

Du bist grausam, schreibt er. Peinlich.

Gefällt's dir?

Tu nicht so schlau.

Es klingelt wieder, ich gehe nicht ran, ich muss weitermachen, ich will, ich muss. Einen Tee trinken aus einer weißen Ikea-Tasse des Shanghai-Menschen. Wie kann etwas mehr nichts sein als diese dumme Tasse, frage ich mich, und das ist ein trauriges Lied, wie die Kinder, die ich vom Fenster aus höre.

Ein paar Wochen später. Schon wieder dunkel. Das blöde Zimmer ist eckig und schweigt. Ich nehme Götz' Lederjacke und gehe los, bis ich betrunken bin und irgendwas passiert.

Jo ruft an.

Komm zu mir!

Mit Druck kann ich nicht.

Aber was willst du denn da draußen? Da ist nichts.

Lass mich in Ruhe.

Dafür mag er mich.

Ich laufe über einen weiten Platz, der vom Regen und der Nacht schwarz lackiert daliegt. Die ganze Stadt ist schwarz lackiert oder eingeschweißt, jedenfalls gehört mir hier nichts. Am Himmel sind wütende Pfeile, der Wind schmeißt Regen gegen die Häuser, die ich umwerfen will. Sieht aus, als gäbe es Streit. Mit dem Aufzug hoch, an der Bar trinke ich Wodka, bis Jo vor mir steht, der sich hinter meine Augen bohrt und mich aufhebt. Mein Kopf passt genau an seine Schulter.

Ich hab dich gerettet.

Richtig. In Ritterrüstung im Ferrari mit Rosen.

So was kannst du doch nicht ernsthaft sagen. Wie alt bist du?

Und ich will wissen: Nachname, Alter, Beruf, Eltern

geschieden (ja/nein), Drogen, welche Bücher/Filme/Musik?

Kannst du mich lieben, aber kannst du mir dabei nicht auch ein klein wenig wehtun?

Gerade so, dass es genug ist.
Damit ich dich lieben kann,
gerade so, dass es genug ist.
Ein kleiner Schmerz,
mit Nadeln oder Eis.
Sonst will ich alles schriftlich haben:
wann du kommst und wieder gehst,
dass du niemanden mir vorziehst,
dein Leibgericht will ich dir täglich machen,
festgelegt,
bis einer von uns beiden nicht mehr lebt.
Nur zwischendrin, vergiss das nicht,
brauche ich einen kleinen Schmerz,
von dir verschafft.

Wir trinken, bis es hell wird und ich in seinem Schoß eingeschlafen bin.

Unten winkt er ein Taxi ran. Ich sehe, wer das ist, und jetzt macht es noch nichts. Es wäre natürlich besser, alleine zu gehen. Der Wind greift mich an, wieder zwischen diesen brutalen Betonwänden, denen ich nichts entgegenzusetzen habe. Das Taxi ist da, ich stehe vor ihm und trete vom einen Bein aufs andere.

Zimmer. Sein Wohnzimmer. Große Fenster, Morgenlicht. Umgefallene Flaschen, Zeitungen, Bücher, Müll,

Asche auf dem Boden. Eine Couch lehnt an der rauen Wand, wie im Wartesaal. Alles groß und leer. Wenn es draußen regnet, ist es hier furchtbar. Es ist, wie es ist, und das mag ich. Wir liegen auf seinem Bretterboden und küssen uns. Er will mit mir tanzen. Wirklich allen Ernstes Love me tender, love me sweet, never let me go und so weiter, ja, ja, gut, von mir aus, tanzen wir eben für dein Theater ins Bett, du Idiot. Das ist sauber und weiß. Ich lege mich rein. Ganz müde küssen wir weiter. Es ist zugig, aber er hält mich, ich rieche ihn, und wir schlafen. Manchmal wachen wir auf, und einer guckt den anderen an. Er ist zu schön.

Die Sonne scheint mir ins Gesicht. Ich liege falsch rum im Bett, und es ist schon leer. Jo ist aufgestanden. Ich schleiche ins Bad.

Bleibst du heute den ganzen Tag?

Weiß nicht.

Dauernd anfassen. Wenn er mich küsst, denke ich, der will mich austrinken.

Was will der von mir? Verstehe ich nicht. Gleich gehe ich. Ich weiß nicht, ob das hier eine gute Idee ist.

Ich gehe.

Warum?

Weil … so halt. Ich muss gucken, wie es weitergeht.

Womit?

Mit mir.

Ach so. Und das muss unbedingt heute Vormittag klären, ja? Verstehe, du hast sonntags wichtige Termine.

Soll ich dir was sagen, mein Hasi? Du bist unglaublich analfixiert!

Was?

Ja, du lachst. Aber ich kenne mich da aus! Wobei, tatsächlich glaube ich, dass du deine anale Fixierung nur dafür benutzt, mich auf Distanz zu halten. Ich bin Spezialist in diesen Fragen, deswegen sage ich: Geh, lauf, mein kleiner Hase, ich warte hier auf dich.

Ich bin Scheidungskind und habe Probleme, mich auf andere einzulassen. Das ist nicht persönlich gemeint.

Bis später, Hasi.

Später Nachmittag auf seinem Bett.

Er lobt meine roten Haare und gibt meinen Sommersprossen Namen, mein Unterhemd gehört ihm. Gefalle ihm.

Er: groß, die blauen Augen, dunkle Haare mit bisschen Grau. Weiße Haut, fest und weich. Zu schön.

Mein Kopf liegt in seinem Schoß.

Aber es zieht immerzu an mir, und dann laufe ich nervös seine Wohnung hoch und runter. Er lässt mich und guckt zu.

Mit dem Rücken an der verwaschenen Wand sitzt er auf dem Bett und erzählt. Er kann schlau erzählen. Ich nicke manchmal.

Kleine Tracy, sagt er immer zu mir.

Tracy? Warum nennst du mich so?

Na, Tracy, die aus *Manhattan*. Dem Film. Kennst du nicht?

Nee. Du machst aus allem einen Film. Wir sind aber kein Film.

Worauf hast du Lust? Wir machen alles, was du willst!

Ich habe Hunger.

Isst du ganz normal?

Glaube schon.

So total normal, also Pommes, Mayonnaise, Schnitzel, alles?

Die Küche ist Dreck, wir holen Pommes, auf dem Weg manchmal Hand in Hand.

In seinem Auto durch die Lichter, er hat nur eine CD und spielt fünftausendmal *Lonesome Town*. Die Stadt ist schön und geht leicht. Ein kleiner Moment, halt still, keine Angst, und ich liebe, was sich vor mir auffaltet.

Nachts sitzen wir immer noch am See. Zwischen uns passt nichts. Er erzählt mir von seinem komplizierten Wesen und seiner problematischen Kindheit (Vater irgendwie weg, Mutter: überforderte Krankenschwester mit perversen Einsperr-Erziehungsmethoden und ohne Empathie, schuld daran sind die Nazi-Eltern der Mutter).

Schuld ist eigentlich Hitler, sagt er und lacht.

Er redet weiter von seiner problematischen Kindheit, und ich höre ihm auf schlaue und aufmerksame Weise zu, und er sagt, sein Analytiker habe gesagt, dass er wegen der internalisierten Nazi-Erziehungsmethoden seiner Mutter letztlich der unsichere Bindungstyp geworden sei, der er heute ist, und ich verdrehe die Augen, und er findet es auch witzig, und ich hoffe, aus den gleichen Gründen wie ich.

Ich: Bitte nicht!

Er: Hasi, du musst wissen, es langweilt auch mich zu Tode, immer der Beziehungsunfähige gewesen zu sein. Wenn ich mich habe sagen hören »Lass es uns erst mal mit einer offenen Beziehung versuchen«, musste ich immer sofort anfangen zu gähnen. Heulen wäre mir lieber gewesen, ich hätte viel lieber geheult, aber ich habe nicht geheult, ich habe gegähnt und gesagt: Lass es uns erst mal mit einer offenen Beziehung versuchen – dabei habe ich dafür überhaupt keine Zeit mehr! Na ja, weißt du … ich habe selten … wirklich … lange hatte ich nicht mehr so etwas wie mit dir.

Er nimmt meine Hand.

Ich: Ich weiß, wie du bist. Du kannst nicht lange bei einer bleiben, und wenn ja, betrügst du sie. Dir ist schnell langweilig. Du bist narzisstisch, egoman und verantwortungslos. Du bist eigentlich wie mein Vater.

Er: So eine bist du? Du willst mit deinem Vater schlafen?

Ich: Sagt meine Mutter. Psychologin.

Er: Auch das noch.

Ich: Ja, sie sagt, ich bin eine typische Vater-Tochter, ich soll unbedingt aufpassen, nicht mit meinem Vater zu schlafen.

Er: Ja, das kann ziemlich ins Auge gehen. Ich kannte mal eine, die war irgendwie psychotisch. Na ja, sie glaubte die Tochter von Clint Eastwood zu sein, und aufgrund dieser Annahme war sie dann besessen davon, mit mir ein Kind zu haben, weil sie fand, ich bin wie Clint Eastwood. Sie hat dann quasi bei mir im Treppenhaus gelebt. Ich habe ihr gesagt, ich will kein Kind, hau ab, da wollte sie mir für mein eigenes Haus Hausverbot erteilen. Ich musste die Polizei rufen. Das war irgendwie … kafkaesk, auch wenn dieses Wort peinlich ist.

Ich: Wieso denn kafkaesk?

Er: Weißt du überhaupt, was das ist?

Ich: Ja, meine Mutter hat mir immer Kafka vorgelesen.

Er: Deine Mutter hat dir Kafka vorgelesen?

Ich: Ist gut für die Sprachbildung, meinte sie.

Er: Wie alt warst du?

Ich: Na, so zehn, elf.

Er: Ach, Tracy-Baby.

Ich: Ich bin nicht Tracy.

Er: Das Problem ist, dass meine Großmutter so hieß wie du. Und wie du weißt, war meine Großmutter ein (flüstert) Nazi.

Nachdem er die Erzählung seiner problematischen Kindheit beendet hat, will er, dass auch ich ihm meine problematische Kindheit erzähle. Ich will erst nicht und sage, meine Kindheit war eine ganz normal problematische, aber er besteht darauf, und ich erzähle ihm also ein paar Auszüge meiner problematischen Kindheit. Er hört auf schlaue und aufmerksame Weise zu, und wir versuchen, uns gegenseitig irgendwie zu versichern, dass das gerade ein intimer Moment war. Wir wissen beide, dass es schwer ist, das zu schaffen, weil man eben über diesen vielfach bestellten Boden muss, aber wir schaffen es, glaube ich, weil er weiß, dass ich weiß, und umgekehrt. Davon ermutigt, fängt er an, romantische Sachen zu sagen, und ich sage: Lüg nicht. Das ist, was du dir ausdenkst, wie wir sein könnten, nach deinem jahrelangen Im-Schlamm-Waten, und dann will ich dich schütteln und über dein Gelüge steigen, um zu dir zu kommen, und das findet er total super. Er sagt bedeutungsvoll Ja, und ich glaube ihm. Wir sind glücklich. Wir schlafen abends im Hotel, es ist »wunderschön«, mit »Kerzen« und einem Essen für »Verliebte«, wir schämen uns nicht für die Kerzen und »er trägt mich sogar ins Bett«. Da haben wir »Sex«, ich »zum ersten Mal«, aber das sage ich nicht. Es tut weh, aber er behandelt mich wie ein heiliges Porzellan, und deswegen ist es okay und schön, und danach bin ich stolz. Unsere Köpfe liegen zueinander, tagelang sind unsere Köpfe zusammen und sprechen zueinander, am besten, wenn wir still sind. Er dreht sich und riecht an mir, und ich rieche ihn und bin da und so still wie, ich glaube, noch nie in meinem Leben. Es ist endlich still. Ich bin schon fast »verliebt«, dachte ich an einem dieser Hotel-Morgen.

Nachts wache ich auf. Ich gucke ihn an. Sein Atem geht ruhig und ist meiner. Ich streiche über sein Gesicht.

Bitte, bitte, darf ich das behalten.

Und er fragt: Kennst du Paul und Paula?

Ich: Nee.

Er: Also, Paul und Paula haben sich gerade verknallt, da sagt Paula: Ich bin völlig verrückt, was ist das? Und Paul sagt: Das ist normal.

Sie fragt: Was ist das? Kann das lange dauern?

Paul sagt: Kaum.

Und woran merkt man, wann Schluss ist?

Das merkt man dann schon, sagt Paul.

Paula überlegt und sagt dann: Wollen wir Folgendes machen? Wir lassen es dauern, solange es dauert. Wir machen nichts dagegen und nichts dafür. Und wir fragen uns nicht nach allerhand Zeugs. Jeder darf sein, wie er ist.

So war unsere Verabredung.

Es gibt von uns 22 Kinokarten, fünf Fotostreifen, eine Schachtel mit Zetteln, die wir uns gegenseitig geschrieben haben (meine sind mehr)

6 Es regnet, ich renne zwischen kostümierten Menschen durch, die den Öffentlichen-Verkehrs-Abend statistisch begehen, ich renne durch sie durch und denke: Tatsächlich bin ich, seit ich bei Jo wohne, mit nichts anderem beschäftigt, als ihn zu suchen, so denke ich und renne die Treppen zur S-Bahn hoch, mit der ich zu ihm fahren will; ja, denke ich, tatsächlich kannst du es ohne Einschränkung so sagen: Seit dem Tag, an dem du Johannes das erste Mal gesehen hast, bist du mit nichts anderem mehr beschäftigt, als ihn zu suchen, genau genommen bist du ja nur noch die Johannes-Suchende. Ich renne auf die S-Bahn zu, deren Türen schon zum vorwurfsvollen Jammern ansetzen, sie schließen, ich zwänge mich durch den Türspalt, bin drin, sortiere mich in die Stehenden ein, bis auch ich stehe, und da fällt es mir sofort ein, zum fünfhundertsten Mal an diesem Tag fällt es mir wieder ein, und ich denke: Du bist nicht mehr nur du, du bist jetzt schwanger. Seltsam, auch für mich, denke ich und gucke auf meinen Bauch, der unverändert aussieht, nichts an ihm ist anders, nur dass der Arzt eben am Montag sagte: Sie sind schwanger. Da ist jetzt was drin, wächst, könnte ein Baby werden. Abgesehen davon ist alles wie immer: Johannes ist nicht da, nicht erreichbar, lebt neuerdings ohne Handy, weil er glaubt, so mehr bei sich zu sein, so sagt er zumindest, während ich ihm insgeheim unterstelle, das Handy nur abgeschafft zu haben, damit ich ihn nicht mehr ausfindig machen kann, so dachte ich heute den ganzen Vormittag, während ich darauf wartete, dass er endlich zur Tür hereinkommen würde, ja, die letzten drei Tage habe ich mit nichts anderem zugebracht, als darauf zu warten oder ihn zu suchen, und dabei habe ich immer wieder denken müssen: Genau genommen bist du, seit du Jo kennst, mit nichts anderem mehr beschäftigt, als ihn zu suchen. So dachte ich also, während ich durch die Wohnung, durch seine Wohnung, lief und hoffte, dass er endlich kommen würde, damit ich ihm sagen könnte, was ich ihm immer noch zu sagen habe, nämlich dass ich schwanger bin. Ich suchte, oder ich wartete. Wenn ich wartete, beschloss ich zu suchen, und umgekehrt. Ich ging auf die Straße, es regnete, ich fuhr in das von mir zutiefst gehasste Theater, in dem Johannes angestellt ist, da suchte ich, aber fand ihn nicht. Ich lief über die Gänge dieses am Nachmittag, und nicht nur an diesem Nachmittag, vollkommen toten Theaters, ich fand niemanden, nur eine Putzfrau, die mich anbellte, weil ich über ihren frischgewischten Linoleumboden gelaufen war. Ich suchte ihn weiter in allen möglichen Kneipen im Umfeld, schließlich war ich sogar bereit, seinen Dramatiker-Freund Reiner anzurufen, den ich aus dem Schlaf weckte, der aber auch keine Ahnung hatte, der nur irgendwas von Staatsbankrott, Bürgerkrieg etc. erzählte und dass er heute 49 werde, was für ein beschissener Mist, ob ich später auch käme. Ich ging dann wieder zurück zur Wohnung, zu Johannes' Wohnung, durch die ich lief, und während ich durch ihre Zimmer rannte, rannte ich durch meinen Kopf von einer Möglichkeit zur nächsten. Ich überlegte, wie ich es Johannes sagen sollte, der, seit ich ihn kenne, panische Angst vor schwangeren Frauen hat, das hat er von Anfang an gesagt, betont hat er es, und ich dachte, das ist der wahre Grund, aus dem er sich dich ausgesucht hat, nämlich weil er damals dachte, sie ist jung, bis eben fast noch ein Kind gewesen, sie ist deswegen noch nicht so eine Schwangerschaftsbesessene und wird es auch in naher Zukunft erst mal nicht werden, so dachte ich, wird Jo gedacht haben, und dabei lief ich den Flur hoch und runter durch die Wohnung, diesen vergammelten Zahn, in dem Jo und ich mehr nebeneinander als zusammen hausen und gegen dessen Vergammeln ich ständig anputze, weil ich hoffe, immer noch, dass wir darin einmal zusammen wohnen werden. Ich lief also den Flur hoch und runter, und dann dachte ich wieder einmal, dass ich Johannes immer nur das Allerschlechteste unterstellt habe, während ich ihn gleichzeitig, über den Flur laufend, unausgesetzt beschimpfte. Ich lief und beschimpfte ihn als das egomane, das verantwortungslose, das bindungsunfähige und menschenverschleißende Arschloch, als das kein vernünftiger Mensch umhinkommt ihn zu beschimpfen. Johannes, dachte ich und lief über den Flur, Johannes, der Alles-Zerstörer und sich danach heulend vor sein Zerstörungsergebnis Setzende, tröstet sich darüber mit neuen und immer bereitwilligen Zerstörungsobjekten hinweg, denen er von seiner zwanghaften Menschenzerstörungs-Sucht vorjammert. Eine an sich vollkommen pervertierte Gesamtlage, dachte ich, die sich nur mit einer verwahrlosten Charakter-Grube, wie Johannes sie in sich klaffen hat, zustande bringen lässt, worauf er, der Gruben-Eigner, auch noch stolz ist. Er pflegt seine Grube und die zerstörten Wasserleichen, welche darin herumschwimmen. Er guckt sie sich genau an, er merkt sich den ganzen stinkenden Gefühls-Schlamm, weil er davon ausgeht, dass es dieser Schmerz ist, der ihn zu seinen kreativen Schauspieler-Leistungen beflügelt, die er sich auch noch hoch bezahlen lässt, alles auf Kosten der Grubenopfer, versteht sich. Eine blutsaugende Bodenlosigkeit, habe ich ihn und sein gefährliches *Künstler-Leben* immer wieder beschimpft, selbst in der Grube schwimmend, versteht sich. Immer wieder habe ich ihm vorgeworfen, so zu sein, dachte ich durch die Wohnung laufend und begann mich im Hinblick auf meine Vorwurfs-Ausdauer selbst als eine Bekloppte zu beschimpfen, als eine über ihre Beklopptheit genauestens Bescheid Wissende, versteht sich. Nein, dachte ich dann und stellte mich mit einer Zigarette ans Fenster, ganz so ist es ja nicht. Denn ich kannte und kenne Johannes auch anders, kann ich sagen, und ich sage die Wahrheit. Ihm habe ich es zu verdanken, dass ich nach der Patrick-

Sue-Analsex-mit-Kindern-in-SS-Uniform-Katastrophe nicht aus dem Fenster der Shanghai-Wohnung gesprungen bin, er hat immer gewusst, dass er meinen Kopf streicheln muss, wenn ich ihn in seinen Schoß legte, ihm habe ich tausend Bücher zu verdanken, die ich ohne ihn nie gelesen hätte, Bücher, die mir geholfen haben, mich wenigstens ein bisschen in dieser absurden Ansammlung von Welt zurechtzufinden. Er hat mich aus der Shanghai-Wohnung gerettet, mich bei sich wohnen lassen, nichts hat er dafür gewollt, und nie hat er das gegen mich verwendet, immer hat er mir gesagt, dass ich ein »besonderer Mensch« bin und ein kluger werden könne, immer hat er gesagt, dass er mir dabei helfen werde, und ich habe ihn außerdem manchmal sagen gehört, dass er mich liebt, und manchmal, wenn wir beide still waren, dachte ich, dass es stimmt, und dann, so erinnerte ich mich, durch die Wohnung laufend, sagte er einmal sogar völlig von selbst, wenn Kinder, dann mit dir, gut, da war er auch betrunken und in irgendeinem welterkennenden Tiefenrausch, aber so war es, was weiß ich, wer jetzt die Wahrheit sagt, der berauschte Jo oder der nüchterne, jedenfalls war es so, dachte ich und hoffte, dass er endlich kommen würde, während ich immer noch in seiner Wohnung umherlief und auf ihn wartete. Johannes, dachte ich, wenn du kommst, dann werde ich dir leider sagen müssen, dass ich schwanger bin, und in meiner hintersten Ecke hoffe ich doch, dass du dich freuen könntest, dich zumindest anständig verhältst, sagte ich leise und sah aus dem

Fenster, von wo aus er nicht zu sehen war. Mein Bauch war wie immer, trotzdem sah ich ihn an, diesen völlig normalen Bauch, und dachte, wenn er ja sagt, behalte ich das Kind. Dann kann ich mich um das Kind kümmern und muss mir keine Sorgen mehr machen, was aus mir wird, dann werde ich eben Mutter, dachte ich, freute mich und schämte mich zugleich. In der Zeit, die ich auf ihn wartend in der Wohnung verbrachte, verwarf ich diesen Gedanken stündlich, und ich stellte ihn stündlich wieder auf. Einmal kam Jo, es war gegen drei, und da war er es, der mir den Gedanken beinahe endgültig umwarf und zerstörte. Ich saß auf seinem Sofa, dem Wartesaal-Sofa, und hörte die Tür, er kam rein, ich sprang auf, stellte mich in den Flur, um ihm zu begegnen, aber er blieb nicht stehen, er stolperte an mir vorbei zu seiner Anzug-Stange, der er ein Hemd entriss, betrunken, mit schwarzen Augen, die ich zu fangen versuchte, und da sah ich, es macht überhaupt keinen Sinn; mit ihm zu reden macht keinen Sinn, und von ihm schwanger zu sein macht noch viel weniger Sinn. Er sagte, er müsse zur Probe, es sei wichtig, ich sagte, ich muss mit dir reden, es ist wichtig.

Hasi, heute Abend?

Ich nickte und half ihm, sein Hemd zuzuknöpfen, welches ich ihm schon oft geholfen hatte zuzuknöpfen, da derart durschnittliche Zweck-Tätigkeiten ganz unter seinem genialen Geistesniveau liegen und ihm die empfindliche Laune verderben, wie er zwar nie gesagt, aber schon immer gedacht hat. Tatsächlich, dachte ich durch die Wohnung laufend, habe ich ja die meiste Zeit neben ihm mit nichts anderem verbracht, als ihm sein chaotisches Schauspieler-Leben zuzuknöpfen, das unbedingt ein chaotisches zu sein hat, sonst wäre es kein Schauspieler-Leben mehr, und in diesem Schauspieler-Leben ist immer auch eine professionelle Zuknöpferin mit eingeplant, sonst geht das ganze Schauspieler-Leben schief. Eine ganz wesentliche Aufgabe von mir, der professionellen Lebens-Zuknöpferin, dachte ich, war es von Beginn an, Johannes sein geniales Potenzial zuzufächern, das war schon immer meine Hauptbeschäftigung, das bin ich gewissermaßen hauptberuflich, kann man ruhig sagen, dachte ich, nun auf dem Wartesaal-Sofa sitzend. Morgens, nach dem Aufstehen, wenn er verknittert in seinem Bett liegt und nicht aufstehen kann, beginne ich meinen Arbeitstag damit, ihm sein geniales Potenzial zuzufächern bzw. seinen sensiblen Künstlerkörper damit von oben bis unten einzubalsamieren. Ich war immer die lächerlichste Karikatur gewesen, wenn ich da am Fuße seines Bettes saß, aber ich bin bis heute auf dem Bettrand sitzen geblieben und habe weiter gefächert bzw. balsamiert, denn es muss ja weitergehen, und so geht es zwischen uns, habe ich gedacht und das Karikieren bis zur Unkenntlichkeit unverdrossen fortgesetzt, nämlich bis wir beide uns vollkommen entstellt gegenübersaßen: Er als der geschmacklose Schauspieler-Witz, ich als der ebenso geschmacklose Schauspielerfreundinnen-Witz und wir beide als der vollkommen geschmacklose Beziehungswitz, den man keinem weitererzählen kann, dachte ich. Als der Schauspielerfreundinnen-Witz sage und habe ich ihm immer wieder gesagt, dass der Intendant, der Regisseur, die gesamte Theaterautorenschaft, das gesamte Publikum wie auch die Bäckersfrau, der Theaterkassenwart, sein Physiotherapeut und sein alter Freund Sascha ihn landesweit lieben, verehren und begehren und dass er sich deswegen ganz ohne Befürchtungen auf den Weg in das Theater machen könne, wo er, so sagte ich dann, mit Sicherheit das Größte leisten werde, daran, so erklärte ich auf seine erste Nachfrage, bestünde für mich nicht der geringste Zweifel, sagte ich so lange, bis sich der Schauspieler aus dem Bett rausquälte, wie er immer sagte, und wenn er sich dann aus dem Bett herausgequält hatte, habe ich ihm später das Hemd zugeknöpft, so auch heute. Ich sagte also heute, vorhin in der Wohnung, ich muss mit dir reden, es ist wichtig, er sagte: Heute Abend, während ich ihm das Hemd zuknöpfte, und dabei sagte ich ihm, dass er ein Idiot sei, der rücksichtsloseste, dem man überhaupt begegnen könne, was er bejahte. Johannes, wenn ich dich ärgern will, wenn ich seriös sein will, dann nenne ich dich Johannes und nicht Jo, wie du von mir genannt werden willst. Johannes, du bist ein Idiot, sagte ich. Wir verabredeten uns für acht Uhr abends, hier in seiner Wohnung, und ich sagte, es gibt Spaghetti mit Tomatensoße, sei pünktlich. Vergiss es nicht, sei pünktlich, ich warte, es ist wichtig, Johannes, habe ich noch mal gesagt, er nickte, vergaß irgendwo auf mir einen

Kuss, und dann verließ er die Wohnung. Sicher nicht, um zur Probe zu gehen, wie ich dachte, und ich dachte außerdem, dass mein Mutter-Gedanke der vermessenste ist, den ich jemals gedacht habe, und trotzdem hoffte ich und tue es immer noch.

Es ist nicht zu fassen, wie dumm du bist, denke ich und stehe kopfschüttelnd in der S-Bahn, die mich zu ihm fahren soll, in die ich mich reingestellt habe, um ihn zu suchen, was mich als Tatsache fertigmacht, und das, denke ich weiter, ist ganz allein deine Schuld. Die S-Bahn steht, Leute kommen und gehen, riechen nass, ich lege mir eine Hand an den Bauch, tue sie wieder weg, und so geht es den ganzen Tag schon. Mal halte ich den schwangeren Bauch fest, dann lasse ich ihn wieder los. Ja, nein, doch, vielleicht, ich weiß es nicht.

Ich weiß es nicht, sagte ich zu Carmen, meiner Mutter, am Telefon, als ich, nachdem Jo aus der Wohnung getaumelt war, zum Supermarkt lief, um Tomaten zu kaufen. Sie rief an, Liebes, sagte sie, wie geht es dir?, fragte sie, und ich sagte, ich weiß es nicht, wofür sie vollstes Verständnis hatte. Ich bezahlte die Tomaten, viel zu viele, ich hatte etwa fünfunddreißig Tomaten auf das Band gelegt, das Telefon am Ohr, es war mir egal, die Kassiererin schrie mich an, weil ich vergessen hatte abzuwiegen, es war mir egal, ich hörte Carmen am Telefon, ich hörte ihr nicht zu, ich konzentrierte mich nur auf ihr gleichmäßig klingendes Therapeuten-Stimmband, in das ich mich heute unbedingt einwickeln lassen wollte, und es gelang, bis ihre Stimme anstieg, ein Mal, zwei Mal, und ich sie sagen hörte: Wo möchtest du uns denn später treffen?

Euch? Später? Treffen?

Aber deswegen rufe ich doch an! Und sie erklärte mir bereitwillig das, was sie mir, wie sie sagte, die letzten fünf Minuten bereits erklärt hatte, nämlich dass sie mit Wolfi in der Stadt sei, um einen Kongress zu besuchen, den Internationalen Kongress für Borderline-Persönlichkeitsstörungen, was sie mir, wie sie sagte, im Übrigen schon vor Wochen mitgeteilt habe. Die Kassiererin schrie plötzlich schon wieder, der ganze Laden schrie mir hinterher, ich zuckte zusammen und drehte mich um. Wechselgeld vergessen. Ich lief zurück zur Kasse und holte mein Wechselgeld ab, immer noch Carmen, meine Mutter am Ohr, die vorschlug, dass wir uns um halb fünf, also gleich, in einem »ganz tollen Literaturcafé« treffen, das sie »entdeckt« habe. Ja, sagte ich, vielen Dank, so machen wir es, und ich lief mit den Tomaten, den fünfunddreißig Tomaten, zur Wohnung, um sie dort abzustellen, ich lief zu Johannes' Wohnung, mit dem ich um acht Uhr verabredet war. Ich beeilte mich, ich freute mich, an diesem Tag zu Carmen, meiner Mutter, laufen zu können, sie wirst du um Rat fragen können, dachte ich, sie wird dir Mut machen, denn das ist, was sie gelernt hat und praktiziert in ihrem Therapie-Zentrum für besseres Leben in der Toskana. Als ich die Tomaten abstellte, war es schon kurz nach vier, ich musste mich beeilen, denn ich wollte die kostbare Mutter-Zeit nicht verkürzen, die ohnehin nur kurz dauern würde, die immer zu kurz gedauert hat, heute maximal zwei Stunden, denn ich war ja um acht mit Jo zur Schwangerschafts-Aussprache und zum Spaghetti-Essen verabredet, das ich auch noch würde kochen müssen, so dachte ich und entschied, dass ich die kostbare Mutter-Beratungs-Zeit nur dann würde pünktlich anfangen können, wenn ich ein Taxi nähme. Ich lief durch die Wohnung und suchte Geld, meins reichte für eine Neun-Kilometer-Taxi-Fahrt nicht mehr. Immer hat Jo irgendwo offensichtlich Geld rumliegen, und wenn es nicht offensichtlich rumliegt, dann liegt es in der Schmutzwäsche in Hosentaschen, denn es ist ihm eine besonders tiefe Beruhigung, nach der Wäsche gewaschene Geldscheine zu finden, weil sie ihm veranschaulichen, was für eine lockere Beziehung er zum Geld hat, ja wie entspannt er mit dem an sich schweinischen Geld umgeht. Ich durchsuchte also seine Schmutzige-Wäsche-Taschen, niederträchtig, denke ich, und stehe kopfschüttelnd in der S-Bahn, die Hand am Bauch. Niederträchtig von mir, in seinen Taschen angeblich nach Geld zu suchen, aber tatsächlich etwas ganz anderes zu suchen, denn meine Suche wurde ja hauptsächlich davon angetrieben, Verräterisches zu finden. Ich tue es im Dienst des Bauches, des besonderen Bauches, den ich jetzt habe und über den entschieden werden muss, was mir ein besonderes Recht verleiht, dachte ich, schämte mich, suchte weiter und fand tatsächlich ein Kondom und wenig später einen zusammengerollten Fünfziger, einen Kokain-Fünfziger, den ich auseinanderrollte, und dann stand ich auf der Straße und hielt ein Taxi an. Ich sagte dem Taxi-Fahrer, fahren sie bitte vorsichtig! Oder nein, doch nicht, fahren sie uns bitte alle möglichst tot, ich will mein Gehirn auf der Straße liegen sehen, der Taxi-Fahrer nickte und fuhr los. Er war Türke und sagte glücklicherweise kein Wort. Ich fragte ihn, was ich machen soll, denn das habe ich irgendwo mal gelesen, dass einer einen Fremden fragt, was er machen soll, ohne zu sagen, worum es geht, und der Fremde antwortet trotzdem, und der, der fragt, macht dann einfach das Gegenteil von dem, was der Fremde gesagt hat. Ich fragte also den fremden Türken, was ich machen soll, meinen Bauch betreffend, aber das sagte ich natürlich nicht, ich fragte nur: Was soll ich machen? Ja oder nein? Der Türke zuckte nur mit den Achseln und drehte das Radio lauter, in dem sie von Staatsbankrott und Bürgerkrieg berichteten. Das Taxi hielt dann vor dem so genannten »Literaturcafé«, und ich ärgerte mich darüber, dass Carmen mich in ein »Literaturcafé« bestellt hatte – bestellen musste –, ich ärgerte mich darüber, dass sie überhaupt nicht anders konnte, als mich in ein »Literaturcafé« zu bestellen, und dass sie auch in Zukunft niemals anders würde können werden, als mich in ein »Literaturcafé« zu bestellen, wenn sie die Wahl hat, dachte ich, wird sie sich immer für das »Literaturcafé«, entscheiden, geradezu zwanghaft, dachte ich und suchte den Schein in meiner Hosentasche, in der Jacke, in der Handtasche, und schließlich fand ich ihn in der Zigarettenschachtel.

Ich betrat das »Literaturcafé«, suchte Carmen und Wolfi, drinnen waren sie nicht, aber dann sah ich sie. Sie saßen natürlich draußen, im Regen, weil sie ohne Unterbrechung rauchen müssen. Unter einem Sonnenschirm sah ich Carmen und Wolfi nebeneinandersitzend Zeitung lesen, selbstverständlich rauchend, wie gesagt; ich ließ mich wortlos auf einen Stuhl fallen, und dann begann, mit 11-minütiger Verspätung, der Mutterbesuch.

Carmen schlug die Zeitung zur Seite, ihr feines Vogelgesicht lächelte, sie betrachtete mich eine Weile über den Rand ihrer Lesebrille, sie seufzte, und sie sagte, Liebes, da bist du ja, und sie faltete behutsam die Zeitung zusammen, beugte sich vor, um mit ihrer Hand über den Tisch hinweg an meinen Arm heranzureichen, ihn etwas kompliziert zu streicheln, und sie seufzte ein weiteres Mal, und sie fragte: Wie geht es dir? Ich hing bewegungslos in meinem Stuhl, ich erstarrte sofort, und es war die Gegenwart von Carmen und Wolfi, die mich augenblicklich erstarren ließ. Auch Wolfi, der massive Wolfi-Körper mit dem gelockten Bergsteiger-Haar obendrauf und den Funktionssandalen an den kotelettartigen Füßen, beugte sich über den Tisch zu mir und legte mir eine Hand, ein Kotelett, auf den Arm, und er blickte mich ernst an, in der Absicht, tief in mich hereinzublicken, und auch er fragte mit zentnerschweren Worten in absteigender Intonation: Wie geht es dir? Ich nickte, ich sagte sehr gut, super, danke, und dabei hasste ich Carmen und Wolfi, von der Sekunde an, in der ich mich an den Tisch gesetzt hatte, ihnen gegenüber, wusste ich wieder, was ich an ihnen immer völlig zu Recht gehasst habe. Der Regen fiel auf das Sonnenschirm-Dach, manchmal sickerte ein Tropfen durch, ich sah nach oben. Carmen rauchte, Wolfi nickte, es war einen Moment still, und ich sah wieder zum Sonnenschirmdach. Von der Sekunde an, in der ich mich an den Tisch gesetzt habe, dachte ich, waren sofort alle am Tisch Sitzenden dazu gezwungen, waren Carmen, Wolfi und ich dazu gezwungen, *die* Carmen, *der* Wolfi und *das* problematische Patchworkkind zu sein, die wir immer sein mussten, wenn wir zusammen sein mussten, denn es war immer so, dass wir zusammen sein mussten, wir waren es niemals freiwillig gewesen. Wir waren immer die drei zueinander Gezwungenen gewesen. Wenn wir also zusammen sein mussten, dann war Carmen nicht mehr Carmen, nein, sie war die Patchworkkind-Wolfi-Gegenwarts-Carmen, die Gefangene; wenn wir zusammen sein mussten, dann war Wolfi nicht mehr Wolfi, nein, er war der Patchworkkind-Carmen-Gegenwarts-Wolfi, der ebenfalls Gefangene, und so war auch ich, wenn wir zusammen sein mussten, nicht mehr ich, sondern das Wolfi-Carmen-Gegenwarts-Patchworkkind, woran ich jetzt, am Literatur-Tisch sitzend, wieder einmal erstickte. Ich war immer das schweigsame, das starre, das ablehnende, das zerstörerische, das vernichtende Wolfi-Carmen-Patchworkkind gewesen, und ich wurde es wieder von der Sekunde an, in der ich mich an den Café-Tisch zu Carmen und Wolfi gesetzt hatte, und ich dachte, niemals wirst du Carmen dein Schwangerschaftsproblem vortragen können. Ich fand es einfältig, dummdreist – geradezu erschreckend blöd von mir, diese Idee überhaupt gehabt zu haben, dachte ich, als ich mir das Patchworkkind-Carmen-Wolfi-Gegenwarts-Rollenspiel ansah, am Tisch sitzend, ja, als mir wieder einfiel, wie es ging, das peinliche Patchworkkind-Carmen-Wolfi-Gegenwarts-Rollenspiel, das immer ein solches gewesen ist, dachte ich und hielt mich an der Literatur-Café-Karte fest, die Wolfi mir freundlich nickend gereicht hatte, während Carmen ihre Brille putzte und mich ermunterte, ihr »aus meinem Leben zu erzählen«, darauf habe sie sich sehr gefreut, dass ich ihr »aus meinem Leben« erzähle. Sie überging mein ratloses, nicht mutwilliges Schweigen und begann von dem Psychologen-Kongress zu berichten, den sie gemeinsam mit Wolfi besuchte. Ich nickte hinter der Karte sitzend, mit der ich zur Hälfte mein Gesicht verdeckte, derweil ich alles mir Mögliche versuchte, um ein freundliches Gesicht zu haben, denn ich wollte, dass das Patchworkkind-Carmen-Wolfi-Rollenspiel reibungslos verlaufen würde, schließlich hatten wir noch eine Schwangerschaftsberatung durchzuführen. Ich brachte tatsächlich ein freundliches Gesichtsbild zustande, das ich sofort in der Café-Tisch-Situation vor Carmen und Wolfi aufhängte, indem ich die Café-Karte sinken ließ. Carmen streichelte mir den Arm, ich sagte danke. Das Patchworkkind-Carmen-Wolfi-Rollenspiel, dachte ich, geht schon immer auf die gleiche ausweglose Weise, es gibt verschiedene Varianten, aber nun, da einige Jahre vergangen sind, spielen wir nur noch die eine: die friedliche, die verlogene. Die abgewickelte Familie, der verstümmelte Familienrestrumpf, wird professionell verwaltet, weswegen zwischen den Mitgliedern zu keinem Zeitpunkt ein Austausch möglich ist, dachte ich. Wir sagen unsere einstudierten und auswendig gelernten Sätze, Carmen will auf psychologische, das Menschlichste vermutende Weise wieder und wieder von mir wissen, wie es mir geht, und wenn ich, wie in jenem Augenblick an dem Literatur-Café-Tisch sitzend, nichts sage, hat sie Verständnis, wie auch Wolfi, selbstverständlich hat er das. Carmen richtete ihre Lesebrille, eine qualmende Zigarette in dem sich kräuselnden Lippenstiftmund, dem leidvollen, wie ich immer gedacht habe. Sie suchte in ihrem Zeitungsstapel und hielt dann lächelnd eine Zeitschriftenseite in die Höhe, die Zeitschriftenseite, die sie gesucht hatte und von der sie nun berichten wollte. Sie begann also gemeinsam mit Wolfi über einen »wahnsinnig interessanten« Artikel in jener Fachzeitschrift zu berichten, ein Artikel über die Wichtigkeit frühkindlicher Bindungen im Säuglingsalter, ich nickte, sie betrachtete mich, eindringlich, wissend, seufzend, und ich sagte, hinter der Café-Karte sitzend, begeistert »Interessant, sehr interessant« zu dem, was Carmen erzählte, was sie dazu ermutigte, von weiteren interessanten Artikeln, die sie und Wolfi gelesen hatten, zu erzählen. Es ging um Bürgerkrieg, Staatsbankrott, soziale Gemeinheiten. Immer lesen sie interessante Artikel, ja man kann sagen, dass sie seit jeher hauptsächlich damit beschäftigt sind, interessante Artikel aus intelligenten Zeitungen über soziale Gemeinheiten zu lesen, dachte ich, während ich, bis zur Nasenwurzel von der Café-Karte verdeckt, den Interessante-Artikel-Rapport verfolgte, zu dem sie sich, seit ich denken kann, verpflichtet fühlen und den ich immer gehasst habe. Wegen seiner Verlogenheit habe ich ihn immer gehasst, denn es gibt ihn nur, weil er Carmen und Wolfi Zufriedenheit verschafft. Sie sitzen am Frühstückstisch ihrer Toskana-Oase und fühlen sich verpflichtet, sich über soziale Gemeinheiten zu informieren: Sie nehmen das verhungernde Afrika-Kind, über welches in ihrer intelligenten Zeitung berichtet wird, sie nehmen es, sie legen das verhungernde Afrika-Kind auf den Frühstückstisch ihrer Oase, unterhalten sich auf angeregte Weise darüber und bedauern den schrecklichen Zustand des verhungernden Afrika-Kindes. Sie nehmen das dicke und schlecht ausgebildete Familien-Beispiel am Existenz-Minimum, das Vater-Beispiel, das dazugehörige Mutter-Beispiel und die daraus entstandenen RTL2-Kinder-Beispiele, die genauso schlecht ausgebildet und dick werden müssen wie ihre Eltern, sie nehmen also dieses ästhetisch aufbereitete Existenz-Minimums-Beispiel, legen es auf den Frühstückstisch ihrer Oase, unterhalten sich angeregt darüber und bedauern den schrecklichen Zustand des ästhetisch aufbereiteten Existenz-Minimums. Sie nehmen den türkischen Jugendstraftäter mit den 32 Geschwistern, der einen Rentner totgeprügelt hat, ja sie nehmen ihn, den Jugendstraftäter mit Migrationshintergrund, sogar besonders gerne und bevorzugt, sie nehmen ihn, der in ihrer intelligenten Zeitung auf intelligente Weise fotografiert und dargestellt wird, sie legen ihn auf den Frühstückstisch ihrer Oase und unterhalten sich angeregt darüber, sie bedauern den schrecklichen Zustand des Jugendstraftäters mit Migrationshintergrund, und sie fühlen sich dabei gut und gerecht. Es gehört gewissermaßen zu ihrem Wohlfühlprogramm, am Frühstückstisch soziale Gemeinheiten zu konsumieren, die optisch so aufbereitet sind, dass sie in die Wohlfühloase passen. Tatsächlich ist es aber so, dass sie mit dem Familien-Beispiel am Existenz-Minimum und dem Jugendstraftäter mit Migrationshintergrund niemals etwas zu tun hatten und auch nichts zu tun haben wollen. Nein, sie wollen nur gutaussehende Berichte in ihrer gutaussehenden Zeitung darüber lesen und sich dabei wohlfühlen. Wenn diejenigen, die im echten Leben mit dem Familien-Beispiel am Existenz-Minimum oder dem türkischen Jugendstraftäter tatsächlich in Kontakt stehen, schlecht und gemein über das Familien-Beispiel am Existenz-Minimum oder den türkischen Jugendstraftäter reden, dann halten sie sich entsetzt die Ohren zu. Das sind Dinge, die man so nicht sagen darf, ja das sind die reaktionären, die faschistoiden Bodensatz-Gedanken Unreflektierter und Nicht-Intelligenter, die sie aus ihrer Oase aussperren wollen. Sie haben dort

Hausverbot, weil sie die Ästhetik ihres Wohlfühlprogramms beleidigen, das vorsieht, dass immer nur Verständnisvolles, Intelligentes gesagt wird, denn alles andere würde Carmen und Wolfi am Frühstückstisch ihrer Oase nur ekeln, und deswegen können die gutaussehenden Zeitungen so viel schreiben, wie sie wollen, es macht keinen Unterschied, jedenfalls nicht in der Oase von Carmen und Wolfi. Dort sitzen sie also den ganzen Tag und betrachten soziale Gemeinheiten beziehungsweise den unteren Rand der Welt, an dem nichts zu ändern ist. Tatsächlich kann man sagen, dass sie diesen unteren Rand verehren, denn ohne den Soziale-Gemeinheiten-Rand hätten sie kein Weltbild mehr, weswegen sie unbedingt an diesem dummen Rand, an dem nichts zu ändern ist, festhalten müssen, lebenslang. Sie lassen sich den unteren Rand aufführen, um sich darüber wieder und wieder auf verständnisvolle, mitfühlende Weise zu unterhalten und um sich gegenseitig zu versichern wer sie sind: das intelligente Toskana-Paar, das sich von seiner Oase aus für soziale Gemeinheiten interessiert. Seit jeher sehe ich sie also sich verliebt-seufzend – ja, beinahe wollüstig – über den unteren Rand beugen, an dem nichts zu ändern ist, und seit jeher wollen sie auch mir beibringen, mich seufzend über den Rand zu beugen, nämlich weil es sich so gehört, so, dachte ich, sind sie, und auch ich habe die allerbesten Chancen, so zu werden. Es ist nicht zu ändern, haben sie für sich insgeheim längst festgelegt, und fatalerweise haben sie es somit auch für mich festgelegt, denn sie haben mir ihr Oasen-Gedankengut ja schon immer auf die unreflektierteste Weise eingetrichtert und mir damit systematisch den jugendlichen Kopf verdorben. Um ein Haar wäre es ihnen gelungen, dem jugendlichen Kopf das Denken ganz abzugewöhnen, denn warum soll er über etwas anderes nachdenken als sich selber, wenn er schon vorher weiß, dass sein Denken über andere zwecklos ist, weswegen ich das politisch-interessierte Toskana-Paar ab sofort als den Wolfi im Schafspelz bezeichnen will: den in Wahrheit das Gemeinwesen zersetzenden Oasen-Wolf, den demokratiefeindlichen, dachte ich, während ich mir immer noch den Interessante-Artikel-Rapport ansah, und ich dachte weiter, du bist eine verbiesterte Vorwurfs-Maschine, eine gemeine und allesvernichtende, und dann ließ ich die Café-Karte fallen und nahm mir eine von Carmens Zigaretten und rauchte.

Carmen sagte: Liebes, du rauchst?

Ja, schon lange, zwei bis drei Schachteln am Tag, sagte ich auf trotzige Pubertätsweise, aber ich lächelte sofort und erklärte, dass mein Studium, das ich nie angefangen habe, super laufe, woraufhin auch Carmen lächelte und Wolfi ebenfalls, und dann begann ein Gespräch, eine Flucht in die aufregende Studentenzeit von Wolfi und Carmen, die frei und irre politisch war, und ich sank erleichtert in meinen Stuhl zurück, erleichtert darüber, erst mal nur nicken zu müssen zu einem sich selbst erzählenden Thema, und während ich saß und nickte, dachte ich darüber nach, ob ich mir den

Schwangerschaftsrat nun einholen sollte oder nicht, ich dachte an Jo, den ich die letzten Tage, den ich, seit ich ihn kenne, immer nur gesucht habe, den ich später sehen würde, und dann drückte ich hektisch meine Zigarette aus und nahm wieder meine Café-Karte zur Hand. Ich sah Wolfi sich eine Pfeife stopfen, ihn mit seinem ledernen Tabaksbeutel hantieren, den ich schon immer widerlich gefunden habe, wie ich auch den ganzen Wolfi immer widerlich gefunden habe. Abscheulich habe ich ihn gefunden und ihn das bei jeder Gelegenheit auf unerbittliche Weise spüren lassen. Ihn, den Fremden, den Eindringling, den Zerstörer, wie ich dachte, war ich von dem Moment an, in dem er unsere Familie betreten hatte, diese ja damals schon völlig verfallene Familie, mit allen mir zur Verfügung stehenden Kräften bis ins kleinste Detail zu hassen bemüht gewesen. Von dem Moment an, als ich ihn sah, ich war fünfzehn, war er für mich der gehasste Wolfi, im Dienst meines Vaters Götz, so dachte ich. Zwar hat Götz nie gesagt, geh bitte schön den abscheulichen Wolfi möglichst intensiv hassen, aber er hat bei jeder Gelegenheit seine ganze Abscheu für Carmens neues Glück, für Wolfi, zum Ausdruck gebracht, und wenn ich in den Ferien nach Italien fuhr, dachte ich immer, ich verrate die Götz'schen Ideale, zu denen das Wolfi-Verabscheuen unbedingt gehört, und deswegen war meine Tasche auf den Italien-Reisen jedes Mal bis an den Rand mit der Wolfi-Abscheu vollgestopft. Ich fuhr als die Götz-Hass-Beauftragte, als die selbsternannte. Es tut mir leid, dachte ich und zündete mir noch eine Zigarette an. Schon wieder?, fragte Carmen, und ich erschrak, an meinen Bauch denkend, und machte sie aus. Ist doch ihre Entscheidung, sagte Wolfi mit seiner sanften Wolfi-Stimme, unter seinen Bergsteiger-Locken hervorlächelnd, und Carmen nickte und lächelte ebenfalls. Wolfi mit der sanften Stimme verteidigt dich, dachte ich, Wolfi, der nie eine Chance bekommen hat. Er war von mir immer dazu verurteilt gewesen, Wolfi zu sein, gnadenlos: Wolfi, der peinliche Tabaksbeutel-Besitzer, Wolfi mit Händen und Füßen wie Koteletts, Wolfi mit dem Gestrüpp auf dem Kopf, Wolfi, das tennisspielende Nilpferd, Wolfi, der Weintrinker und Angeber, Wolfi, der immer Lesende, aber in meinen Augen saudumme, Wolfi, der Kartoffeln Zerkochende, Wolfi, der Alles-Versalzer, Wolfi, der immer an den falschen Stellen Lachende, Wolfi, der hässliche Lederwesten Tragende, Wolfi, der Dumme, beim Blumengießen Glückliche, Wolfi, der Heuchelnde, mich in Wahrheit als störend Empfindende, Wolfi, der Überflüssige, Wolfi, der Mich-überflüssig-Machende, Wolfi, der Familien-Zersetzer, Wolfi, der Carmen-Besetzer, Wolfi, der Carmen-von-Götz-Befreier, Wolfi der Carmen-glücklich-Macher. So dachte ich jetzt am Literatur-Café-Tisch, so dachte ich aber auch früher, wenn ich Carmen und Wolfgang in den Ferien in der Toskana besucht habe. Schon damals war ich ihm insgeheim dafür dankbar, dass er Carmen aus der giftigen Götz-Umarmung gerettet hat, aus der sie sich alleine nicht befreien konnte.

Als Erster mir bekannter Mensch war es ihm gelungen, aus ihrem Gesicht ein glückliches zu machen, wofür ich ihm dankbar war und wofür ich ihn gleichermaßen hasste. Er hat ihr die Augen angepustet, er hat ihr die farblose Haut belebt, er hat ihre immer abfallenden Mundwinkel nach oben geholt. Er hat sie dabei unterstützt, das zu machen, was sie sich seit jeher gewünscht hatte, nämlich die Psychologie und ein therapeutisches Zentrum zu haben. So dachte ich damals, so durfte ich aber nicht denken, denn ich reiste ja als die Götz-Hass-Beauftragte an, als selbsternannte, und ich blieb es, die ganzen Ferien über war ich die systematisch vorgehende Glücks-Zerstörerin, die unentwegt die Arme Verschränkte. Ich sprach kein Wort und siezte Wolfi über den Esstisch hinweg, obwohl er mir das Du anbot. Machte Wolfi beim Abendbrot einen Witz, blickte ich nur verächtlich zur Decke. Beschäftigte sich Wolfi am Tag meiner Anreise für mehrere Stunden mit nichts anderem als der Zubereitung eines komplizierten Stücks Fleisch, das er für mehrere hundert Euro im Feinkostladen für uns erstanden hatte, ließ ich das Fleisch auf meinem Teller liegen, sah ich angewidert auf das Fleisch und sagte in regelmäßigen Abständen, wie sehr ich den toten Zustand des ehemaligen Tieres bedauerte und dass die Kinder in Afrika nichts zu essen hätten, was Carmen und Wolfi natürlich bestätigen mussten, wie ich, mit meinem Trauergesicht über das Fleisch gebeugt, natürlich ganz genau wusste. Ich verdarb dem Liebespaar ihr Fleisch, obwohl ich es viel lieber gegessen hätte, ich verdarb ihnen das ganze toskanische Leben mit dem weichen Licht, das ich ebenfalls viel lieber genossen hätte. Das einzige unerträgliche Geräusch am toskanischen Esstisch blieb also das Klirren des Bestecks, und wir alle litten fürchterlich unter meiner Anwesenheit. Verzweifelt bot Wolfi deswegen an, das Toskana-Haus für die Zeit meiner Ferien zu räumen, was ihm nur als perfider Erpressungsversuch ausgelegt werden konnte, wie ich damals fand. Carmen hingegen nannte mich eine raffinierte Erpresserin und verbat sich, in Koalition mit Wolfi, meine Besuche, der inzwischen von der Beschwichtigungs-Politik zu einer restriktiven umgeschwenkt war. Ich brach daraufhin die Beziehungen zur Toskana-Oase vollständig ab. Erst vor kurzer Zeit konnte ich mich überwinden, Carmen an ihrem Geburtstag anzurufen. Die Leitung war kalt, die Wörter klebten mir wie Eis an der Zunge, aber ich wärmte uns mit Entschuldigungen auf, und wir heulten zusammen über unser jahrelang gefrorenes Verhältnis, und das war der Tag, an dem ich mich endgültig auf das Patchworkkind-Carmen-Wolfi-Rollenspiel einließ, auf das sich alle Beteiligten aus reiner Verzweiflung eingelassen haben, wie gesagt. Aus reiner Verzweiflung haben Carmen und Wolfi eine Decke über uns geworfen, eine psychologische, damit es keine Brände mehr gibt. Treffen wir heute aufeinander, sitzen wir ganz automatisch unter dieser Decke, und zwar bei vollem Bewusstsein. Wolfi setzt sich in seiner Eigenschaft als Psychologe bei vollem Bewusstsein auf den Stuhl für verständnisvolle Stiefväter, Carmen setzt sich, ebenfalls in ihrer Eigenschaft als Psychologin, auf den Stuhl für verständnisvolle Scheidungsmütter, zusammen sehen sie mich auf dem Stuhl für traumatisierte Patchworkkinder sitzen, denen man Verständnis entgegenbringen muss, und da sitzen sie, nicken und sehen: Ihre Arbeit, nämlich das Patchworkkind-Carmen-Wolfi-Rollenspiel, ist zwar nicht der Idealzustand, aber ein praktikabler Modus, der unser perverses Zusammensein zumindest zeitweise ermöglicht, dachte ich, meinen Bauch streichelnd. Carmen sah mich über den Rand ihrer Lesebrille lächelnd an und strich ihre Zeitung glatt. Wonach ist dir denn? Möchtest du etwas essen? Ich schüttelte den Kopf. Ich sah auf die Uhr, schon in einer halben Stunde würde ich losmüssen, und ich ermahnte mich in diesem Moment, dass ich mich der Schwangerschaftsberatung, auch gegen meinen Willen, unbedingt unterziehen sollte. Der Regen hatte gerade etwas nachgelassen, ich sah hoch zum Sonnenschirmdach, und weil mir nichts einfiel, sagte ich: Der Regen hat nachgelassen. Wolfi stimmte zu, engagiert tat er das, Carmen sah mich eine Weile an, entspannt lächelnd, als jemand, dem Schweige-Pausen in Gesprächen keine Unsicherheit verursachen. Sie begann dann über die spannende, die entscheidende Lebensphase zu sprechen, in der ich mich augenblicklich befand. Der Reichtum, die Vielfalt, die Entdeckungen, die Erfahrungen und so weiter, und ich hörte sie reden, ich hörte ihre gleichmäßige Stimme, und ich hasste, was sie redete, wie sie redete. Sie redete mit mir wie mit einer Patientin, immer tut sie das. In gleichmäßiger, etwas tiefer gemachter Stimme redete sie. Sie hatte ihre Lesebrille auf, jene Brille, mit der sie ihre psychologischen Bücher liest und immer las, die Bücher, die sie von mir getrennt haben, jene Brille, mit der sie auf ihre Klienten und auch auf mich sieht. Sie sah auf mich durch ihre psychologische Brille, und in Wahrheit, dachte ich, trägt sie sie in meiner Gegenwart nur, um unserer Beziehung, die Beziehungs-Katastrophe, ihren Unfall, unseren Unfall, handhabbar zu machen. Sie muss mit dir auf diese perverse Psychologenweise sprechen, um überhaupt mit dir sprechen zu können, dachte ich nickend und sah nach oben. Der Regen wurde wieder stärker und trommelte auf den Sonnenschirm. Mir kamen gegen meinen Willen die Tränen, und ich versteckte mein Gesicht hinter der Café-Karte. Wolfi erhob sich, um nach der Bedienung zu sehen, die nicht kam, ich schüttelte hinter der Café-Karte den Kopf, er ging los. Carmen griff wieder nach meinem Arm, sie streichelte, und ich dachte, jetzt wäre eine gute Gelegenheit, um die Schwangerschaftsberatung zu beginnen. Sie sah mich an, nahm ihre Lesebrille ab und lächelte, weich, sie streichelte, so gut sie konnte, und dann sagte sie leise: Nun komm doch mal zu mir, Liebes. Ich saß da, wortlos, obwohl ich gerne irgendetwas gemacht hätte, vielleicht mich bedankt, sie angebrüllt oder mich entschuldigt, immer will ich mich bei ihr entschuldigen, aber da stand sie schon auf, ging um den Tisch herum, umarmte mich, schlang ihre Arme um meine Schultern, und ich roch den süßlich-rauchigen Carmen-Geruch, und sie sagte, wie stolz sie auf mich sei, wie glücklich es sie mache, wie ich mein Leben gestalte und bewältige und es selbständig lebe, und was für eine tolle junge Frau aus mir geworden sei und wie sehr sie es genieße, mit mir hier zu sein, mich, ihre Tochter, um sich zu haben, all das sagte sie mir, so überzeugend, so nachdrücklich sie konnte, und dann nahm sie mein Gesicht in ihre Hände, küsste mich auf die Stirn, und ich verfolgte all das, starr lächelnd, vollkommen irritiert, muss ich sagen, verfolgte ich das herausplatzende, das sich aufführende schlechte Mutter-Gewissen. Noch immer irritiert es mich, wenn sie so wird, noch immer denke ich, ich bin verrückt, ich habe mir alles nur eingebildet, wenn Carmen sich verhält, wie sie denkt, dass Mütter sich verhalten, wenn sie, wie zuvor geschehen, eine weiche Stimme kriegt, mir ihre Liebe erklärt und zu mir als Mutter spricht, die sie, so denke ich, nie war und gegen die zu sein sie sich immer gewehrt hat. Ich war nie geplant, ich bin passiert, und sie war betrunken, sie war depressiv, bis Wolfi kam und sie rettete, so war es, sie sagte immer, sie wolle meine Freundin sein. Liebes, kommst du denn mit Geld zurecht?, flüsterte sie und zündete sich eine Zigarette an. Ich schämte mich, ich ekelte mich, so war es immer gewesen. Immer wenn sie sich in eine Mutter verwandelt, denke ich einige Augenblicke lang zu mir: Du bist verrückt, du hast dir alles nur eingebildet, ihr vollkommen zu Unrecht Vorwürfe gemacht, du bist vollkommen zu Unrecht bei Götz geblieben und nicht mit ihr in die Toskana gezogen, du hast sie vollkommen zu Unrecht verdächtigt, kalt zu sein, nicht deine Mutter sein zu wollen, zu Unrecht hast du gedacht, sie sei die Frau, die betrunken hinter einer grauen Rauchwolke verschwunden war, jahrelang. Nein, kein Geld, beantwortete ich ihre Frage und schüttelte den Kopf. Immer stürzt mir der ganze Kopf ein, wenn die Mutter aus Carmen unverhofft herausplatzt, und seit wir wieder miteinander sprechen, platzt sie immer häufiger heraus, dachte ich, seither finden unter der Regie ihres schlechten Gewissens immer wieder die schlechten Mutter-Aufführungen statt, abgewechselt von dem perversen Patchworkkind-Wolfi-Carmen-Rollenspiel, das ich der Mutter-Aufführung aber immer vorgezogen habe, in welcher sie die Liebende, die Umarmende, die Erstickende ist – die, deren Gegenwart ich nicht ertragen kann, weil sie in einem stinkenden Schauspiel auftritt, in dem ich sie bekämpfen muss, weil es mich regelmäßig denken lässt, ich sei verrückt, wie gesagt. Ich denke, ich bin verrückt, ich denke, Carmen, der ich jahrelang dabei zugesehen habe, wie sie ist, diese Carmen hat es nie gegeben, dachte ich am Café-Tisch. Carmen, die Schweigsame, die Starre, die Ablehnende, die Zerstörerische, die Mich-Vernichtende, die mich Zunichte-Machende. Carmen, die verlöscht aus dem Fenster sieht, Carmen, die keine Zeit hat, weil sie aus dem Fenster ins Leere sieht, Carmen, die ihre Ruhe braucht, weil sie ein Buch lesen muss, Carmen, die genervt ist, weil sie dabei gestört wird. Carmen, die am Esstisch sitzt und der die Tränen aus den entkernten Augen heraus das Gesicht runterrinnen, Carmen, die Weinflaschen versteckt, Carmen, der traurige Vogel, der im Familien-Käfig sitzt und darauf wartet, dass Götz kommt, der niemals kam. Carmen, die von Götz betrogen wurde und der ich deswegen Bilder malte, die sie müde lächelnd entgegennahm. Carmen, die sagte, man macht mit deinem Vater nichts anderes, als auf ihn zu warten, im Familien-Käfig, zusammen mit mir, die den Carmen-Vogel unentwegt anstarrte, ihm etwas Gutes zu tun versuchte, es dadurch aber nur noch schlimmer machte, weswegen der Vogel zu kreischen begann und dann lange verstummte. Carmen, die sich das alles bestimmt anders vorgestellt hatte, die ihren Beruf wollte, die bestimmt gewollt hat, dass es gut wird, die gedacht haben muss, es könnte gut werden, als sie mit mir schwanger war, die vielleicht auch müde war und dachte, gut, werde ich eben Mutter, und die, wie ich auch, an irgendeinem Tag dagesessen haben muss und sich gefragt hat, ob sie ihren Bauch behält oder nicht, dachte ich und saß ihr gegenüber und fing ungebremst an zu heulen. Carmen sah mich an, sie ist im Menschen-beim-Heulen-Betrachten geübt und lässt sie einfach heulen, sie saß mir also gegenüber und betrachtete mich ruhig und professionell beim Heulen, während ich dachte, du hast ihr insgeheim immer die schlimmsten Vorwürfe gemacht, viel erbarmungslosere als Götz, in ihn warst du verliebt, ihr hast du dagegen insgeheim die unerbittlichsten Vorwürfe gemacht, dachte ich. Die Mutter-Vorwürfe wiegen immer viel schwerer als die Vater-Vorwürfe, was daran liegt, dachte ich immer noch heulend, dass die Mutter-Disziplin allgemein viel erbarmungsloser vor Gericht gezogen und bewertet wird als die Vater-Disziplin, gnadenlos bist du gewesen, dachte ich. Carmen sah mich ruhig an, manchmal nickte sie wissend, und schließlich fragte sie: Liebes, willst du mir sagen, was los ist? Und ich sagte, auch für mich überraschend: Ich bin schwanger. Sofort hielt sich Carmen unprofessionell die Hand vor den Mund. Ach, du Scheiße, sagte sie, und ich unterbrach mein Heulen und fragte: Wieso denn Scheiße?

In diesem Augenblick kam Wolfi zurück an den Tisch. Was ist denn?, fragte er. Sie ist schwanger, sagte Carmen und zeigte mit einer losen Bewegung auf mich und ließ dann die Hand kraftlos in ihren Schoß fallen. Wolfi nickte. Langsam setzte er sich hin, positionierte das geholte Kuchenstück vor sich und sah dann zwischen Carmen und mir hin und her. Meine Nase lief, ich zog sie hoch, Carmen reichte mir die Packung Taschentücher, welche sie immer mit sich führt, und sah mich entsetzt an. Wolfi kommentierte: Also, zunächst mal ist das ja etwas sehr Schönes.

Nein, aber doch nicht ..., sagte Carmen, die sich sofort entschuldigte.

Ich: Aber warum? Warum?

Carmen räusperte sich und putzte ihre Brille. Wer ist denn der Vater?

Ich: Na, Jo, Johannes. Mein Freund … na ja, geht so mein Freund … der, bei dem ich wohne.

Wolfi: Fühlst du dich denn schon bereit für ein Kind? So ein Kind ist wirklich ein … sehr großes Lebensgeschenk. Aber ein Kind hat man für immer, das ist eine große Verantw…

Carmen: Wer ist dieser Johannes? Was macht er? Wie ist er?

Ich heulte, musste lachen, unkontrolliert, wie eine Glasmurmel sprang mein Lachen über den Tisch. Carmen war ernst.

Ich: Na ja, er ist … ehrlich gesagt irgendwie so ähnlich wie Götz … denke ich immer. Tut mir leid.

Carmen nickte, sichtlich bestürzt, und zündete sich eine Zigarette an. Sie bot mir eine an, ich lehnte ab.

Carmen: Ja, ja, die Vatertöchter.

Ich: Ein egomanes Arschloch, aber auch nett. Nicht nur ein Arschloch.

Carmen rollte die Augen. Ich sah auf die Uhr, es war Viertel vor sieben, ich musste los, ich musste noch kochen, für Jo, den ich gleich treffen würde, dachte ich.

Ich: Ich muss los. Ich stand auf, umarmte Carmen, die benommen dasaß, reichte Wolfgang die Hand und drehte mich um, da erhob Carmen sich, und ich hörte sie sagen: Überleg dir das gut, glaub mir …

Sie sah mich zögernd an und sagte bittend und entschuldigend zugleich: Mach es besser nicht. Wirklich, und sie hatte wahrscheinlich Tränen in den Augen gehabt, wie ich später in der S-Bahn stehend dachte.

Wolfi schaltete sich ein: Aber Carmen, das ist doch jetzt völlig übereilt, das kannst du ihr doch nicht sagen, ohne die Umstände genau zu kennen!

Es regnete immer noch, ich winkte und ging, nach Hause, wo ich Johannes treffen wollte, ich lief durch den Regen und dachte, Carmen hat dir geraten, nicht schwanger zu bleiben, sie hat es dir geraten, weil sie dich liebt und nicht will, dass dir das gleiche Unglück passiert wie ihr, dachte ich und rannte durch den Regen zur S-Bahn, ich fuhr zu Johannes' Wohnung, wo ich für ihn kochte, Spaghetti mit Tomatensauce; wo ich nervös vor den fertig gekochten Spaghetti saß, eine halbe Stunde, eine Stunde saß ich da, wartete auf ihn, und dann stand ich nach einer Stunde auf und beschloss, ihn zu suchen, und ich wusste auch sofort wo, ich hoffte, dass er dort sein würde, nämlich bei seinem Freund Reiner, der an diesem Tag seinen 49. Geburtstag feierte, wie er mir am Telefon zuvor mitgeteilt hatte, und dann nahm ich meine Jacke und lief los, zur S-Bahn, und auf dem Weg musste ich immer wieder daran denken, dass ich, seit ich Johannes kenne, mit nichts anderem mehr beschäftigt bin, als ihn zu suchen, ja dass ich nur noch als die Johannes-Suchende zu bezeichnen bin, und ich stieg aus der S-Bahn aus und lief durch den Regen zu dem Restaurant, in dem ich Johannes vermutete, ich lief, ich laufe immer noch und bin nun fast da. Ich stehe vor der Restaurant-Tür, und ich denke, Carmen sagt: Unter keinen Umständen – abtreiben will sie, abtreiben, denke ich, und ich will die Tür aufstoßen, weil ich hoffe, Johannes zu treffen, um mit ihm das Schwangerschaftsgespräch führen zu können, was natürlich sinnlos ist, aber ich werde es trotzdem tun. Mein Hoffen beißt mich überall, jedes bisschen Körper quält sich und wird in Scham gewaschen, nein geschleudert wird es, ich muss mich übergeben, denke ich, halte mich an der Restaurant-Wand fest und versuche, die sich unablässig drehende Sicht zu bändigen, welche vor meinen Augen umhertanzt. Ich spucke ein bisschen was aus und richte mich langsam wieder auf. Viel und regelmäßig Sauerstoff zuführen, wird in solchen Fällen geraten. Der Atem klemmt, ich stemme die Restaurant-Tür auf, gehe aufrecht an Kellner und Kerzen vorbei durch den Raum, und da sehe ich sie sitzen, am Ende des Raumes sitzen sie, für jeden sichtbar sitzen sie an einem langen Tisch, ich sehe Jo, neben Jo eine Frau, ich laufe schneller, mein Herz auch, ich stehe am Tisch, vor Reiner, der am Kopfende sitzt und sich erhebt, als er mich sieht, mich umarmt, Mensch, toll, dass du kommst, sagt er, und ich gucke durch die Umarmung durch, zu Jo, dem die Frau im Arm liegt. Reiner lässt mich los, sagt: Setz dich, und weist auf einen freien Stuhl schräg gegenüber von Jo, gegenüber von der Frau, der Schlampe aus seinem Arm, die sich taumelig aufrichtet, mir ihren Schlampen-Arm entgegenhält, ein graziler Frauenarm, der in der Luft baumelt, und dann besitzt sie tatsächlich die Frechheit, mir irgendeine

Grußformel sexuell hinzuhauchen, eine Unverschämtheit, denke ich, wo der Hauchenden doch klar sein muss, dass ich für ihre sexuelle Angebots-Aura die vollkommen falsche Adressatin bin, weswegen ich die Hauchende sofort als perfide Provokateurin einstufe, der ich nur begegnen kann, indem ich ihre hingehaltene Hand alleine in der Luft stehen lasse, in der ihre sexuelle Aura verpuffen soll, die ganze Schlampe soll sofort verpuffen, wünsche ich mir inständigst. Ich bin Marie, haucht sie weiter und streicht sich dann mit ihrer ignorierten Hand eine Strähne aus dem Gesicht. Ich gucke Jo an, der über seinem Muschel-Spaghetti-Teller hängt, der frisst und gleichzeitig eine Zigarette in der Hand hält, die ihm die Schlampe aus der Hand nimmt, die ungebundene, unproblematische Schlampe, wie ich denke. Sie nimmt einen tiefen Zug und haucht: Und wer bist du? Ich schüttele den Kopf, ich gucke auf Jo und warte, dass er guckt, er guckt nicht, ich rutsche auf den Sitz schräg gegenüber und starre ihn an, fassungslos. Ein Kellner kommt und schenkt mir irgendwas ein, ich trinke, ich darf nicht trinken, ein Mann links neben mir prostet mir zu und stellt sich als Herr Gammelscheck vor. Herr Gammelscheck will wissen, was ich bin, und ich zeige auf Jo, der frisst, der mich einmal kurz ansieht und dann den Blick wieder senkt, ich zeige auf Jo, lasse meine Hand wieder fallen, und ich sage: Ich bin seine Freundin, und er sagt: Ach so, ich bin Journalist, und ich: Interessant, toll, und er: Ja, im Feuilleton, und ich: Super. Die ungebundene, unproblematische Schlampe trägt einen schwarzen Seidenoverall und Silberreifen am Arm, die Unproblematische legt ihren Kopf an Jo's Hals, und ich halte mich am Stuhl fest, Herr Gammelscheck erzählt vom Meta-Diskurs und einem Buch, das er schreiben will, und ich denke, der ungebundenen, unproblematischen Schlampe willst du sagen, was sie ist, nämlich eine ekelhafte, ungebundene, unproblematische Schlampe. Du willst sie unter den Tisch ziehen und dort verprügeln, bis sie nur noch eine demolierte Schlampe ist, und ich denke weiter: Nein, das willst du nicht tun, richtig wäre es, Jo, der die Schlampe im Arm hält und der sie erst zu der ekelhaften, ungebundenen, unproblematischen Schlampe macht, als welche du sie bezeichnest, richtig wäre es, ihn unter den Tisch zu ziehen und dort zu verprügeln, bis er auch von außen der demolierte Jo ist, der er in sich drinnen ist, so denke ich und halte mich am Stuhl fest, während Reiner und Herr Gammelscheck den Staatsbankrott, den Bürgerkrieg, den Ausnahmezustand besprechen und tatsächlich bejubeln. Die Unproblematische ist zu schön, sie ist eine Schauspielerin. Sie isst mit ihren gemalten Fingern von Johannes' Muschel-Teller, Johannes sieht mich nicht an, sie hält er im Arm, die unproblematische Fotze, denke ich, nein, denke ich, falsch, denke ich wieder, ihm musst du die Frau in seinem Arm vorwerfen, ihm musst du die ausgefallene Schwangerschafts-Aussprache vorwerfen, aber das tue ich nicht, ich sitze nur da und starre ihn in Interaktion mit der Unproblematischen an, die ich ihm auch sein will und immer sein wollte, die ich ihm versprochen habe zu sein, so war die Verabredung. Die Verabredung war, jeder darf sein, wie er ist, der Handel war, dass es leicht gehen soll, und so habe ich immer sein wollen: unproblematisch, nicht klebrig, so, wie er mich haben wollte. Aber so bin ich nicht, denke ich. So wäre ich nicht, würde ich ihm hier eine Szene machen wegen der unproblematischen Fotze, wie ich immer wieder denken und deshalb zusammenzucken muss, sonst starr auf meinem Stuhl sitzend, an dem ich mich festhalte und feststelle, dass sich die Schwangerschafts-Aussprache nun ja ganz von selbst erledigt hat – so wäre es, denke ich, wenn ich nicht noch immer hier sitzen und Johannes' Blick suchen würde, dem die Unproblematische am Hals hängt und der Herrn Gammelscheck zuhört, welcher ihm ein Referat über sein schauspielerisches, sein ganz außergewöhnliches Talent hält, über das sich alle am Tisch Sitzenden einig sind. Jo fährt sich durch die Haare, wohl ein Symbol für seine Verlegenheit wegen des Gammelscheck'schen Lobs. Ich beiße mir in den Arm. Herr Gammelscheck beugt sich über den Tisch und bewegt lose seinen Journalisten-Mund, er leiert, dann wieder reißt er ein paar Wörter in die Höhe: das geniale postdramatische Dings aus Reiners Feder, der melancholisch auf sein Handy guckt, immer wieder, er wartet auf seinen Freund, sagt er und nickt zu den Worten Gammelschecks, Jo nickt ebenfalls, über das weiße Tischtuch gebeugt, in seinem Muschelteller versinkend, und der Rest des Tisches hat den Kopf zu Gammelscheck gedreht, der weiterredet, inzwischen schon rast, unterstützt von dem gleichgültigen Nicken von Reiner und Jo und der Unproblematischen, die nun ganz selbständig und alleine auf ihrem Stuhl sitzt, wie ich zufrieden feststelle. Gammelscheck verrennt sich zu einer Rede, einer Ansprache, die er dem Tisch hält: Wir durchschauen nicht nur die Technik nicht mehr, nein, auch die Systeme, die uns beherrschen, durchschauen wir nicht mehr, wir verstehen nicht mehr, was uns umgibt, niemand versteht hier mehr irgendwas, und das ist kein billiger Kulturpessimismus, nein, keiner versteht mehr, was hier passiert, ruft er seinem nickenden Tischpublikum zu, und das, so Gammelscheck weiter, sei im Übrigen auch das Thema seines Buches.

Und Reiner sagt: Weltuntergang. Kapitalismus. Darum geht's wahrscheinlich auch in meinem nächsten Stück.

Gammelscheck nickt heftig, erhebt sein Glas in Reiners Richtung, der es nicht sieht, weil er auf sein Handy guckt, wo er noch immer auf seinen Freund wartet. Ich gucke zu Jo, plötzlich guckt auch er, eine Sekunde, zwei Sekunden, vielsagend, ich weiß nicht, was er sagen will, nur, dass ich ihm was zu sagen habe. Gerade will ich den Mund aufmachen, da schmeißt sich Gammelscheck dazwischen und setzt seine unerträgliche Publikums-Rede fort, rast weiter, versucht weiter, möglichst viel Publikum für sich zu gewinnen, insbesondere Reiner, Jo und die Unproblematische, die sich gerade ihre

Lippen im Handspiegel dunkelrot nachzieht. Gammelscheck nimmt Anlauf, Gammelscheck wird lauter, Gammelscheck schwitzt, rot und verdorben. Gammelscheck, denke ich, ist ein widerwärtiger Menschen-Sammler, einer von denen, die ich schon oft in Johannes' Gesellschaft habe beobachten müssen. Sein gesamtes Umfeld ist von dieser Sammel-Sucht besessen, und ich habe sie immer gehasst. Ekelhaft, denke ich, sind die Menschen-Sammler, welche Menschen wie dekorative Gegenstände sammeln, in deren Nähe sie sich aufstellen, die sie sich am liebsten anstecken oder um sich drumwickeln wollen, um ihren eigenen Accessoire-Wert zu steigern, so sind die Menschen-Sammler, denke ich, und so ist der Herr Gammelscheck, der seinen eigenen Sammel-Wert mit Hilfe dieser Tischgesellschaft verbessern will, den er ihr gleichermaßen anzudrehen, ja unterzujubeln versucht. Für Gammelscheck, den hauptberuflichen Menschen-Sammler, der im Augenblick den Inhalt seines Buches vor den Anwesenden ausbreitet, haben Menschen ausschließlich eine dekorative Funktion, denke ich. Reiner ist nicht Reiner, nein, er ist dem Gammelscheck der exquisite Dramatiker-Beistelltisch, Johannes nicht Johannes, er ist dem Gammelscheck der Theaterschauspieler-Gürtel mit Seltenheitswert, die Unproblematische ist nicht die Unproblematische, sie ist dem Gammelscheck die Bekannte-Schauspieler-Brosche, die er sich ansteckt, der er sich gerne gegenübersetzt, mit der er sich zeigt, weil er mit ihrer Unterstützung besonders gut und ungehindert durch seine ebenfalls Accessoire-artigen Thesen rasen kann, weil sich dadurch sein Publikum vergrößert, ihm seine versammelten Köpfe zuwendet, und das Allerwiderwärtigste ist, denke ich, dass die als Dekoration Missbrauchten sich des Gammelscheck'schen Missbrauchs bewusst sind, ihn unterstützen, wenn nicht gar selbst von ihm Gebrauch machen. Ja, denke ich, sie machen als Bühne von ihm Gebrauch und sind insofern des Missbrauchs ebenfalls schuldig, denke ich und gucke zu Johannes, der den Gammelscheck nickend unterstützt, was mich wieder einmal von der stumpfen Geschmacklosigkeit überzeugt, von der sein ganzer Charakter durchsetzt ist. Reiner bestellt Champagner, Jo Schnaps, die Unproblematische küsst Jo am Hals. Ich starre, ich sehe uns zu, von oben, vielleicht liege ich aber auch unterm Tisch. Johannes, denke ich, du widerlicher Johannes mit der Unproblematischen am Hals, auch du bist ein Menschen-Sammler, und zwar einer der schlimmsten Sorte. Johannes, der Frauen-Sammler, denke ich, der, um möglichst viele Frauen zu sammeln, sein Angebot teuer pflegt und der zu diesem Zweck sein ganzes Leben verspiegelt hat. Wo er geht und steht, spiegelt er sich, und wenn der Spiegel blind ist, poliert er ihn. Brutal, rücksichtslos, übergriffig. Die Johannes-Nachfrage ist hoch, das Johannes-Angebot ist gut aufgestellt, wie mit wenigen Blicken festzustellen ist. Die Johannes-Nachfragende guckt in das Johannes-Schaufenster und sieht das Johannes-Sortiment: einen schönen Körper, der einem erfolgreichen Schauspieler gehört, auf dem ganz oben ein humorvoller, gebildeter Kopf draufsitzt, der seine Nachfrage ständig überblickt und der selber immer wieder auf dem Markt nachfragen geht nach Angebot, das endlich zu ihm, dem aufwendig erstellten und wirklich passablen Johannes-Produkt, passen, ja das seinem Wert entsprechen könnte, denke ich. Das Johannes-Produkt hat mich einmal passend gefunden und mit mir zusammen die Johannes-Romanze inszeniert. Nun ist sie ihm langweilig geworden. Der Unterhaltungswert der Johannes-Romanze hat nachgelassen, denke ich, das Johannes-Produkt braucht neues Zubehör, deswegen hängt er sich die Unproblematische und noch ganz andere an den Hals, bis er wieder etwas Neues braucht, denke ich und halte meinen Bauch für totalen Schwachsinn, für den größten Quatsch, den ich jemals gehört habe. Ich bestelle Wein, Rotwein, ich setze mich gerade hin, es ist sowieso alles zu spät, nicht im Ernst wirst du noch ein Schwangerschafts-Gespräch führen wollen, denke ich und leere den Salzstreuer auf dem Tisch aus. Ich werde mich zusammenreißen und Johannes durch meine Anwesenheit das Angebot versauen, denke ich. Johannes erhebt sich, ich gucke, er nicht, er geht auf die Toilette, ich denke, du gehst auf keinen Fall hinterher, ich sehe, die Unproblematische bleibt sitzen und rutscht hoch zu Reiner, sie setzt sich auf Johannes' Platz, um an der Unterhaltung zwischen Gammelscheck und Reiner teilzunehmen – der Unterhaltung, die mehr eine Schlacht ist, in welcher sich gegenseitig mit dekorativen Versatzstücke beworfen wird, und nun wird die Unproblematische noch weitere dazuwerfen, wie zu befürchten steht. Reiner guckt immer noch auf das Handy, in dem er seinen Freund sucht, er erzählt von einem Stück, das er geschrieben hat und bald aufführen wird: Finanzkrise, die Wichser, Kapitalismuskritik, Banker, Derivate … bla … und ich denke, wäre ich Reiner und der Regisseur dieses gerade stattfindenden Geburtstagsessens, dieser abscheulichen Aufführung hier, dann würde ich mich wahrscheinlich schreiend, kotzend, fickend, pissend, scheißend und Hitler rufend an dem Geburtstagsessen teilnehmen lassen. Wäre ich Reiner, dann würde ich Jo's und meine Geschichte, diese Un-Geschichte, wahrscheinlich als die von zwei durchökonomisierten Subjekten erzählen, die nicht mehr wissen, dass sie welche sind, das Ganze kapitalismuskritisch aufziehen sozusagen, denn das macht Reiner ausschließlich, das Ganze kapitalismuskritisch aufziehen, so, dass es keiner versteht, aber kaum einer, so glaube ich, traut sich zu sagen, dass er es nicht versteht, wenn Reiner das Ganze kapitalismuskritisch aufzieht, nein, die Hauptsache ist, dass es nicht verständlich und kapitalismuskritisch aufgezogen ist. Nichts anderes macht Reiner, denke ich, als damit Geld zu verdienen, dass die Welt schlecht ist, nämlich indem er Stücke aufführt, in denen pausenlos gekotzt, geschissen, geblutet und gefickt wird und die kapitalismuskritisch sind, in denen es um gierige Banker, soziale Scheren, um vom Kapitalismus Gefressene und auch manchmal um Migranten bzw.

Flüchtlinge geht, aber hauptsächlich, so habe ich beim Zuschauen festgestellt, geht es um Kapitalismuskritik, mit der er gerade am besten Geld verdienen kann, denke ich, ja, damit verdient Reiner sein Geld, denn die Leute mit Geld gehen sich seine Stücke ansehen, und dann gehen sie mit ruhigem Gewissen nach Hause, weil sie auf den Theatersesseln einen kapitalismuskritischen Abend verlebt haben, worüber er dann ein weiteres kapitalismuskritisches Stück schreibt, in dem es um Leute geht, die unkritisch kapitalismuskritische Abende verleben, weil diese sich gerade am besten verkaufen, und in diesem Stück wird selbstverständlich weiterhin gekotzt, gefickt, gepisst und geschissen werden, und dieses Stück werden sich die Leute mit Geld ebenfalls ansehen und mit ruhigem Gewissen nach Hause gehen, weil sie auf den Theatersesseln einen kapitalismuskritischen Abend verlebt haben, so ist es, denke ich, und deswegen ist es vollkommen egal, was Reiner sich auf seiner egalen Bühne aufzuführen ausdenkt. Im Grunde, denke ich, bringt Reiner ja nichts anderes zur Aufführung als der publizierende Schweinestall, dem ich kürzlich entwischt bin. Es ist das Gleiche, denke ich, man muss sich gar nicht in ein Theater reinsetzen, man kann sich auch einfach vom Internet oder den Zeitungen anschreien lassen, das ist das Gleiche, und deswegen ist das ganze Geschrei auf Reiners Bühnen ein überflüssiges. Es ist nicht nur überflüssig, es macht sogar alles noch schlimmer, es ist das subventionierte Einschlaf-Geschrei, das den Leuten auf den Theatersesseln vorgaukelt, in diesem Land werde nachgedacht und dass auch sie ein Teil der Nachdenker wären, aber es wird natürlich überhaupt nicht nachgedacht, es wird nur einen Abend lang so getan, als würde nachgedacht, aber am nächsten Morgen wird wieder aufgestanden, gearbeitet, Rechnungen bezahlt, und ich bekomme davon psychische Krankheiten, wie sie im Katalog stehen. Johannes kommt von der Toilette zurück, ich sehe ihn zum Tisch laufen, betrunken, ich hoffe, dass er mich sieht, mich anguckt, zu mir kommt, schmerzlich hoffe ich das, und dann setzt er sich auf den Stuhl, auf dem die Unproblematische vorher gesessen hat, mir gegenüber und winkt den Kellner her, bei dem er eine Runde Schnaps bestellt, und dabei starre ich ihn an, und dann sagt er tatsächlich: Guck nicht so. Wir gehen ja gleich. Gelangweilt sagt er: Wir gehen ja gleich, und ich trete ihm, dem großzügig Wir-gehen-ja-gleich-Sagenden, unter dem Tisch vors Schienenbein, denke ich, aber tue es nicht, leider tue ich es nicht, ich starre ihn nur an, unfähig, irgendetwas zu tun. Mein Unterhaltungswert hat signifikant nachgelassen, schon lange, denke ich, ist Johannes von mir zu Tode gelangweilt, er kann uns nicht mehr sehen, er guckt mich nicht an, er trinkt Schnaps, und wenn ich ihm, dem zu Tode Gelangweilten, nun sagen würde, dass ich schwanger bin, dann wäre ich für ihn nicht mehr die langweilige, die erblasste Romanzen-Rose, dann wäre ich sofort der gemeingefährliche, der freiheitsberaubende Dornenbusch, denke ich. Die Johannes-Romanze, bei der ich mitgewirkt habe, war eine durch und durch inszenierte und verfaulte, so ist es leider. Verfaultes Kino, verfaulte Liebeslieder, verfaulte Hotel-Zimmer, verfaulte Blumen, verfaulte Zettel, verfaulte Fotos, verfaulte Wörter, die ganze Sprache verfault. Von fast jedem Satz wurde mir schlecht, nur verfaulte Wörter, denke ich jetzt. Verfaultes *Ich*, verfaultes *liebe*, verfaultes *dich*, alles verfault, gelogen, ausgedacht und nachgemacht, denke ich und spüle den Wein runter zu dem Baby, das keins werden soll. In dem Moment, in dem wir angefangen haben zu sprechen, haben wir das Lügen angefangen. Ein Mal gab es vielleicht fünf Minuten, in denen wir nicht gelogen haben, und das war in der Nacht, als wir in Schnaps eingelegt auf der Fensterbank saßen und ich das erste Mal in seinem Schoß geschlafen habe. Sonst haben wir uns unausgesetzt belogen. Aus Jo's Kopf heraus kam die verlogene Idee, dass ich ihm, dem Verbrauchten, dem Müden, seine junge, unverbrauchte Tracy sein könne, die aus *Manhattan*, dem Film, welchen er mich zu Beginn der Johannes-Inszenierung fast jeden Abend gezwungen hat anzusehen. Fast jeden Abend saßen wir auf seiner Wartesaal-Couch und betrachteten gemeinsam Woody Allen in der Rolle des Isaac, der von der jungen, unverstellten Tracy geliebt wird, der von ihr die Liebe wieder beigebracht bekommt. Die einfache, die klare und unverbrauchte Liebe eines jungen Mädchens ist am Ende alles, was der blöde Isaac will, und so etwas, denke ich, kann sich nur ein narzisstischer, verwirrter, verzweifelter, altersromantischer Mann ausdenken, der sonst keinen Ausweg mehr sieht, wie auch Johannes keinen Ausweg mehr gesehen hat, als wir uns kennenlernten, und wie auch ich keinen Ausweg mehr sehe und in diesem Augenblick überlege, ob ich die Schwangerschafts-Aussprache nicht in eine Ansprache umwandeln sollte, um sie hier an Ort und Stelle zu halten. Nein, denke ich, du bleibst ruhig und wartest, und ich denke weiter an unsere Lügen-Beziehung, an der Woody Allen mitschuldig ist, von ihm geht eine Mittäterschaft aus, denn er hat Johannes die Tracy-Idee erzählt, sie ihm sozusagen in den verwirrten Schauspieler-Kopf reininstalliert. Er hat ihm Tracy in den Kopf installiert, die Jo mich zu sein genötigt hat. Ich sollte die Unschuldige, die geistig Unverstellte sein, die es ihm wieder möglich machen würde, unverfault, nämlich unschuldig zu lieben und unsere Liebe als etwas Neues, jedenfalls nicht als ständig verfaulende Wiederholung zu erleben, so hat er gedacht, denke ich. Dabei bin ich zu keinem Zeitpunkt Tracy gewesen, was ich ihm auch immer wieder gesagt habe. Nie war ich unverstellt, leicht und romantisch, immer war ich skeptisch, reserviert und abweisend, wenn nicht kalt, auch wenn ich es nicht sein wollte. Ich ging nicht ans Telefon, ich wollte mich nicht mit ihm treffen, ich war nicht da. Meine Reserviertheit, denke ich, war es jedoch, die ihm am besten gefallen hat. Nur deswegen rief er immer wieder an, um seine verschimmelte Johannes-Romanze zu vermarkten, und das, denke ich, ist die zweite, die noch heimtückischere

Lüge, die unter der ersten, der Tracy-Lüge, drunterliegt, und es waren diese beiden aufeinanderliegenden Lügen in Zusammenarbeit, die es ihm überhaupt erst ermöglicht haben zu denken, er liebe mich. Die Voraussetzung war, dass ich nicht da war, und als ich dann da war, ist er weggegangen, damit ich wieder nicht da war. So konnte er denken, er liebe mich, somit war er in das, was er sich von mir ausdachte, verliebt, folglich war er in seine eigenen Gedanken verliebt, was nicht weniger heißt, als dass er in sich selbst verliebt war. Augenblicklich hat er sich eingebildet, er liebe mich, ganz ohne mich zu kennen, vermutlich, denke ich, schon bevor er mich kannte. Ich schüttele den Kopf und kann gar nicht mehr aufhören, Jo sieht mich an und schüttelt ebenfalls den Kopf, wahrscheinlich weil ich ihn unaufhörlich schüttele, und so sitzen wir da und schütteln gemeinsam unsere verlogenen Köpfe. Die Tracy-Lüge, denke ich weiter, ging sogar so weit, dass Johannes mir eine Praktikums-Stelle an einem entlegenen Provinz-Theater verschafft hat, wo er mich hinverschaffen wollte. Abschieben wollte er mich, weg in die entlegene Provinz-Stadt. Wie Tracy sollte ich die Stadt verlassen, in der er lebt, damit er weiterhin denken könnte, er liebe mich, die nicht da ist, sondern in der entlegenen Provinz sitzt, denke ich auf meinem Stuhl sitzend, Jo anstarrend, den Lügen-Verbreitenden, der sich selbst verbreitet, über den Tisch hinweg, von der Tischgesellschaft getragen. Er sitzt da, mit viel Raum für seine Arme, die von seinem Lügen-Kopf gesteuert werden und Gesten machen, er erzählt gerade dem Tisch irgendwas, beugt sich nach vorne und erzählt, und ich sehe ihn an, ihn, meine Lüge, denke ich, denn auch ich habe von Anfang bis Ende nur gelogen. Ich war nicht kalt, sondern ängstlich. Auf mitunter berechnende Weise habe ich ihm aber vorgespielt, ich sei kalt und uninteressiert, weil ich wusste, dass es zum Erfolg führt, was hier ab sofort als die feige Verschleierungstaktik bezeichnet werden soll. Wir sind ein Missverständnis, denke ich achselzuckend, nichts weiter. Ein Missverständnis, weil wir uns über unsere Lügen vollkommen missverständigt haben, ein Missverständnis, weil ich mir auf Grundlage der Johannes-PR einbildete, er wolle mich, und ich habe ihn die Johannes-PR so lange praktizieren lassen, bis ich mir ganz sicher war, dass er mich will – das alte Spiel war es, das ich aufgeführt habe, als ich auf meinem Burgturm stand, das Haar herunterließ, mir den Frauendienst ansah und die Rufe des Bewerbers zählte (auch wenn Carmen immer etwas ganz anderes behauptet hat). Tatsächlich, denke ich, rief er aber ja nicht mich an, sondern bei jemand Ausgedachtem, bei sich selbst, wie gesagt. Und auch ich habe immer nur bei mir selbst angerufen. Die feige Verschleierungstaktik und die Johannes-PR haben das verlogene Missverständnis zusammen produziert, auf dessen faulem Boden wir uns einander gegenseitig ungebremst ausdenken konnten. Eine an Geschmacklosigkeit nicht zu übertreffende Phantasterei. Ich habe mir ihn nach meinen Vorstellungen zusammengebaut, ebenso ignorant, ebenso brutal, muss ich sagen, habe ich ihn mir zusammengebaut. Nach der Patrick-Sue-Analsex-mit-Kindern-in-SS-Uniform-Katastrophe wusste das geschasste Burgfräulein nicht, wie es weitergeht. Sie legte sich nachts zwischen Menschen und wartete, dass irgendwas passiert. Dann kam der Ritter Johannes, und die Geschasste agierte als die klassische Johannes-Nachfragende: Sie guckte in das Johannes-Schaufenster und sah das Johannes-Sortiment: einen schönen Körper, der einem erfolgreichen Schauspieler gehört, auf dem ganz oben ein humorvoller, gebildeter Kopf draufsitzt, und dieser Kopf, so dachte sie, wird sie retten, dieser Kopf fährt ein Auto, in das er sie einladen und ihr sagen wird, wie es weitergeht mit ihr, mit Hilfe dieses Kopfes, dachte sie, wird sie herausfinden, wer sie werden soll, nein, neben diesem erfolgreichen Schauspieler-Kopf wird sie bereits jemand sein, und zwar die Einzige für ihn. Das ist, was sie werden wollte, so hat sie gedacht, denke ich, wie konnte sie nur so denken, frage ich mich und bin entsetzt. Eine ebenso schlechte Lüge wie die Tracy-Lüge, eine *Pretty Woman*-Lüge und somit die eindeutig peinlichere Lüge, denke ich. Unsere eingebildete, abgeguckte Liebe, das Missverständnis, denke ich. Ein Missverständnis darf kein Kind bekommen, unter keinen Umständen darf es sich an einem Kind vergreifen. Jo sieht mich an, zum ersten Mal an diesem Abend lange.

Pause.

Seine Augen fallen zu, er nimmt meine Hand, legt

seinen Kopf in meine Hand, sagt: Hasi, tut mir alles so leid, und ich sage: Ich muss dir was sagen.

Warte, noch einen Schnaps mit Reiner, und ich nicke müde, und er geht zu Reiner Schnaps trinken, und ich denke, du solltest aufstehen, augenblicklich diese schlechte Situation verlassen und dir morgen früh sofort einen Abtreibungs-Arzt suchen, das ist die einzige Möglichkeit, sonst gibt es keine, denke ich und bleibe sitzen und muss schlucken. Du heulst nicht, sage ich. Jo trinkt Schnaps und noch einen, Reiner sagt, es ist wie damals in den Zwanzigern, Tanzen am Abgrund und so weiter, Gammelscheck sagt, ja, die Parallelen sind nicht von der Hand zu weisen, darüber würde er gerne ein Buch schreiben, nur hat er leider überhaupt keine Zeit, und die Unproblematische rückt ihren Stuhl zu Jo, dem Reiner im Arm liegt, weil sein Freund nicht gekommen ist, es ist kurz vor zwölf. Armer Reiner. Die Unproblematische beteiligt sich an der Umarmung zwischen Jo und Reiner, doch in Wahrheit will sie nur Jo umarmen, denke ich und lege meine Stirn in die Hände, damit ich nichts mehr sehen muss. Ich will nichts mehr sehen. Ich sehe jetzt nur noch Menschenrümpfe, den Tisch, die weiße Tischdecke, Rotweinflecken darauf, Asche, zusammengeknüllte Servietten, Verwüstung. Meinen Kopf habe ich eben dahingehend verwüstet, dass Jo und ich nur noch *das* Missverständnis sind, denke ich wieder und starre auf den Tisch. Dann erhebe ich mich, die Köpfe drehen sich zu mir, ich besetze die Tafel und bitte für einen Augenblick um

Ihre Aufmerksamkeit. Wir machen jetzt Gruppenarbeit:

Hi. Ich bin Alkoholikerin.

Die letzten drei Tage habe ich mit nichts anderem verbracht, als dich, Johannes, zu suchen, seit ich dich kenne, tue ich nichts anderes. Als wir uns getroffen haben, habe ich die Idee vom besseren Götz in dir gesucht. Zu Ihrer Information: Götz, das ist mein Vater, es war ein Korrektur-Versuch. Glauben Sie mir, auch ich habe es nicht für möglich gehalten, dass ich auf diese Idee kommen könnte, immerhin bin ich psychologisch geschult. Es muss mir ganz einfach entgangen sein, obwohl ich, wie gesagt, darüber informiert bin, dass solche Ideen in Köpfen durchaus kursieren. Carmen, meine Mutter, muss ebenfalls von einer Götz-Idee befallen gewesen sein, und ihr habe ich deswegen immer die gemeinsten Vorwürfe gemacht. Seien Sie also bloß vorsichtig! Ich war von der Johannes-Sucht befallen, und als du, Johannes, dann immer seltener in deiner Wohnung, dem vergammelten Zahn, den ich versucht habe dir schön zu putzen, zu Hause warst, habe ich dich erst recht wie eine Besessene gesucht. Ich habe dich in deinem Bett gesucht, in Kneipen, im Theater, und wenn du neben mir gesessen hast, habe ich dich auch gesucht.

Sind Sie auch nach irgendwas süchtig?

Gut, fahren wir fort. Ich habe mich jedenfalls weiterhin an unsere Verabredung gehalten, das kann Johannes bezeugen. Unter Schmerzen habe ich versucht, mich so zu verhalten, wie ich geglaubt habe, dass du, Johannes, mich willst. Jeder darf sein, wie er ist, das war die Verabredung, wie gesagt, und deswegen habe ich versucht, dich so sein zu lassen, wie du bist, nämlich in anderen Frauen drin, zum Beispiel in der Schlampe da schräg gegenüber, die dir jetzt am Hals hängt, überall bist du, nur nicht …

Moment. Stopp, Stopp, Stopp.

Das gefällt mir nicht. Es wird gerade extrem schwul und peinlich. Herr Gammelscheck reicht mir ein besticktes Stofftaschentuch.

Entschuldigung, sage ich.

Es reicht, denke ich, wische mir die Augen trocken und hebe meine Kopf wieder auf. Das Geburtstagsessen findet unverändert statt. Wo ist mein Therapeut? Ich will mich auf Ihren blauen Stoffsessel vor Ihre Hornbrille setzen, weil ich da sehr wahrscheinlich hingehöre. Bitte nehmen Sie eine Kartierung vor! Haben Sie vielleicht ein Glas Wasser für mich? Ich bin ehrlich ein guter Patient, denn ich gestehe freiwillig und absolut uneingeschränkt, dass ich süchtig bin. Sonst würde ich hier wohl nicht sitzen, neben Jo, dem Sucht-Objekt, der sich in diesem Augenblick von der Unproblematischen massieren lässt. Ich bin süchtig, was halten Sie denn davon? Ist das jetzt ein Problem?

Jo ist übrigens auch süchtig, wir sind es aus einem Mangel an uns selbst heraus, das müssen Sie mir jetzt wirklich nicht noch mal sagen, das weiß jedes Kind, und zwar, ups, weil wir eine problematische Kindheit mit unfähigen Eltern hatten, die ihrerseits ebenfalls unfähige Eltern hatten, die ihrerseits ebenfalls unfähige Eltern hatten, die ihrerseits ebenfalls unfähige Eltern hatten, die ihrerseits ebenfalls unfähige Eltern hatten (was wir beten, was ich auswendig kenne, was ich schon in der Grundschule beigebracht bekam, bereits in der Grundschule werden einem diese Formeln zwischen die Bücher geschmissen, mit denen unaufhörlich und überall hantiert wird, weswegen ich mich so schäme, immer geschämt habe, für Jo und mich und unsere therapeutischen Gespräche habe ich mich immer geschämt, weil sie nichts bedeuten außer einem Programmpunkt, der abzuhaken ist. Das dumme, systematische, dem Programm der standesgemäßen Annäherung folgende therapeutische Umsichherumtanzen, das Intimität suggerieren soll, aber nur einen geplatzten Ballon hinterlässt, den man nie wieder vollbekommt, habe ich immer verabscheut. Man sitzt gemeinsam vor der schlaffen Ballonhaut und stochert darin herum, in der Hoffnung, irgendein spannendes Gefühl zu finden, aber man findet keins. Diese Religion ist nämlich auch am Arsch).

So, und woher nehmen Sie da mit Ihrem karierten Flanellhemd jetzt also das Recht, zu behaupten, ich muss hier sitzen? Nun gut, sagen Sie und überschlagen ihre ruhigen Beine, als Kind von schlechten Eltern fehlt einem eben etwas Bestimmtes in sich drinnen, sagen Sie weiter, was ich, nickend im Stoffsessel liegend, zur Kenntnis nehme.

Und was mache ich jetzt damit?

Sie sagen nichts, und das ist es, rufe ich, schlage mit der Faust auf Ihre Polster und zerreiße Ihre Karte. Sie schenken mir Wasser nach, und gleich ist die Zeit um. Was fehlt einem in sich drin?, frage ich, und Sie mit Ihrem Verständnis antworten: Wahrscheinlich man selbst, und das muss man dann irgendwo anders bekommen, das Selbst outsourcen sozusagen. Oh Gott, verpissen Sie sich mit Ihrem Scheißvokabular, gehen Sie ein Buch schreiben oder sonst was.

Ich habe aber abschließend noch etwas anzumerken, das ich an diesem einen Nachmittag auf dem Stoffsessel gehört habe, sage ich und erhebe vorsichtig meinen Zeigefinger: Die Liebe des Ausgesuchten ist ein Dings, das man haben will, weil es einem selbst beweist, für wen man sich halten will – vorausgesetzt, man hält nicht viel von sich, vorausgesetzt man hält einfach nichts in den Händen. Herr Gammelscheck nickt zustimmend, legt mir eine Hand auf die Schulter und sagt, er nehme sich regelmäßig eine Auszeit in Indien. Ja, sage ich, das steht bestimmt auch irgendwo noch mal in kapitalismuskritischen Büchern zum Nachlesen, sage ich, Sie müssten das doch wissen, und Reiner müsste das wissen, und die Schlampe da drüben müsste das auch wissen, ich meine, dass alle mit sich selbst schlafen und alle voreinander wegrennen und einen einfach niemand für das halten will, wofür man gerne gehalten werden will, obwohl sich wirklich jeder Mühe gegeben hat, ein guter Rennwagen zu sein, und das wissen und denken auch alle, aber Denken hat in der Disziplin eben noch nie geholfen, das Denken hat ja am Ende alles kaputt gemacht und war von Anfang an das Problem. Jedenfalls geht so keine Liebesgeschichte, aber nun habe ich wenigstens diese eine Sicherheit, die Sie mir gefälligst lassen. Nun, *da ich vom Leben weiß, dass man einander nicht lieben kann. Nie wirklich*, bin ich fertig. Zack, bumm, Ende der Vorstellung.

Licht aus.

Hör jetzt auf zu heulen. Du weißt, ich kann das nicht sehen, Herr Gammelscheck guckt auch schon zum zweiten Mal komisch. Geh jetzt einfach, und morgen gleich zum Abtreibungs-Arzt.

Ich mache die Augen auf, beseitige die Tränen und stehe auf, laufe um den Tisch herum zu Johannes, der mit der Unproblematischen und Reiner zu einer widerlichen Umarmung verknotet ist. Ich gucke, er guckt, und ich sage: Ich bin schwanger. Er starrt, ich drehe mich um und laufe nach draußen, er wird dir nicht nachlaufen, denk das bloß nicht, denke ich und laufe zur S-Bahn, zu ihm, in seine Wohnung, wo ich immer noch sitze und auf ihn warte und denke, dass ich, seit ich ihn kenne und überhaupt mit nichts anderem beschäftigt bin, als zu suchen.

7 Am 5. März 2010, heute, dachte ich, nachdem es nach unendlicher, quälender Nacht hell wurde und ich in den Hals meiner Wohnung, dieser ganz egalen, rücksichtslosen, immer starrenden dummen Schachtel blicken musste, heute, dachte ich also immer wieder, als ich regungslos mit offenen Augen dalag und zu den weißen Wänden sah, ja, dachte ich: Ich, gestorben am 5. März 2010, so machen wir es, das ist die beste Lösung, sich ganz einfach umzubringen, es zu beenden, das ist für mich die beste, die konsequenteste, die einleuchtendste und vor allem die einzige Lösung, so dachte ich und denke ich noch immer, während ich durch die Straßen dieser mir durch und durch unerträglichen Stadt laufe. Keinen Tag länger will ich diese Stadt sehen, will ich hören, was ich über sie denke, was ich über sie zu denken gezwungen bin, was ich überhaupt denke, will ich keinen Tag länger mehr hören müssen, weswegen ich nun also laufe, um zu meinem Ziel zu kommen, einem Hochhaus, das Jo mir mal gezeigt hat. Da gibt es ein Dach, ich weiß, wie man hochkommt, da springe ich runter auf den Beton, und zwar, weil ich es für die beste Lösung halte, so dachte ich auch, während ich mich anzog, meine Haare zusam-

menband, einen Kaffee trank, den Mülleimer leerte, den Aschenbecher auswusch und meiner Orchidee Wasser gab. Ich dachte ganz ruhig, es ist tatsächlich die beste Lösung, ich denke es auch jetzt und bin durch die Stadt laufend von der Richtigkeit meines Vorhabens immer überzeugter: Die beste Lösung ist, sich umzubringen, und dafür gibt es Gründe. Kurz hatte ich den Wunsch, mit Jo zu sprechen, nur um ihn noch einmal zu hören, nicht um ihm von meiner Absicht zu erzählen, nein, nur um noch einmal mit ihm geredet zu haben, aber wir reden überhaupt nicht mehr miteinander, ich hätte ihn nicht erreichen können, und abgesehen davon hätte ich auch nicht gewusst, was ich sagen soll, und deswegen ging ich los. Ich lief, ich laufe durch die Straßen, durch die sich immer wiederholenden Straßenfluchten, die Fassaden, Stein und ausschließlich Stein, zwischen den man gestellt ist, alleine steht man dazwischen, entsetzlich, denke ich und höre den Lärm, es ist der Lärm, der dich regelmäßig umgebracht hat, denke ich. Diese Stadt hat alles Lebendige in dir, sie hat jeden deiner Wünsche geschluckt und sorgfältig zermalmt, denke ich, diese Stadt ist eine große Wunsch-Zermalmungsanlage, und nicht nur die Wünsche betreffend ist sie das, sie kann auch ganz allgemein als gnadenlose Zermalmungsanlage bezeichnet werden, als menschenfressende. Wie ich jetzt sicher weiß, konnte es für mich nichts Schädlicheres geben als diese Stadt, denke ich und stehe zwischen Menschen, die Ampel ist tot, es stinkt. Städte sind eine der größten Scheußlichkeiten, die es auf der Welt überhaupt gibt, denke ich, von ihnen geht das größte Leid, die größte Grausamkeit und Schlechtigkeit aus, sie werden von Menschen dazu gezwungen, schlecht zu sein, und sie machen umgekehrt die Menschen schlecht. Städte waren schon immer der Untergang. Ich verstehe nicht, denke ich, durch die von mir zutiefst gehasste Stadt laufend, wie der Mensch so vollkommen irrsinnig und gegen sich selbst sein kann, dass er immerzu in Städten leben will, die natürlich schlecht sind, weil sie auf viel zu engem Raum Menschen zusammensperren, die sich auf diesem bis in den letzten Winkel überbesetzten Raum gegenseitig mit ihrer Anwesenheit quälen, und es ist in meinen Augen der größte Irrsinn, einen Großteil der Lebenszeit dafür aufzuwenden, das Leben in dem überbesetzten Raum zu erwirtschaften, dafür zu arbeiten, dafür sich totzumachen, den überbesetzten Raum, die Häuser, die Batterie-Häuser ja eigentlich, bewohnen zu dürfen. Das einbetonierte, das eingemauerte, das standardisierte Leben, das Leben ohne Unterschied, so habe ich es gesehen und immer gehasst. Wie entfernt, wie irrsinnig muss man sein, habe ich mich durch die Stadt laufend immer gefragt und frage ich mich auch jetzt. Niemand muss sich über das Elend in den Städten auch nur eine Sekunde wundern, und ich halte alle Menschen, die wieder und wieder erklären, als welches Glück sie es empfinden, in einem mehrstöckigen Wohnhaus eingesperrt zu sein, das neben ihnen noch Hunderte anderer Menschen in sich einsperrt, deren

Geräusche, deren Gerüche, deren Wollen in diesem Haus zusammengesperrt sind – ich halte all diese Menschen, die hier von einem Glück reden, ausnahmslos für Dummköpfe, so ist es, so habe ich es tausend Mal gedacht, wenn ich meine Wege durch die Stadt zu machen hatte, wie auch jetzt, zum letzten Mal, wie ich denke, stehen bleibe, einer Baustelle zugucke und die Menschen gehen sehe. Jeder will irgendwas, man geht in Geschäfte und bezahlt, und das ist, was man im Wesentlichen zu tun und zu erwarten hat, denke ich und bewege meine Füße weiter. Diese Stadt, denke ich, wird an bestimmten Stellen von besonders großen Dummköpfen bevölkert, die dir sagen: Hier ist das Paradies, das vielseitige, das inspirierende Stadtparadies, dabei war es in Wahrheit immer nur die stumpfe Stadt-Hölle, zu der sie von den Dummköpfen zu einem wesentlichen Teil verunstaltet wurde. Die Dummköpfe, zu denen auch ich mich zähle, kamen, ihre langweilige Herkunft verneinend, von ihren Kleinstädten und Dörfern, weil sie aus ihrer eigenen Langweiligkeit in die Vielseitigkeit der Stadt flüchten wollten, und als sie da waren, haben sie sie in ihrer Eigenschaft als im Grunde langweilige Dummköpfe zu dem gemacht, was sie von zu Hause kannten. Die Dummköpfe haben Stadtteile besetzt und sie zu geruchlosen, vollkommen geschmacklosen Stadtteil-Kulissen umgebaut. Sie haben sie als solche missbraucht, sie haben ihre Langweiligkeit von hier nach da verpflanzt und zu diesem Zweck die Häuser schön angemalt, ihnen zudem Cafés und Geschäfte untergeschoben, wie sie sie von zu Hause kannten, ja sie haben alles getan, um der Stadt ihre eigentlich verneinte Identität unterzumischen. Jeden, der nicht in ihre Stadtteil-Kulisse passt, weil er zu stark nach etwas anderem riecht, sperren sie aus, und dann bilden sie sich in ihrer schönen Kulisse sitzend ein, sie lebten ein vielseitiges Großstadtleben, das in Wahrheit nur ein provinzielles ist, welches sich ausschließlich für sich und den eigenen Aufstieg interessiert, etwas anderes scheint in den Dummköpfen nicht denkbar zu sein. Die wohlständigen Dummköpfe sperren die anderen aus, lesen dann in der Zeitung über deren Ausgesperrtsein und bedauern dies, in einer von den Dummköpfen errichteten bonbonfarbenen Café-Kulisse sitzend, und deswegen habe ich die Gesellschaft der Dummköpfe, zu der ich von Hause aus gehöre, immer als das stehende, das Bewegung verunmöglichende, das große Planschbecken der Dummköpfe betrachtet, das es ist und in dem ich es nicht ertrage, mich weiterhin aufzuhalten. Den anderen gefällt ihr Planschbecken, tagein, tagaus planschen sie darin und sind glücklich, du bist unglücklich, du verstehst es nicht, zu planschen, dir gefällt das Planschbecken nicht, du hasst es, du bekommst Tötungsphantasien und Selbstmordwünsche, und insofern ist es einmal mehr die beste Lösung, sich umzubringen. Die einzige mir verbliebene Möglichkeit der Entspannung war immer der Gedanke an einen Selbstmord. Hätte ich die Möglichkeit der Selbstmordgedanken nicht gehabt, ich wäre längst tot, denke ich und laufe weiter um das Planschbecken herum. Natürlich ist mein Entschluss nicht ausschließlich durch das von mir gehasste Planschbecken der Dummköpfe motiviert, das ist nur einer von vielen Gründen, denke ich und laufe durch die angemalten, die porenverklebten Häuserfassaden, hinter denen sich die verneinten Kleinstadt-Dorf-Identitäten unentwegt fortpflanzen, was sich meinem Verständnis völlig entzieht. Ich habe mein Denken das Planschbecken betreffend immer unerträglich gefunden, muss ich sagen, du bist faschistoid, du betreibst innerlich eine gnadenlose Verfolgung der kleinstädtischen Dummköpfe und hast nicht mal einen besseren Vorschlag, schrecklich, habe ich gedacht, aber ich habe den Verneinte-Kleinstadt-Dorf-Identitäten-Sammelstellen-Charakter nur aus dem Grund so unerträglich gefunden, weil es ein vollkommen leeres, unwirkliches Gefühl war, das er verbreitete, nämlich ein Nichts, vor dem ich mich fürchten musste, ja, am allermeisten habe ich mich immer vor diesem Nichts gefürchtet. Ich dachte, die Häuser sind die aufgestellten, die angemalten, die ausgedachten Fassaden, und dahinter wohnen die ständig wechselnden, aber immer gleichen Dummköpfe, die alles dafür tun, ihren verkappten Kleinfamilienkleinstadtwahnsinn an Ort und Stelle zu installieren. Sie fertigen somit eine widerwärtige, geschichtslose Blase ohne Geschmack und Wirklichkeit, und in dieser Blase ist alles taub, in dieser Blase wirst du wahnsinnig, habe ich gedacht, und so war es. Es war immer die geruchlose, geschmacklose

Blase, die mich verrückt gemacht hat, und weniger das Planschbecken der Dummköpfe, denke ich jetzt, vorrangig war es wohl die Blase, aber das ist nicht der einzige Grund, aus dem ich immer wieder um meinen Verstand fürchten und ihn mir mit Mühe erhalten musste, es ist nur einer von vielen, denke ich und laufe durch eine eckige Flucht: links ein Steinstrich, auf dem Boden ein Steinstrich, rechts ein Steinstrich, darin zerfällt mir die Straße, das addiert ergibt die Straße, den fliehenden Schacht, das Gefängnis, die Mauern, welche du erschießen willst, schon tausendfach erschießen wolltest, denke ich, immer noch der Überzeugung, dass es die beste Lösung ist, sich umzubringen, wie gesagt. Es ist eine Gewalttat, denke ich, Kinder in diese eckige Fluchten-Welt zu setzen, unzumutbar, eine Frechheit tatsächlich, zu denken, in dieser eckigen, dieser verkehrten Fluchten-Welt, in diesem kantigen Symmetrie-Wahn könnte auch nur ein gesunder Kopf wachsen, ohne vollkommen kantig zu werden. Die Kanten-Welt deformiert den Menschen die Köpfe, so auch deinen, denke ich, denn dein Kopf war zeitweise ja entschlossen, dieser Welt ein Kind hinzuzufügen, so hast du gedacht, das muss man sich mal vorstellen, und es ist nicht nur die unerträgliche Kanten-Welt betreffend ein Wahnsinn – einen Wahnwitz muss man es treffender nennen –, es ist in jeder Hinsicht einer, und insofern kann ich Jo nur danken, dass er sich, unmittelbar nachdem er von meinem schwangeren Bauch erfuhr, nach Italien abgesetzt hat und bis auf weiteres nichts mehr von sich hören ließ. Ich bin dankbar, es ist mein Ernst. Ich danke seinem drogenabhängigen und verantwortungslosen Charakter, so offensichtlich drogenabhängig und verantwortungslos zu sein, dass ich gar nicht anders konnte, als hinzusehen, mich also gegen das Kind zu entscheiden, das, so denke ich durch die Straßenflucht gehend, andernfalls in dieser erbarmungslosen, mir völlig irrsinnig erscheinenden Kantenwelt groß werden müsste, noch dazu in einem Planschbecken und viel schlimmer: als Kind zweier gefährlicher Elternteile. Zwei Elternteile, die man einem Kind nicht zumuten darf, davon bin ich überzeugt, ebenso wie von meinem Vorsatz, der der beste und der konsequenteste ist, denke ich. Das Sichfortpflanzenwollen ist mir an sich absolut unbegreiflich geworden, denke ich wieder, man kann dem durch die Fortpflanzung entstandenen Kind das Leben nicht antun, man kann es nicht egoistisch und eigenmächtig zum Leben zwingen, man kann ihm das Leben nicht aufdrängen, nur damit das eigene besser wird. Das durch mein Sinnbewältigungsproblem entstandene Kind bekäme mein Sinnbewältigungsproblem ja von mir mit der Geburt quasi augenblicklich in den Kopf geschmissen. Wie bei einem Staffellauf hätte es sofort den Sinnbewältigungsproblem-Stab in der Hand, stellvertretend für mich würde es ihn übernehmen, während ich, vom Denken geheilt, am Rand stehen und es anfeuern würde, und dann müsste das neue Kind durch den ganzen eckigen Mist rennen, welchen ich bis zu diesem Tag hinter mich gebracht habe, mit dem von mir übergebenen Sinnbewältigungsproblem-Stab in der Hand liefe das neue Kind, bis es das Problem erkennen und sich ebenfalls fortpflanzen gehen würde, bis es also den Sinnbewältigungsproblem-Stab dem nächsten Kind auf rücksichtslose Weise in den Kopf schmeißen würde etc., und das, denke ich, ist ebenso lächerlich und albern wie Zähneputzen oder das tägliche Ausdembettsteigen – die Menschheit, denke ich, eine große Sinnbewältigungsproblem-Stafette, eine für nichts und wieder nichts.

Ich gucke an den Häuserfassaden hoch, Haus an Haus an Haus, Stockwerk auf Stockwerk auf Stockwerk. Bis unter die Dächer sind die Häuser mit menschlichem Sein und Wollen vollgestopft, denke ich, und so sind auch die Straßen. Vollgestopft mit Wollen und Richtung, die einander immer abstoßen und nur Schwerverletzte zurücklassen. Es gibt zu viel Wollen und zu wenig Platz dafür, und die Zueinandergestopften wollen alle das Gleiche, nämlich größer sein als die, mit denen sie sich absichtlich zusammengestopft haben. Die Zueinandergestopften werden dadurch hektisch, sie werden krank und haben nur noch Ersatzblut in ihren Körpern, und sie werden immer lauter, lauter als ihr Nachbar, und deswegen geht von den Zueinandergestopften ein nie endendes Geschrei aus. Offiziell nennen die Zueinandergestopften die Vollgestopftheit aber, wie gesagt, inspirierend und vielseitig, dabei ist sie eine alles zerquetschende, also tödliche, eine mörderische Vollgestopftheit, ja die Vollgestopftheit ist nichts anderes als eine unmenschliche, unter deren Last jeder denkende Mensch nur wahnsinnig werden kann und wegen der man letztlich zu dem Ergebnis kommen muss, dass es einfach die beste Lösung ist, zumindest ich komme zu diesem Ergebnis, zumindest ich ertrage diese Vollgestopftheit nicht mehr. Du müsstest die Stadt verlassen, habe ich deswegen, durch die Stadt laufend oder in meiner Wohnung mich aufhaltend, oft gedacht, aber da war ich längst von ihr niedergedrückt, unfähig, mich zu bewegen, zu schwach, und hätte ich mich bewegen können, ich hätte nicht gewusst, wo ich hingehen soll, jeder mir aus meinem bisherigen Leben bekannte Ort war in meiner Vorstellung vergittert, blasenhaft, taub, nicht auszuhalten, ausweglos, also gleich. Mit keinem dieser mir bekannten Orte habe ich irgendetwas zu tun, wie auch Götz und Carmen mit keinem Ort, an dem sie gelebt haben, jemals etwas zu tun hatten, dachte ich oft, durch die Stadt laufend. Ich dachte, Carmen und Götz haben von ihren umgetopften Königsberger-Flüchtlings-Eltern, ohne es zu wissen, die Umtopfungs-Mentalität übernommen und wurden so selbst Meister im Umtopfen. Die abgeschnittenen Wurzeln haben sie verstümmelt und letztlich völlig taub und schmerzfrei gegenüber dem an sich schmerzhaften Umtopfen gemacht. Ununterbrochen haben sie sich und mich in die absurdesten Orte umgetopft, von Götz' Karriere diktiert, quer durch das ganze Land, und wir sind immer in den abwegigsten Ortschaften und den perversesten Kleinstädten gelandet, die in meiner Erinnerung alle gleich gehen: Straße, Bäcker, Super-Markt, hoffentlich Videothek. Straße, Bäcker, Super-Markt, hoffentlich Videothek. Straße, Bäcker, Super-Markt, hoffentlich Videothek. Die abwegigen Ortschaften und die perversen Kleinstädte, denke ich jetzt, kann ich rückblickend nur durch Bäcker-Kettennamen und Supermarkt-Kettennamen identifizieren, sonst war alles gleich, bis zuletzt war es so, auch in dem letzten Dorf, welches wir bewohnten: Straße, Bäcker, Super-Markt und glücklicherweise Videothek, Video-Express mit blauer Schrift, grauem Teppich und Neon-Licht, wo ich tatsächlich fünfeinhalb Jahre ein und aus ging, nie ging ich so lange irgendwo ein und aus, denke ich durch die Stadt laufend, in welche ich mich nach Ablauf der fünfeinhalb Jahre umgetopft hatte und die, so denke ich, mein Gefängnis wurde, aus dem ich nicht rauskam und nie rauskommen würde, so fühlte ich. Du bist in das vollgestopfte Gefängnis einbetoniert, in die gleichgültigen Häuser, die die Schluchten machen, die kilometerlangen, aufgerissenen Mäuler, die dich immer angeschrien haben, in dieses Umfeld hast du dich freiwillig einbetonieren lassen, muss man sagen, du warst ja anfangs sogar ganz vernarrt in den Gedanken, dich hier einbetonieren zu lassen. Ich laufe weiter, es ist noch ein Stück bis zu dem Hochhaus, das Stück, der Weg bis dorthin ekelt mich, alles ekelt mich. Sehe ich einen Bürgersteig, fange ich sofort an, mich zu ekeln, liegt vor mir eine Straßenkreuzung, wird mir schlecht, starrt mich eine Ampel mit ihrer rot-grünen Egalheit an, dreht sich mir sofort der Magen um. Aber ich laufe. Niemals würde ich jetzt ein öffentliches Verkehrsmittel aushalten, denn öffentliche Verkehrsmittel sind das deprimierendste Ereignis von Gesellschaft, das ich mir überhaupt vorstellen kann. Wenn man die öffentlichen Verkehrsmittel dieser Stadt »nutzt«, muss man unweigerlich zu dem Ergebnis kommen, die Menschheit, die darin fährt, sei tot, abgestorben, die öffentlichen Verkehrsmittel töten die Menschheit, denke ich, die öffentlichen Verkehrsmittel sind ein groß angelegtes Tötungsprojekt. Es ist eine aufgereihte, abgestorbene Menschheit, die sich vor sich schützt, indem sie sich mit Kopfhörern voneinander wegstöpselt und Zeitung liest, um das schreckliche, das tödliche Drumherum nicht ertragen zu müssen. Die anderen, dachte ich oft, ertragen die Schrecklichkeit der öffentlichen Verkehrsmittel offenbar problemlos, du erträgst sie nicht, mit großer Wahrscheinlichkeit machst du also etwas falsch, mit großer Wahrscheinlichkeit bist du hier falsch, dachte ich dann. Ich biege in eine Allee ein, grauenhaft, vierspurig, mit Bäumen in der Mitte, noch kahl, aber erste Knospen sieht man schon, weite Bürgersteige, an den Seiten puppenhausartig bemalte Riesengebäude, sogenannte historische Gebäude, die Einschüchterungs-Gebäude, wie ich sie immer nannte, denn ihre einzige Absicht ist die, Menschen kleiner zu machen, ja, die Einschüchterungs-Gebäude wollen nichts anderes als groß sein, das ist ihr einziges primitives Ziel. Wieder denke ich, dass es für mich nichts Schädlicheres geben konnte als diese Stadt. Diese Stadt ist die allerscheußlichste von allen, von dieser Stadt ging das größte Elend der Welt aus, hier wohnen zu wollen ist im Grunde nur ein Zeichen von Ignoranz und Irrsinn, denke ich, denn von dieser Stadt aus wurde die ganze Welt auf den Kopf gestellt und zerstört, hier kann man nicht wohnen, denke ich und gehe über einen Platz, einen Einschüchterungs-Platz, der von Einschüchterungs-Fassaden umzingelt wird. Gehst du über den Einschüchterungs-Platz, denke ich, machst du gegenüber den Fassaden die lächerlichste Figur, versuchst du dich seiner Höhe und Weite gegenüberzustellen, bist du nur noch ein kleines Nichts, und dieses Nichts, denke ich, wird von der im Grunde unbewohnbaren Stadt weggeweht und letztlich vernichtet. In dieser Stadt kann man einfach nicht wohnen, denke ich wieder, dabei, denke ich an den hübsch hergerichteten historischen Gebäude-Fassaden vorbeilaufend, ist die immer fühlbare Atmung der schrecklichen Geschichte eine falsche, in die Irre führende, eine im doppelten Sinne schreckliche, denn der Atem ist ein durch und durch künstlicher, ein nationalsozialistisches Eau de Toilette, kann man sagen. Die zur nationalsozialistischen Popkultur verkommene Geschichte, als welche sie dir von dem Zeitpunkt an, in dem du zur Welt gekommen bist, in den Kindergarten kamst, zur Schule gingst etc. aus Angst ohne die kleinste Unterbrechung von morgens bis abends vorgespielt wurde, diese nationalsozialistische Popkultur ist es, die dich in Wahrheit anatmet, weswegen diese scheußlichste aller Städte nunmehr als ein nationalsozialistisches Disney-Land zu bezeichnen ist. Jahr für Jahr stellen sich die immer gleichen Schauspieler in die Kulisse des nationalsozialistischen Disney-Lands, um die nationalsozialistische Katastrophe ein weiteres Mal zu Aufführung zu bringen, um das nationalsozialistische Pop-Karussell am Laufen zu halten. Denkst du also, der Baum atmet dich als nationalsozialistischer an, denkst du falsch, denn tatsächlich atmet er dich als nationalsozialistischer Kulissen-Baum an, und du siehst in diesem Moment in deinem Kopf Filme und Bilder von Stars, die den Nationalsozialismus nachspielen; denkst du, das Haus atmet dich als ein im Nationalsozialismus schon dagestandenes an, dann atmet es dich tatsächlich als nationalsozialistisches Fassaden-Haus an, in das du einen der Nazi-Stars im Fernsehen schon mal hast rein- und rauslaufen sehen etc., was im Grunde die unerträglichste aller weltweit vorhandenen Unverschämtheiten ist. Die Bilder der nationalsozialistischen Popkultur, denke ich, legen sich auf die Stadt drauf, und darunter siehst du nichts mehr, und das ist es, was dich denken lässt, die Stadt sei unwirklich, unecht, von Anfang bis Ende nur fotografiert, denke ich. Ist ein Ort ausnahmsweise mal kein vom nationalsozialistischen Eau de Toilette imprägnierter, so ist es eben die andere Diktatur, wonach er stinkt, bzw. das, was man sagt, wie die andere Diktatur angeblich gestunken habe, und deswegen denkst du, diese Stadt sei unecht, deswegen macht sie dir taube

Gefühle, die du nicht mehr haben willst. Andere lieben die imprägnierte, die unmögliche Stadt, du hasst sie, und deswegen ist es für dich die beste Lösung, die konsequenteste, denke ich und laufe an der Universität vorbei, dem brutalsten aller Einschüchterungs-Gebäude, wie ich immer fand, wenn ich es zu betreten hatte. Nachdem Jo weg war, nach der Abtreibung, der furchtbaren, habe ich dieses Einschüchterungs-Gebäude regelmäßig aufgesucht, davor verbrachte ich einige Monate damit, erstens die Wände meiner neuen Wohnung anzustarren, zweitens zu denken, ich werde verrückt, bzw. mir Möglichkeiten zu überlegen, wie ich mich umbringen könnte, und drittens mir dabei zuzusehen, wie ich immer dünner wurde, denn es ging nicht: Essen, leben, sich erhalten, weitermachen ging nicht. Essen ekelte mich, also aß ich nichts und begann mich damit zu beschäftigen, nichts mehr zu essen. Es ging ganz leicht, es wurde gewissermaßen zu meinem neuen Leistungssport, denn irgendetwas muss man doch leisten, dachte ich, und es war gerade sonst nichts da, also konzentrierte ich mich darauf. Ich fand es nicht sehr originell, essgestört zu werden, das störte mich tatsächlich, aber man braucht irgendein Geländer, irgendetwas, das einem sagt, was man ist, und deswegen aß ich nichts oder nur sehr wenig, und die anderen waren dagegen die Essenden, die Lebensbejaher, das ging, dadurch ging es mir schnell besser, der schnellen Erfolge wegen, und es war das Nichtessen, was mir letztlich die Universität ermöglicht hat, denn an einem Nachmittag, den ich zwischen meinen weißen Wohnungswänden verbracht hatte, beschloss ich, einfach mit meinem neuen Körper rauszugehen, ich wollte raus, in die Sonne, was ich sonst gar nicht mehr gewollt hatte, und draußen beschloss ich dann, mich wieder einmal bei der Universität, dem Einschüchterungs-Gebäude, vor dem ich gerade stehe, zu bewerben. Ich wurde genommen, ich war die Dankbarste, Wintersemester, Philosophie und Literaturwissenschaft, bis dahin waren es noch ein, zwei Monate, und diese zwei Monate verbrachte ich damit, erstens meine Ernährung zu überwachen, zweitens manchmal zu denken, ich werde verrückt, aber lange nicht mehr so oft wie am Anfang, bzw. mir Selbstmordmöglichkeiten zu überlegen, aber auch nicht mehr so oft, und drittens Jo zu suchen, und wenn der nicht da war, schlief ich eben mit jemand anderem, manchmal schlief ich auch mit Jo, den ich zurückhaben wollte. Ich wollte, aber er wollte nicht, er wollte nicht mit mir reden, das zu tun hat er sich immer geweigert, nur nachts, betrunken, wollte er mich sehen, und dann ging es nicht ums Reden, sondern um auswendig gelernte Sexualität, die mit ihm genauso auswendig gelernt und langweilig war wie mit den anderen, die mir egal waren, aber irgendetwas, egal was, wollte ich von ihm haben, also nahm ich das, und danach war es vorgeschrieben, dass keiner keinen anruft, bis irgendeiner nachts nach ein paar Wochen sich wieder meldet oder wir uns zufällig irgendwo treffen, es war langweilig, kalt, wir beleidigten uns, aber selbst das, ohne uns richtig Mühe zu geben, egal, ich suchte ihn weiter, warum, habe ich nicht verstanden, nie, aber egal. Ich suchte, manchmal fand ich ihn, nie redeten wir. Es war, als hätte es uns nicht gegeben, es war, als hätte ich es mir ausgedacht, und deswegen ist es für mich die beste, die einzige, die von mir gewollte Lösung, nicht mehr zu leben, weil es war, als hätte ich es mir ausgedacht, alles war, als hätte ich es mir ausgedacht, und das machte mich wahnsinnig, und dann fing das Studium in dem Einschüchterungs-Gebäude an, in dem ich die Wahnsinnigkeit überhaupt erst zur Perfektion auszubilden gelernt habe.

Am ersten Tag stieg ich die Stufen hoch, die Stufen, die viel zu hoch waren, wie ich mich noch sehr genau erinnere, und ich erinnere mich an weitere unzählige Male, die ich diese Stufen hochzusteigen hatte. Diese viel zu hohen Stufen des menschenverkleinernden, großmäuligen Einschüchterungs-Gebäudes sind von dem zuständigen Architekten seinerzeit absichtlich so angelegt worden, dachte ich, als ich sie das erste Mal hochsteigen musste, auf der Suche nach dem Seminarraum, in der Hand einen Zettel, auf dem die Seminarraum-Nummer draufstand, erinnere ich mich jetzt, vor dem Einschüchterungs-Gebäude stehend. Der Architekt, so konnte ich damals nicht aufhören zu denken, wollte dem Menschen, der seine Stufen hochgeht, Einschüchterungs-Stufe für Einschüchterungs-Stufe, klarmachen, dass er klein und schwach ist. Der Architekt trieb mich zur Weißglut, der Architekt hat das extra gemacht, dachte ich wieder, eine viel zu hohe Einschüchterungs-Stufe bezwingend, er wurde vermutlich sogar von seinem König damit beauftragt, ja, der König hat dem Architekten befohlen, die Stufen zu hoch zu bauen, damit die Menschen, die seinen Horror-Palast begehen, wissen, dass sie selbst ganz weit davon entfernt sind, König zu sein, und nicht auf übergeschnappte Ideen kommen. Der Architekt muss von der Königs-Idee, ein Angst-, ein Macht-, ein Angeber-Gebäude zu bauen, vollkommen durchdrungen gewesen sein, ja, dachte ich, der Architekt wird sich hingesetzt und sich überlegt haben, wie mache ich den Menschen die größtmögliche Angst, dachte ich, als ich meterdicken Wände, die haushohen Decken und die nicht endenden Einschüchterungs-Stufen vor mir sah, an diesem ersten Tag immer noch auf der Suche nach dem Seminarraum, wie ich mich jetzt erinnere. Ich verirrte mich und stieg Treppen, die nur von einem Verrückten, völlig Besessenen konstruiert worden sein können, wie ich immer wieder dachte, während ich unzählige gleiche Treppen oder immer dieselbe Treppe hochkletterte. Dieses Gebäude willst du sofort sprengen, dieses Gebäude ist ein Übergriff, dachte ich, denn der König und der Architekt nötigen dich bis zum heutigen Tag aus ihren Gräbern heraus, ihre viel zu hohen Stufen hochzugehen, sie nötigen dich bis zum heutigen Tag aus ihrem Grab heraus, Angst zu haben. Nachdem ich die Stufen besiegt hatte, stand ich in einem langen Gang, auf dem die Nummer liegen musste, die ich suchte. Die

Treppen-Besteigung hatte viel Zeit in Anspruch genommen, mehr, als ich eingeplant hatte, und ich musste mich beeilen. Ich lief den Gang hoch, verfolgte die Zimmernummern, die immer größer wurden, und als ich dachte, jetzt kommt deine, wechselte plötzlich die Zimmernummern-Zählweise auf vollkommen irrsinnige Weise, wofür ich sofort die Universitäts-Betreiber verantwortlich machte, ich dachte, dass es ihre Absicht sein muss, den Menschen, der auf ihren Gängen Zimmer sucht, völlig wahnsinnig und letztlich zusammenfaltbar zu machen, das ist ihre Absicht, es kann nur im Sinne der Universitäts-Betreiber sein, dachte ich, obwohl ich mir vorgenommen hatte, ihnen gegenüber positiv eingestellt zu sein, denn sie sollten es schließlich sein, die mich aus meiner Wohnung rausholen, die Universität sollte mich rausholen, an ihr wollte ich mich hochziehen und hinstellen, als irgendetwas dastehen, das ich rumzeigen kann. Kluge Menschen hatte ich vor in der Universität zu treffen. Meine Absicht war es von Anfang an gewesen, ein gutes Verhältnis zu der Universität aufzubauen, aber es wurde durch das Treppensteigen ein von Beginn an gestörtes.

Ich lief den Gang hoch und runter, ich guckte auf den Zettel mit der Nummer darauf, immer wieder tat ich das, den Architekten, den König verfluchend und immer stärker an meiner eigenen Fähigkeit zweifelnd, Zimmernummern in Gebäuden zu finden, und ich dachte, wenn du nicht in der Lage bist, selbständig eine Zimmernummer in einem Gebäude zu finden, wirst du es insgesamt nicht weit bringen können, und ich wollte mich schon da unter den Linoleum-Boden legen und nicht mehr aufstehen, aber ich suchte weiter, denn ich war schon zu spät, wie ich mich jetzt erinnere, kopfschüttelnd vor dem Einschüchterungs-Gebäude stehend und inzwischen mehr lachend, hysterisch stehe ich da und lache. Ich stand also ratlos auf dem Gang und dachte, du musst in einen nächsten gehen, du musst irgendjemand finden, der dir sagen kann, wo du diese komische Zimmernummer in dem Einschüchterungs-Gebäude, dem totalitären, wie ich da schon denken musste, finden kannst. Ich lief, und es kam tatsächlich irgendeiner, und er sagte, ich müsse da lang. Es war ein Flüsternder, ein Verhuschter, ein Bestrafter, dessen Worte dem totalitären Einschüchterungs-Flur gegenüber wie eine Unverschämtheit klangen, trotzdem es geflüsterte waren, so dachte ich, als ich seinem Rat folgte. Ich stand dann in einem langen, menschenleeren Gang, an dessen Wänden berühmte Menschenköpfe montiert waren. Köpfe, die das Größte geleistet haben und die auf denjenigen, der durch den Gang geht, streng herabsehen, und ich dachte, du hast es hier ganz offensichtlich mit einem organisierten Einschüchterungs-Verband zu tun, anders ist diese Kopf-Galerie überhaupt nicht deutbar. Dem Hindurchlaufenden bleibt ja nichts anderes übrig, als immerzu nur aufzuschauen, hoch zu der Galerie der großen Köpfe, die ihm zu bewundern befohlen wird. Ich rannte los, so, wie es mir der Flüsternde gesagt hatte, ich stand wieder in einem Flur, auch da war die Zimmernummer nicht, nur eine Frau, die ich fragen wollte, aber sie rannte vor mir weg. Ich war zu spät, und dann beschloss ich, die Einschüchterungs-Treppen wieder zurückzulegen, in der Hoffnung, in der Eingangshalle befinde sich ein Pförtner. Ich kletterte die Einschüchterungs-Stufen herunter. Unten, hinter der Treppe versteckt, fand ich tatsächlich einen Kasten mit einem Fenster, hinter dem ein graugelber Mann rauchend und zeitunglesend schlief. Ich klopfte an seine Scheibe. Hallo, rief ich durch in einem Kreis angeordnete Sprechlöcher, und der Pförtner schlug seine faltigen Augen auf. Seit Jahrhunderten sitzt er da schon, dachte ich und zeigte ihm meinen Zettel mit dem Seminarraum, woraufhin er seine Brille nahm, auf den Zettel sah, mich ansah und dann nur mit dem Kopf schüttelte. Er sah wieder zu seiner Zeitung und nahm sich eine neue Zigarette, ich wurde wütend. Dieser Mann, versuchte ich mich aber sofort zu beruhigen, ist ein von dem Einschüchterungs-Gebäude Kleingekriegter, davon darfst du dich nicht kleinkriegen lassen, dachte ich und klopfte noch mal an die Scheibe. Wo der Raum sei, fragte ich, wisse er nicht, gebe es hier nicht, sagte er, und ich fiel in Ohnmacht, wo ich auf dem Boden liegend eine Schachtel Zigaretten rauchte und dann nach Hause, zurück in meine Wohnung ging. So war es am ersten Tag, und deswegen war mein Verhältnis zu der Universität, zu dem Universitätsgebäude, um genau zu sein, wie gesagt, von Anfang an ein gestörtes, und diese Gestörtheit weitete sich auch auf den Universitätsbetrieb an sich aus. Der totalitäre, der organisierte Einschüchterungs-Verband, wie ich den Universitäts-Komplex eigentlich ab dem ersten Tag nur noch nannte, bestätigte mich in den folgenden Monaten immer wieder in der Richtigkeit meiner Annahme. In seiner Eigenschaft als organisierter Einschüchterungs-Verband hatte er in sich unzählige übereinanderliegende Gänge, die sich alle gleich waren. Einzig der Gang mit der Kopf-Galerie bot einen Orientierungspunkt. Auf den Gängen lagen Zimmer, manche waren besetzt, andere nicht, die Frauen in den Zimmern hatten meistens die gleichen oder mindestens einander ähnelnde Brillen und/oder Strass-Applikationen auf ihren T-Shirts, sie hatten gemeine, Gemeinheit unterstellende Gesichter, und sie händigten Formulare aus, das war überhaupt die Hauptbeschäftigung innerhalb des universitären Komplexes, die Beschaffung und das Ausfüllen von Formularen, und dafür gab es ebenjene Frauen, die sie aushändigten, oder sie verwiesen an eine andere Stelle, in ein anderes Zimmer etc., und meistens warteten noch etwa vierhundert andere Menschen, Menschen, die, so dachte ich oft, ich irgendwo schon mal gesehen habe, vielleicht aber auch nicht, wie sie wahrscheinlich auch über mich dachten, und dann sah man wieder auf den Boden. Und wenn ich wartete, die Treppen hochstieg oder über die Gänge lief, musste ich immer wieder denken: Andere lieben den universitären Einschüchterungs-Komplex, sie sprechen von nichts anderem als von ihrer Bewunderung und ihrer Liebe zu den geschichtlichen Mauern, der legendären Kopf-Galerie, so hast du es sie in der Mensa oder im Seminar sagen gehört, wenn du sie belauscht hast. Ihnen macht all das keine Angst, dir hat es immer die größte Angst gemacht, du hast es immer gehasst, irgendetwas machst du also ganz falsch, dachte ich, und insofern ist für dich einmal mehr die beste Lösung, dich umzubringen, denke ich jetzt, immer noch vor dem Einschüchterungs-Gebäude stehend. Das Problem, denke ich, war aber nicht nur die niederschmetternde, verstörende Angeber-Architektur des Universitäts-Komplexes, es war neben ihr auch und vor allem, muss ich sagen, das, was in dem Universitäts-Komplex drinnen passierte, das, denke ich, hat mich vollkommen verrückt gemacht.

Das Geistesgefängnis, das mir Erstickungszustände und Beklemmungen verursachende; der stumpfste Ort in der ganzen Stadt – der Ort, an dem mir die ganze Universität auf den Kopf gefallen ist, nur knapp konnte ich noch rechtzeitig verhindern, dass sie mir *in* den Kopf gefallen ist, denke ich, mich an die Seminare erinnernd, und es gab ein Seminar, das verschwiegenste und stumpfste von allen, aus dem ich schließlich ausbrach und vor der Universität für immer flüchtete. An jenem Tag saß ich in irgendeinem dem Universitäts-Komplex zugehörigen Neubau (auch dieser Architekt ein Verbrecher), der irgendwo in der Stadt stand, ich saß zwischen den anderen so genannten Studierenden in den Reihen und wartete darauf, mit einem Referat über Ernst Mach an die Reihe zu kommen. Ich saß in der Reihe, vor mir waren drei Reihen, hinter mir waren drei Reihen, die Reihen waren in einen Raum gestellt, der Raum hatte vier weiße Wände, vier gleiche Fenster, eine weiße Decke und einen schwarzen Boden, rechteckig, entsetzlich, wie ich fand, und manchmal, wenn ich so dachte, biss ich mir in den Arm. In diese Situation waren also die Reihen mit den Studierenden reingestellt, und vorne, vor der Tafel, war der Professor aufgestellt, und der Professor redete, was er am liebsten tat. Er lief auf und ab, vor seinem schweigenden Publikum sprechend, und referierte über das »Ich«, welches, wie er immer wieder betonte, in der modernen Zeit »alleine« in der Welt spazieren gehe, »ganz alleine«, sagte er und hob den Zeigefinger, um dann den Referats-Marathon, der zu absolvieren war, einzuleiten, was das Publikum schweigend zu Kenntnis nahm, wie es immer alles schweigend zu Kenntnis nahm, weswegen ich mich, wenn ich das Seminar besuchte, Mal für Mal wissentlich in den Schweige-Käfig begab, wie ich zwischen den schweigenden Reihen dachte, in denen auch ich saß, und schwieg. Die Reihen mit den schweigenden Studierenden sind die Gitter des Schweige-Käfigs, und du bist somit für die Existenz des Käfigs direkt mitverantwortlich, dachte ich in dem Seminar sitzend, du müsstest auf seine Existenz hinweisen, dachte ich, die schon hundert Mal in dem Käfig gesessen hatte und es an diesem Tag aber nicht mehr aushielt. Der Schweige-Käfig ist ein brutaler, von den Studierenden und den

Professoren gemeinsam errichteter, dachte ich. Betrittst du den Schweige-Käfig, sagt dir niemand der in den Schweigereihen Sitzenden Hallo, nein, das an sich ungefährliche Hallo-Sagen wird in dem Schweige-Käfig zur gefährlichen Handlung, es wird sich nicht getraut, und tust du es doch, giltst du sofort als oberflächlich, geschwätzig oder verrückt, und deswegen tust du es ganz sicher nicht. Die sogenannten Studierenden der Geisteswissenschaften grüßen einander also aus Prinzip nicht, kann man sagen, dachte ich. Sie sitzen in ihrer Eigenschaft als solche einzeln nebeneinanderher und pflegen jeder für sich die bedrückte, die gehemmte Stimmung; als solche verweigern sie einander das Grußwort, als solche reden sie nicht miteinander, als solche halten sie es für das größte Verbrechen, etwas Dummes zu sagen, als solche überwachen sie die Aussagen der anderen in Hinblick auf Dummheit, als solche fürchten sie ständig, selber etwas Dummes zu sagen, weswegen sie stumm dasitzen, also schweigen und gemeinsam den Schweige-Käfig errichten, allerdings in engster Zusammenarbeit mit dem Professor (sechzig Jahre, ehemals politisch Bewegter, Frisur bisschen unordentlich, und fährt wirklich einen Saab, der Idiot). Der Professor und die Studierenden der sogenannten Geisteswissenschaften sind an dem Schweige-Käfig also gemeinschaftlich beteiligt, dachte ich. Betrittst du den Schweige-Käfig der sogenannten Geisteswissenschaftler, stirbt dein Geist unter Garantie, dachte ich zwischen den Reihen sitzend, und ich dachte wieder, du müsstest etwas gegen die Existenz des Schweige-Käfigs tun, und ich suchte nach passenden Worten, wie ich mich jetzt erinnere, vor dem gefährlichen Einschüchterungs-Gebäude stehend, das die Schweige-Käfige in einer Vielzahl beherbergt. Ich dachte, du müsstest den Schweige-Käfig aufbrechen, ihn zerstören, dem Professor etwas zwischen das Schweige-Gitter schmeißen, damit er seine Rede und das fürchterliche Aufundabspazieren unterbricht, und ich sah mich um, ich sah die schweigenden Studierenden, die auf ihre Tische sahen oder an die Wand starrten, allesamt dem Eindruck nach schwerst depressiv, allesamt der Erschöpfung nahe, müde, phlegmatisch, erstarrt, dachte ich, die noch immer regungslos zwischen den Reihen saß. Der Universitäts-Komplex, dachte ich, hat auch dich zu einer dem Aussehen nach Phlegmatischen und Erstarrten gemacht, nein, ganz anders: Du *hast* einen Universitäts-Komplex, dachte ich, ein weiteres Mal mich umsehend. Der Universitäts-Komplex wurzelt in der Besessenheit von Credit Points und Modulen, sie sind es, die das Schweige-Gitter in den Seminar-Räumen aufgestellt haben. Früher sind die Studierenden unordentliche Wege gegangen und haben zu lange gebraucht, bis sie auf dem Arbeitsmarkt ankamen, jetzt sind sie auf einer universitären Rennbahn aufgestellt worden, die nur geradeaus geht, und der Rennbahn folgend sollen sie schneller auf dem Arbeitsmarkt ankommen. Der Arbeitsmarkt ist der General, der verordnet hat, die Universität in eine Rennbahn zu verwandeln. Auf der Rennbahn studiert man Karriere, auf der Rennbahn hat man keine Zeit, man rennt geradeaus, man guckt nicht zu den Seiten, man denkt in Bahnen, über die man rennt, und dabei verrennt man sich in dem Irrglauben, das Denken ginge geradeaus, man verrennt sich in dem Glauben an einen geraden Lebenslauf, und am Ende ist man entweder ein vereinfachtes Kaninchen mit Perlenohrringen, das später Depressionen bekommt, oder man hat sofort Depressionen und muss Selbstmord machen, weil einem kein gerader Lebenslauf gelungen ist, wie es eigentlich vom Arbeitsmarkt gedacht war. Willst du dir das Denken abgewöhnen, suche eine Universität auf, dachte ich, willst du Angst vor der Zukunft bekommen, geh zur Universität und schau den anderen Studierenden dabei zu, wie sie durch ihre Lebensläufe hetzen, von einem Seminar zum nächsten, von einem Jahr zum nächsten, durch die Bücher durch, in eine Zukunft, die ungewiss ist, dachte ich, die selber nur noch hetzte, und ich sah durch die schweigenden Reihen, die unter dem Neonlicht saßen und vor zum Professor sahen, der zwischen zwei Referaten seine Meinung vertrat und auf und ab spazierte, und ich dachte, willst du anständig sein, musst du etwas gegen den Schweige-Käfig tun, wie ich mich jetzt vor dem Universitäts-Komplex stehend erinnere, aber wie die anderen Studierenden, denke ich, hatte auch ich panische Angst, etwas Dummes zu sagen, nackt in dem Käfig zu stehen, und deswegen saß ich stumm da und überlegte weiter, was ich sagen könnte. Neben der durch die Universität verordneten

Zukunfts-Besessenheit ist die Angst davor, eine Dummheit zu sagen, eine weitere Ursache für den erdrückenden Schweige-Käfig, dessen Vorsteher der Professor ist, den man somit ruhig als einen der Hauptverantwortlichen bezeichnen kann. Tatsächlich, denke ich, war der Professor mühelos als der Käfig-Vorsteher zu entlarven, der er ist, wie ich mehrfach studierte: Zu Beginn des Semesters gab es noch zwei Studierende, die sich trauten, die Lehrmeinung des Professors zu hinterfragen. Der Professor erteilte ihnen das Wort, vernahm den Angriff auf seine Lehrmeinung, schob sich die Brille zur Nasenwurzel, wissend, dass ein bisschen Kritik nur im Sinne des Universitätsprofessors sein kann, und setzte dann seinen Spaziergang fort, hin zu den Worten: Ich begrüße Ihren Einwand, und es ist tatsächlich ein interessantes Problem, das Sie mit Ihrer Frage aufwerfen, so sagte er, lief einige höfliche Worte lang weiter und kehrte dann wieder zu seiner Lehrmeinung zurück, und so geschah es immer wieder, bis der Schweige-Käfig endgültig von allen als solcher akzeptiert war. Der Professor hat mich durch sein Aufundablaufen vor dem Schweige-Käfig regelmäßig wahnsinnig gemacht, denn in seinem Aufundablaufen zog er sich ganz in sich zurück, er lief seine gefasste Meinung vor den Augen der Studierenden immer wieder ab, er wurde mir mit jeder Seminarstunde immer mehr zu dem seine Meinung ablaufenden Professor: Der Professor zertrampelt die Studierenden, dachte ich, der Professor mit seiner ehemaligen politischen Bewegtheit ist in seinem Kopf schon alle Wege abgegangen und ist nun auf dem mittleren Pfad angekommen, der Professorenkopf weiß, den Studierenden bleibt auch kein anderer Weg, also brauchen sie gar nicht erst Umwege zu nehmen. Der Professorenkopf will von alldem auch überhaupt nichts wissen, dachte ich. Er kennt die Wege, er weiß, wo man am Ende geistig rauskommt, und deswegen sind andere Versuche in seinen Augen nur vergebliche, aussichtslose, lächerliche, und dieser Glaube beschreibt den gesamten Seminargeschmack dieser so genannten Geisteswissenschaften, weswegen die Studierenden, die nichts anderes zu essen bekommen, gar nichts mehr zu denken versuchen. Der Professorenkopf ist ein von der Menschheit gelangweilter, dachte ich, deswegen läuft er seine gedachten, seine ausgetrampelten Wege ab und bezieht seine einzige kleine Freude daraus, sich dabei zuzuhören, wie er schöne Worte dafür findet, die er vor Publikum vortragen kann. Der Professorenkopf ist in Wahrheit ein eingesunkener Primelkopf, ein trauriger, lass doch den Professorenkopf zufrieden, dachte ich. Nein, dachte ich, falsch, denn die traurige Eingesunkenheit ist doch das eigentlich Gefährliche, damit und durch seine unausgesetzte Patrouille vor dem Schweige-Käfig verunstaltet er einem das Denken, dachte ich. Nichts anderes tut er, als das Schweigen aufrechtzuerhalten, man kann sogar sagen: es zu überwachen. Er überwacht das Schweigen und bewacht seine Meinung, dachte ich, und somit ist er kein geisteswissenschaftlicher, sondern ein geisteszerstörender Professor, denn in Wahrheit hat der Professor nichts anderes im Sinn als die Ausbreitung seiner Lehrmeinung vor seinem Studierenden-Publikum. Zu diesem Zweck zieht er sich eine universitäre Geistesmenschenmentalität an, er zieht sich den geistesmenschlichen Umhang an, in dessen Gewand er vor den Reihen auf und ab schreitet und signalisieren will: Ich bin der verständnisvolle, der offene, der freiheitlich denkende Professor, mir ist der Titel egal, ich bin euer Freund, ich habe früher auch gekifft etc., so ist es. Widerwärtig, dachte ich und überlegte, wie ich den Schweige-Käfig zur Sprache bringen könnte, wenn ich gleich, in wenigen Minuten, mit meinem Referat an der Reihe sein würde. Das Ich geht in der Welt spazieren, so erklärte es der Professor in diesem Moment und auch sonst ununterbrochen, weswegen ich schon mehrfach auf ihn losgehen wollte und an jenem Tag ganz besonders kurz davor war. Immer wieder sprach der Professor über den sinnlos in die Welt geworfenen Menschen, die Geworfenheit, wie er sagte, er analysierte diese Geworfenheit vor seinem schweigenden Publikum am Beispiel von Musil, Hofmannsthal etc., wieder und wieder vergriff er sich an Musil, Hofmannsthal etc., um die Entfremdung, die Vereinzelung, Sinnleere des modernen Menschen am Text beispielhaft zu machen, dabei, dachte ich und wurde in diesem Augenblick zum Vortrag meines Referats aufgerufen, dabei sitzen wir hier vereinzelt, einander fremd und sinnlos in einem Schweige-Käfig, der der Einschüchterungs-Universität angehört. Unmenschlich ist unser Nebeneinanderhersitzen, dachte ich, und es ist unter diesen Umständen das Verlogenste, das Dümmste überhaupt, ein geisteswissenschaftliches Seminar abzuhalten, wo doch die Geisteswissenschaften angeblich für den Geist, also den Menschen, sind; ja, es ist dann das Verlogenste, was ich in meinem ganzen Leben jemals habe erleben müssen, dass dieses geisteswissenschaftliche Seminar ein durchgeschwiegenes, erstickendes, ein für mich absolut geistestötendes ist, ein an sich geistesgestörtes, man kann ruhig sagen, ein geisteskrankes, so dachte ich und konnte den Professor ab diesem Moment nur noch als den geisteswissenschaftlichen Gartenzwerg sehen, der er war. Ich konnte nicht referieren, nur den Professor ansehen. Sprachlos sah ich den Professor an – für mich nur noch der, der die Literatur zum Bock und sich selbst zum Gärtner verschnitten hatte, der auf der Literatur durch seinen geistesmenschlichen Höhenflug ritt, der die Literatur dafür missbrauchte, um sich, vor dem Schweige-Käfig auf und ab laufend, Seminarstunde für Seminarstunde in sich selbst zu verlieben. Ich sah den Professor an, kopfschüttelnd, der mich ein weiteres Mal freundlich nickend dazu aufforderte, mein Referat zu beginnen, ich schüttelte weiter den Kopf, wofür er vollstes Verständnis hatte, und dann stand ich auf und verließ den Schweige-Käfig und den universitären Einschüchterungs-Komplex. Ich flüchtete, und ich ging nie wieder hin, nie mehr wollte ich mich in den beklemmenden Schweige-Käfig einsperren, bis heute, wo ich ebenfalls kopfschüttelnd vor dem Einschüchterungs-

Komplex stehe und wieder denken muss, es ist für dich ganz einfach die beste Lösung. Die beste Lösung, dachte ich. Andere verehren den professoralen Gartenzwerg, du hasst ihn, deswegen ist es die beste Lösung, denke ich auch jetzt. Du hast nichts, denke ich weiter, aus diesem Grund konnten und können dich Professorenköpfe derart zur Verzweiflung bringen, und so ist es mit allem, denke ich und laufe weiter. Es hat inzwischen angefangen zu regnen, der Asphalt glänzt schwarz, die Reifen reißen das Wasser darüber, die Menschen beeilen sich über die Einkaufsstraße zu ihren Häusern, dazwischen wird es dunkler, endlich fällt der blöden Stadt der Himmel aufs Gesicht, ein Blitz fährt nach unten, die Straßen stellen sich auf und zerbrechen, die Autos fallen runter, die Häuser legen sich hin, Menschen halten sich aneinander fest und platzen, schreien, schreien endlich. Oder jemand, der wie ich einfach genug hat, läuft mit einem Maschinengewehr in das hell erleuchtete Multiplex-Einkaufszentrum und zerschießt, was drinnen ist. Und aus den Randbezirken kommen die Schwarzhaarigen, die der 35 Jahre alten Kassiererin Michi grundlos die Silikon-Fingernägel abreißen und sie danach auf dem Warenband vergewaltigen. Der Schweige-Professor, gerade mit den Wochenendeinkäufen beschäftigt und an der Käsetheke stehend, versucht die Azzlacks daran zu hindern, ist aber als Intellektueller für den Kampf vollkommen ungeeignet und krabbelt schließlich hinter die Kasse, wo er per Kopfschuss erledigt wird, und das Ganze gibt es dann als vielfach prämierten Schwarz-Weiß-wackelige-Kamera-Mileu-Studien-Film in der DVD-Ecke des Multiplex-Einkaufszentrums zu kaufen, der von dem Schweigeprofessor sofort erstanden und für interessant befunden wird.

Ach ja.

Der Regen riecht, ich laufe weiter über die Einkaufsstraße. Krise, es kracht, alles fällt, das wäre super, denke ich, gut für das Gemeinwesen, ein Anfang, aber was kann denn die arme Michi dafür?, denke ich, und das alles ist, was ich keine Lust mehr habe zu denken, es ödet mich an, es ist mir unerträglich, meine perverse Katastrophensehnsucht ertrage ich nicht mehr, denn sie ist die dümmste und die dekadenteste, und zu denken, sie sei dekadent, ist an sich das allerdekadenteste, denke ich und schäme mich, all das in meinem Kopf zu haben, meinen ganzen Kopf will ich nicht mehr haben, ich will nicht mehr hören, was er sagt, und deswegen ist es für mich die beste, die einzige, die von mir gewollte Lösung.

Schon oft hatte ich diesen Gedanken, immer häufiger bekam ich ihn nach der Flucht aus dem Universitäts-Komplex. Nach der Flucht aus dem Universitätskomplex fielen mir die Decke und schließlich der Kopf auf den Kopf, nach der Flucht aus dem Universitäts-Komplex fiel mir alles zusammen, immer häufiger dachte ich nach der Universitäts-Flucht, unter diesen Umständen willst du nicht leben, unter diesen Umständen wird es über kurz oder lang die beste Lösung sein, sich umzubringen, dachte ich und überlegte Möglichkeiten: Pulsadern, Zug, Hochhaus, Gas, Aufhängen, bitte. So war es, denke ich und verlasse die Einkaufsstraße, die Häuser werden kleiner, gedrungener, die Wände werden grauer, es ist nicht mehr weit bis zu dem Hochhaus, es ist der 5. März 2010, und es gibt eigentlich keinen Grund, sich zu beschweren. Guck dir die Leute an, die Leute gehen ganz normal durch die verregnete Straße nach Hause, wo sie das Licht anmachen, sich hinsetzen und ein Brot oder Nudeln essen. Niemand beschwert sich, nur du bist beschwerdebesessen, du weißt aber nicht, wo du dich beschweren sollst, und nun findest du aus deiner Beschwerdebesessenheit nicht mehr heraus, so ist es, das sind die Tatsachen, wie schon hundert Mal gesagt. Meine Wohnung wurde mir die allerschrecklichste Tatsache, denke ich mit meiner Absicht durch die Straße laufend, ja, nach dem Universitäts-Komplex folgte eigentlich in direktem Anschluss der Wohnungs-Komplex. In der Wohnung legte ich mich ins Bett, meine Haare wuchsen bis zum Boden. Erst war es die Stadt, die mich geschluckt hat, dann war es Jo, dann kam die Wohnung, und schließlich war ich es selber, die mich geschluckt, die mich gefressen hat. Aber erst, denke ich, kam die Wohnung, in die ich mich nach der Universität wieder zurückflüchtete. Ich legte mich rein, ich guckte an die weiße Decke, und ich dachte, du solltest schreiben, das, fand ich, war ausnahmsweise mal eine gute Idee, die beste. Ich wollte schreiben, schreiben, bis ich mit dem Schreiben nur noch zerstritten war und mit dem Schreiben zerstritten unter der weißen Decke lag. Es gelang mir nicht, hatte ich die Absicht, zu schreiben, kam ich aus dem Bett nicht raus, weswegen ich meistens im Bett lag. Der Bauch ist weg, musste ich auf dem Bett liegend wieder und wieder denken. Jo auch, Jo willst du wiederhaben, dachte ich, etwas anderes fiel mir überhaupt nicht mehr ein zu denken, und ich überlegte, was ich ihm am Telefon sagen könnte. Mir fiel nichts ein, ich rief trotzdem an, und dann sagte eine Computerstimme, diese Nummer gebe es nicht, und das sagte sie den ganzen Tag. Ich fuhr zu seinem Haus. Sein Name stand nicht mehr an der Tür. Ich klingelte irgendwo, lief die Treppen hoch zu seiner Wohnungstür, sah ein Schild mit fremdem Namen und Blumenverzierung, klingelte, ein Mal, zwei Mal. Eine Frau öffnete die Tür, eine blonde Frau mit Baby auf dem Arm. Ich fragte: Wo ist Jo? Sie kenne keinen Jo, sagte sie. Und ich: Doch, Johannes, und sie: Nein, tut mir leid, hier wohnt kein Jo oder Johannes. Ich sah an ihrem Kopf vorbei in den Wohnungsflur rein, der ein anderer war. Ich rechnete, ob ich in dem richtigen Stockwerk war. Ich sagte: Wir sind hier in der Straße soundso in der und der Stadt auf dem und dem Stockwerk, und Sie sind sich ganz sicher, dass Sie keinen Jo oder Johannes kennen? Die Frau schüttelte den Kopf, ich legte meinen Kopf an den Türrahmen und heulte nicht. Die Frau fragte mich, ob ich reinkommen wolle, vielleicht ein Wasser trinken oder einen Kaffee. Ich nickte und ging in die Wohnung, die nicht Jos war. Die Wände waren gestrichen, der Boden abgezogen, dort lag kein Müll, sondern Spielzeug, vor den Fenstern hingen gelbe Vorhänge, es gab viele Kissen, eine Schale voll mit Obst auf dem Tisch, und es sah alles ungeheuer intakt aus. Ich wollte in das Zimmer gehen, wo das weiße Bett gestanden hatte. Ich fragte: Kann ich in das Zimmer, wo das weiße Bett gestanden hat, in das Schlafzimmer, meine ich. Aber die Frau sagte, das ginge nicht, ihr Mann läge da drinnen und schliefe. Sofort dachte ich, dass die Frau mich belügt, dass in Wahrheit Jo in dem Zimmer liegt und schläft. Ich dachte, sie lügt, aber ich starrte nur. Die Frau sagte, ich solle mich auf das Sofa setzen, ein großes beigefarbenes Sofa. Es stand da, wo das Wartesaal-Sofa von Jo normalerweise steht. Ich setzte mich. Die Frau hielt mir ihr Kind hin, ob ich es halten könne, solange sie mir einen Kaffee macht. Ich sagte: Ich will keinen Kaffee, aber darf ich das Kind halten. Sie gab mir das Baby, sie fragte auch nichts Dummes, sie setzte sich neben mich und ließ mich ihr Kind halten. Ich heulte nicht, das Kind haltend, so saßen wir ein bisschen, und dann stand ich auf, bedankte mich und verließ die Wohnung. Ich klingelte noch bei der gegenüberliegenden Wohnung, ein Mann aus dem Jahr 1950 öffnete die Tür einen Spalt weit. Schnurrbart und Aschenbecher-Brille, im Hintergrund lief Fußball. Ich störte. Schnell fragte ich: Wissen Sie, wo Jo ist, der von gegenüber? Der Mann zuckte die Achseln, kenne er nicht, sagte er, gegenüber wohnen doch die mit dem Kind, welches immer so unerträglich schreit. Ich ging die Treppen runter, ich fragte noch unten bei der Bäckersfrau, die mich nicht erkannte und auch nichts wusste, niemand wusste etwas. Ich lief zurück, ich dachte, hättest du damals den Bauch behalten, hättest du einen Beweis für Jo. Carmen, dachte ich, hat dir geraten, den Bauch nicht zu behalten, du hast abgetrieben, und gewissermaßen hast du damals nichts anderes getan, als dich selbst abgetrieben, so ist es, dachte ich und lief zu meiner Wohnung, legte mich zwischen ihre Wände und guckte an die Decke, und da blieb ich, bis ich tot bin. Ich konnte nicht mehr aus der Wohnung raus, in der ich sitzen blieb und aus mir rausguckte: Die Wohnung war die Schachtel, das Zimmer wurde der Kasten, weil vier Wände, ein Boden und eine Decke zusammen eben einen Kasten machen. Der Architekt war Sadist, dachte ich und hat in seiner Eigenschaft als gemeingefährlicher Sadist diese Verschachtelung auf seinem Architektenpapier zusammengezeichnet. Ich sah über den sadistischen Hinterhof, den Schacht, muss man sagen, durch den durchsichtigen Tag in die Wohnung des Gegenüberliegenden, dessen Schachtel parallel zu meiner verlief und genau wie meine in drei Einheiten unterteilt war. Alle Wohnungen in den Seitenflügeln gingen auf diese gleiche widerliche Weise. Eins, zwei, drei; eins, zwei, drei, und *das plus das* ergibt *das*, und dann heißt es *so-und-so*, ist aber immer noch *das-plus-das*, also eigentlich nichts, wenn man so will, nichts ist, dachte ich. Einzelmenschen in Schachteln in kleinen Einheiten gucken über den Schacht in gegenüberliegende Schachteln, die genauso aussehen wie die, in der sie selbst sitzen, dachte ich, und das ist alles. Jos Nummer gab es nicht mehr, Jo gab es nicht mehr, hat es Jo denn überhaupt gegeben, fragte ich mich. Ich legte mich wieder ins Bett, ich überlegte zu schreiben, aber die Decke war weiß, alles still, das Zimmer fuhr und fuhr und fuhr ohne Datum, und dann wurde es rot. Manchmal ist es einfach ungeheuer befreiend, sich zu öffnen.

Arme, Beine, Bauch, Brust, Hals, Lippen, Geschlecht.

Rot hat Geschmack, Farbe und Konsistenz, Rot ist warm, Rot ist wahr, Rot hinterlässt Spuren, Rot zeigt dir an, wo du im Raum stehst, Rot zeigt dir, dass du dich nicht irrst, Rot macht dich sichtbar, Rot schafft Ordnung, Einheit, Unterschied, ein Oben, ein Unten, einen Anfang und ein Ende. Eine Tätigkeit, die immer ein Ergebnis bringt, jeden Tag, morgens, abends, bei Bedarf zwischendurch. Ich wollte immer was werden, ich bin was geworden: Rot. Dabei sehr erfolgreich; zuverlässig, belastbar und kreativ. Meine Ausrüstung: 21 Rasierklingen, 1 Teppichmesser, diverse Küchenmesser, Feuerzeuge, Zigaretten, kochendes Wasser etc. Tut überhaupt nicht weh, kann nur besser werden, man kann sich immer steigern. Dazu gibt es im Internet viele Anregungen, Filme, Verweise auf Fachliteratur etc., die ich allesamt studiert habe, auf manche Dinge kommt man einfach nicht von selber, was mich zwar ärgerte, was ich aber akzeptierte und schließlich für mich zu nutzen verstand. Ohne das Rot wäre mir alles zerfallen. Das Rot hielt mir die Wände zur Wohnung zusammen, das Rot hielt mir die aufgeklappte Fassade vor dem Fenster zum Haus zusammen, das Rot hielt mir die Striche zur Stadt zusammen, das Rot hielt mir meine ganze Geschichte zusammen, das Rot hielt mir mich zusammen. Ohne das Rot wäre ich zerlaufen, ohne das Rot hätte ich die Einsicht, dass es für mich die beste Lösung ist, mich umzubringen, schon viel früher umgesetzt, so denke ich jetzt und betrete das Hochhaus. Ohne das Rot wäre ich nie so weit gekommen, habe ich oft gedacht. Der Aufzug ist vollgeschmiert und riecht nach Pisse. Hier passt keiner auf. Hoch in den 14. Stock, über den Gang, ein widerlicher Gang, an dem die ganze alltägliche mir unerträgliche Widerlichkeit klebt, an Wohnungstüren vorbei, bis zur letzten Tür links, dann die Treppe hoch. Die Wohnung, denke ich und mache die letzte Tür auf, war das Gefängnis, das ich nicht verlassen konnte, und in der Wohnung bewohnte ich das Kopfgefängnis, das schlimmste von allen, welches mich vom Schlafen und Schreiben abhält und das ich nun endlich verlassen werde. Das Kopfgefängnis ist ein besonders ungerechtes und brutales. Das Kopfgefängnis ist eine Terroreinheit, aufgestellt in einem Hochsicherheitstrakt, die grausamste Willkürherrschaft. Das Kopfgefängnis ist Tag und Nacht beleuchtet, im Kopfgefängnis kannst du nicht mehr schlafen, im Kopfgefängnis wirst du beim Schlafen überwacht, gelingt es dir im Kopfgefängnis, dich dem Schlaf zu nähern, wirst du sofort von Wachen geweckt und gefoltert, denn nichts anderes ist das Kopfgefängnis: eine Folterkammer. Immer überlegst du im Kopfgefängnis, warum du drinnen sitzt, immer kämpfst du im Kopfgefängnis um deinen Verstand, und denkst du, du hast ihn, wirst du wenig später dafür ausgelacht. Das Kopfgefängnis zerlegt dich, bis von dir nichts mehr übrig ist, das Kopfgefängnis zerlegt alles, bis nichts mehr übrig ist. Sitzt du im Kopfgefängnis, bist du bald besitzlos, bist du dort interniert, ist es deine größte Strafe, da zu sein. Willst du ausbrechen, gibt es keinen Ausweg, außer die Gefängniszentrale ordnet an, den Kopf zu zerschlagen. Bist du im Kopfgefängnis gefangen, wünschst du dir nach kürzester Zeit nur eines, nämlich zu sterben, nichts anderes willst du, weswegen du irgendwann zu dem Ergebnis kommen wirst, dass es die einzige, die beste Lösung ist, dich umzubringen, aber jetzt noch nicht, nicht sofort.

Erst versuchen wir noch etwas anderes. Erst versuchen wir etwas Ganzes, eine ganze Erzählung: Nachdem es mir einmal gelungen war, ein besonders großes Stück Haut besonders exakt aus meinem Unterbauch zu schneiden, traute ich mich, einen neuen Versuch zu machen, nämlich mich an einen Tisch zu setzen, den ich in meiner Wohnung fand, und zu schreiben (Beweise). Ich versuchte es, aber mein Denken fiel mir sofort auseinander. Zwischen den Schädelwänden war nur noch Staub. Ich versuchte es immer weiter, aber ich brachte keinen einzigen Satz zustande, sondern nur den peinlichsten Mist. Es gab hinter meiner Stirn keinen

Ausweg, keinen ganzen Satz konnte ich mehr denken und schon gar nicht schreiben, was ich zunächst für ein gutes Künstler-Zeichen hielt, was mich aber dann, als ich merkte, dass es blieb, vollends verrückt machte. Denke ich, fällt mir sofort das Gegenteil dazu ein, denke ich, sehe ich immer die eine und die andere Seite, gibt es niemals etwas Ganzes, Gültiges, und deswegen bin ich nicht imstande, auch nur eine ganze Kleinigkeit zu sagen, dachte ich, als ich vor dem leeren Papier saß. Aber so denkt man heute, dachte ich, als sich in mir alles zerlegte, alles falsch war und nichts stimmte. Unverschämt, anmaßend, überheblich fand ich es von mir, zu denken, es könnte überhaupt einen ganzen Satz oder gar eine ganze Geschichte geben, und dann stand ich nach ein paar Tagen von dem Tisch auf und legte mich wieder hin, bis ich wieder aufstand und zurück zum Schreibtisch ging und umgekehrt, und das tat ich circa zwei bis sieben Jahre lang. Ich blieb ohne Beweis in der Wohnung, auf dem Bett, unter der Decke in meinem Kopf und wollte ihn immer dringender verlassen. Ich lag unter der Decke, dem Sargdeckel, wie ich dachte, in meinem Kopfgefängnis, ohne Unterschied lag ich da, mit offenen oder geschlossenen Augen. Ich konnte nicht mehr schlafen. Ich weiß nicht, wann ich das letzte Mal geschlafen habe. Das Zimmer ist ein Grab, in das der Kopf eingesargt ist, in dem du eingesargt bist, dachte ich immer wieder. Es half auch nichts mehr, mich aufzuschneiden, das Nichtessen schon längst nicht mehr, das Schreiben gelang mir zu keinem Zeitpunkt. Nichts half mehr, und dann dachte ich also am 5. März 2010, heute, dachte ich, nachdem es nach unendlicher, quälender Nacht hell wurde und ich in den Hals meiner Wohnung, dieser ganz egalen, rücksichtslosen, immer starrenden dummen Schachtel, blicken musste, heute, dachte ich also immer wieder, als ich regungslos mit offenen Augen dalag und zu den weißen Wänden sah, ja, dachte ich: Ich, gestorben am 5. März 2010, so machen wir es, das ist die beste Lösung, sich ganz einfach umzubringen, es zu beenden, das ist für mich die beste, die konsequenteste, die einleuchtendste und vor allem die einzige Lösung, die erlösende, die logischste, denke ich und stehe nun auf dem Dach.

Die Stadt liegt vor mir und glänzt grau, die Häuser, die Zacken, die Zähne, wie ich sie immer nannte, von hier oben aus ganz ungefährliche Häuser, aber wenn man zwischen ihnen steht, verwandeln sie sich unweigerlich wieder in die gemeingefährlichen Horror-Häuser zurück, die dem Menschen Angst einjagen und von denen gejagt der Mensch durch die Stadt jagt, bis ihm auf der Jagd sein Denken oder er selbst gestorben ist, eins von beidem stirbt in jedem Fall, denke ich, da muss man sich gar nichts vormachen. Man darf sich von der harmlosen Häuserobenansicht nicht täuschen lassen, wenngleich sie mit Wind und Himmel und Licht und Weite und Platz darüber eine schöne ist, eine, die ich immer geliebt habe, mit Johannes zusammen, dem für mich am Ende tödlichen Johannes, habe ich die Ansicht hier auf dem Dach stehend geliebt. Im Grunde, denke ich, liebe ich die Stadt von hier oben aus, wenn ich sie auch von unten immer gehasst habe, denke ich und sehe nach unten. Dort ist ein Parkplatz, darauf ein paar Autos, deren Ansicht mich sofort ekelt, ich möchte nicht, dass sie mich ekelt, aber ich kann nichts dagegen tun, sie ekelt mich, und die Autobesitzer ekeln mich in meiner Vorstellung ebenfalls, auch wenn ich nicht möchte, dass sie mich ekeln, ekeln sie mich, und ich möchte mit ihnen nichts zu tun haben, deswegen stehe ich ja hier, weil ich mit niemanden mehr etwas zu tun haben will, mit mir selbst am allerwenigsten, und schließlich ist es mir ein ganz wesentliches Anliegen, im Leben überhaupt nichts mehr zu tun zu haben, ich will nichts mehr tun, nichts mehr tun müssen, das ist mir mit das Wichtigste, dass ich nicht mehr zum Tun und Sein und Werden vor allem verpflichtet werde, ja, es geht vor allem um meine Werde-Pflicht-Befreiung, denke ich und stütze die Hände auf die Mauer. Als Befreite wäre es um mich herum schwarz und still, und dazu müsste ich keinen einzigen meiner Gedanken mehr hören, und wenn das der oberste Wunsch ist, dann ist es der Todeswunsch, denke ich, dem ich nun nachkommen werde. Durch die Wolken blitzt ein bisschen Sonne, der Regen hat aufgehört, und natürlich bin auch ich geneigt, das als gutes Zukunftszeichen, als vom Selbstmord weg weisendes, zu lesen, aber ich weiß, dass es niemanden gibt, der gute Zukunftszeichen vergibt, auch wenn man fortwährend umherläuft und im Lebenschaos nach guten Zukunftszeichen oder überhaupt nach Zeichen sucht, um das totale Lebenschaos zu lesen und zu ordnen, es werden aber keine gegeben, weder gute noch schlechte, so ist es. In der Lebensansammlung scheint die Sonne, in der Lebensansammlung fängt es aber auch wieder zu regnen an, so und umgekehrt passiert es, dagegen kann man wenig machen, man denkt aber immer, man könnte alles dafür oder dagegen machen, in Wahrheit kann man aber nur wenig machen – ein bisschen vielleicht, aber niemals alles, weniger jedenfalls, als man denkt, denke ich und ziehe mich an der Mauer hoch, auf die man klettern muss, um vom Dach zu springen, und dort stelle ich mich auf und sehe nach unten, auf den von mir ausgewählten Selbstmord-Boden gucke ich und zünde mir noch eine Zigarette an und noch eine. Ich rauche und sehe über die Dächer. Carmen ist gerade in einem Kloster, wo sie zwei Monate lang schweigt, sie schrieb irgendwann, sie wolle mich danach »dringend« besuchen kommen. Götz muss seinen übriggebliebenen Verstand nun vollends verloren haben, er hat wegen guter Kurse alles verkauft und will jetzt nach Thailand ziehen, wo er viele Frauen billig zu erstehen hofft, ohne sie heiraten zu müssen, wie ich vermute, aber er sagt, er will nur Hotels kaufen und keinen Winter mehr. Ich habe immer gedacht, meine Eltern hätten sich nie kennenlernen dürfen, weswegen ich jetzt auf dem Dach stehe, das ist der Grund, denke ich. Ich habe gedacht, ich verstehe nicht, wie Götz und Carmen ihr Leben gemacht haben, wie sie es sich derart zur Katastrophe verunstalten konnten, habe ich mich gefragt. Wie das passieren konnte, verstehe ich nicht und werde ich niemals verstehen, habe ich immer wieder gedacht. Jetzt stehe ich auf dem Dach und verstehe es.

Antonia Baum

vollkommen leblos bestenfalls tot

Roman

| Hoffmann und Campe |

1. Auflage 2011

www.hoca.de
Satz: Dörlemann Satz, Lemförde
Gesetzt aus der Sabon LT und Franklin Gothic
Druck und Bindung: Friedrich Pustet, Regensburg
Printed in Germany
ISBN 978-3-455-40296-4

HOFFMANN
UND CAMPE

Ein Unternehmen der
GANSKE VERLAGSGRUPPE